Giulia ist 40, eine abgebrühte Werbetexterin, die sich für Kinder allenfalls als Gummibärchen-Zielgruppe interessiert. Aber dann stolpert sie eines Nachts beschickert über ihr neunjähriges Nachbarskind Rebecca, das im Nachthemd vor ihrer Wohnungstür kauert. Das Mädchen bittet die Frau um ein Märchen, und nichts ist mehr, wie es vorher war …

Barbara Fiorio (1968 in Genua geboren) machte nach einer Ausbildung zur Grafik-Designerin und einem Master in Marketing und Kommunikation über ein Jahrzehnt die Pressearbeit für Theaterförderung und ist heute Sprecherin des Bürgermeisters von Genua. Sie schrieb ein Sachbuch über klassische Märchen und zwei Romane, bevor sie mit *Die wahren Märchen meines Lebens* in Italien ihren großen Durchbruch hatte.

BARBARA FIORIO

Die wahren Märchen meines Lebens

ROMAN

Aus dem Italienischen von
Renée Legrand

ATLANTIK

Für meine Mutter, der ich verdanke,
dass ich an Zorro glaube.

Für meinen Vater, der mir dazu verhalf,
an alles zu glauben, was möglich ist.

Und für ein Gummibärchen.

Die Originalausgabe erschien 2015 unter dem Titel
Qualcosa di vero bei Feltrinelli Editore, Mailand.
Die deutsche Erstausgabe erschien 2016
im Thiele Verlag, München und Wien.

Atlantik Bücher erscheinen im
Hoffmann und Campe Verlag, Hamburg.

1. Auflage 2017

www.thiele-verlag.com
www.hoca.de *www.atlantik-verlag.de*
Umschlaggestaltung: Christina Krutz, Biebesheim am Rhein
Umschlagabbildung: Rebecca Nelson/Arcangel Images
Druck und Bindung: C.H.Beck, Nördlingen
Printed in Germany
ISBN 978-3-455-00092-4

HOFFMANN
UND CAMPE

Ein Unternehmen der
GANSKE VERLAGSGRUPPE

1

Es ist nicht leicht, ein Schlüsselloch zu finden, wenn man von einer Mojito-Party kommt. Und es wird noch schwieriger, wenn man sich nicht ganz sicher ist, ob man auch den passenden Schlüssel hat und ob es sich um die richtige Haustür handelt, da sie den fünf oder sechs anderen in der Straße erstaunlich ähnlich ist. Das Taxi hatte sie jedoch hier abgesetzt, und deshalb war die Wahrscheinlichkeit groß, dass sie vor dem richtigen Haus stand.

Giulia holte tief Luft. In ihrem Kopf drehte sich alles, sie fühlte sich ganz benebelt, und das war kaum hilfreich. Sie beugte sich ungeschickt vor und versuchte es noch einmal. Ihre Bewegungen waren von faszinierender Langsamkeit. Sie konnte es schaffen, das wusste sie aus ihrer persönlichen Statistik. Bisher hatte sie es immer noch geschafft.

Schließlich hatte der Schlüssel Mitleid mit ihr und glitt in die Öffnung. Nach einer halben Umdrehung und einer Stoßbewegung, die sie übermenschliche Kräfte kostete, gab die Eingangstür nach, und Giulia trat in den nächtlich dunklen und marmorkalten Hausflur.

Sie verzichtete darauf, nach dem Lichtschalter zu suchen, und taumelte die Treppe hinauf. Nur noch wenige Schritte, dann würde sie auf der dritten Etage sein, vor der Wohnungstür und im Bett – falls sie den richtigen Schlüssel fand.

Oben angekommen stolperte sie über etwas, das vorher nicht da gewesen war. Sie geriet ins Straucheln, das Hindernis ersparte ihr die letzten Schritte. Zu ihrem eigenen Erstaunen fand Giulia sich plötzlich der Länge nach vor ihrer Tür wieder. Sie war weich gefallen, die Daunenjacke, in die sie eingemummelt war, hatte den Sturz abgefedert. Mit einem gewissen Bedauern stand sie auf. Am liebsten wäre sie gleich auf dem Boden eingeschlummert, während von draußen die Morgendämmerung hereindrang.

Doch das Hindernis schwebte jetzt auf sie zu, es schien von der Fußmatte ihrer neuen Nachbarin herzukommen, und es sah aus wie ein kleines weißes Nachthemd, in dem ein Mädchen steckte. Giulia schüttelte den Kopf und kramte in ihrer Tasche. Sie hatte heute deutlich zu viele Mojitos getrunken.

Schließlich fand sie den Schlüssel, betrat die Wohnung, machte die Tür hinter sich zu und warf sich bäuchlings aufs Sofa.

»Man sollte kleine Kinder nicht nachts auf dem Treppenabsatz liegen lassen, man kann sich verletzen, wenn man über sie stolpert«, murmelte sie dem Kissen zu, bevor sie in Tiefschlaf fiel.

Dann klopfte jemand an die Tür. Das Geräusch hallte in ihrem Kopf wider wie ein Trommelwirbel.

»Signora?«

Giulia hasste es, mit Signora angeredet zu werden. Sie war vierzig Jahre, sie war schlank wie ein junges Mädchen, sie zog sich keine Kostüme an und hörte gern Rockmusik. Sie war keine Signora. Egal, wer da klopfte, sie musste dieser Person unbedingt sagen, dass es ihr auf die Nerven ging, wenn man sie Signora nannte. Es fiel ihr schwer aufzustehen, aber es war eine Frage des Selbstwertgefühls.

Sie öffnete die Tür, und da stand das kleine Mädchen in genau dem Nachthemd, über das sie vorhin gestolpert war. Die Kleine war barfuß, trug einen Plüschhund im Arm und sah sie flehend an.

»Signora, meine Mama ist nicht da.«

Sie sah das Mädchen an, sie brauchte eine Weile, um seine Worte zu begreifen.

»Es ist schon spät, du solltest längst im Bett liegen. Man verliert seine Mama nicht wie einen Regenschirm. Geh schlafen, morgen ist sie sicher wieder da.«

Zufrieden, dass es ihr gelungen war, so lange zusammenhängend zu reden, schloss sie die Tür. Sie hatte genau das Richtige gesagt. Und ein gutes Gewissen ist ein sanftes Ruhekissen. Doch dann wurden sie und ihr Gewissen durch einen kurzen Moment der Klarheit und vielleicht auch durch den abgrundtiefen Seufzer geweckt, der von draußen zu hören war.

Sie öffnete die Tür wieder, und da stand das Mädchen noch genau so da wie vorher, mit demselben flehenden Blick und Tränen in den Augen. »Die Tür ist zugefallen und ich kann nicht mehr rein«, erklärte sie weinerlich. Dann zog sie die Nase hoch.

Es gab hier ganz offensichtlich ein kleines Drama, das sich ausgerechnet vor ihrer Tür abzuspielen schien. Einen klaren Gedanken zu fassen fiel ihr schwer, der Alkohol und die Müdigkeit hinderten sie daran.

»Also schön, komm rein«, sagte Giulia, machte die Tür weit auf und wies auf das Sofa. »Da kannst du dich hinlegen und schlafen.«

Das Mädchen zögerte. »Kannst du nicht meine Mama anrufen?«

Ein Ding der Unmöglichkeit. Um diese Zeit war sie dazu nicht in der Lage, mal ganz abgesehen von den Kopfschmerzen, die immer heftiger wurden.

»Nein, mein Kind, das kann ich nicht. Ich weiß ja nicht mal, wer deine Mama ist.«

»Wir wohnen hier«, sagte die Kleine und zeigte auf die Nachbartür.

Giulia brauchte sich nur auszustrecken, um die Klingel zu erreichen. Das Schrillen der Glocke dröhnte in ihrem Kopf. Giulia kniff die Augen zusammen und wartete, dass der stechende Schmerz nachließ. Keiner kam an die Tür.

»Sie ist nicht da«, stellte sie fest.

»Das habe ich doch schon gesagt«, entgegnete das Mädchen.

Ja, das hatte sie tatsächlich.

»Dann legen wir ihr einen Zettel hin und gehen jetzt schlafen.«

Mehr konnte sie jetzt wirklich nicht tun.

Das Mädchen nahm den Kompromissvorschlag an. Sie kam herein, hielt ihren Stoffhund fest an sich gedrückt und kuschelte sich dann schweigend in das Sofa. Giulia wühlte in dem Stapel von Briefen, Unterlagen, Zeitschriften, Büchern und Quittungen, die auf der Kommode im Eingang lagen, und fand einen fast unbeschriebenen Zettel. Jetzt musste sie nur noch eine passende Nachricht schreiben.

Sie war Werbetexterin, und so gehörte es für sie zur Routine, präzise und aussagekräftige Botschaften zu verfassen. Es war ja auch nicht eine sonderlich schwere Aufgabe, einer Mutter mitzuteilen, dass ihre Tochter bei der Nachbarin war. Sie wollte die Frau beruhigen und ihr keinesfalls Vorwürfe machen, dass sie ihre minderjährige Tochter allein zu Hause gelassen hatte. Das ging sie nichts an. Außerdem war das Mädchen auf dem Treppenabsatz geblieben und nicht weggelaufen, sie hatte sich also artig und vernünftig verhalten.

Artig – das war ein Wort, das nach neunzehntem Jahrhundert klang und das heutzutage niemand mehr verwendete. Schade eigentlich, denn das Wort hatte etwas Feines, Liebenswürdiges. Es hörte sich an wie feiner Puderzucker.

Giulia konnte sich stundenlang mit einzelnen Wörtern beschäftigen, manchmal klangen sie nach einem besonderen Geruch oder einer bestimmten Farbe, manche erschienen ihr besonders komplex. Für sie hatten Wörter etwas Dreidimensionales, es waren kostbare Dinge, mit denen man zaubern konnte. Man konnte mit ihnen den Verkauf von Kleinwagen oder Waschmitteln um zehn Prozent steigern.

Sie schrieb den Zettel, legte ihn auf die Fußmatte der Wohnung nebenan, schloss die Tür und ging endlich schlafen.

Am Morgen riss ein erdbebenähnliches Getöse sie aus dem Schlaf. Ein Donner vielleicht oder ein einstürzendes Haus. Sie träumte gerade, sie liefe durch einen Bombenhagel.

»Signora, machen Sie bitte auf!«

Erst jetzt begriff sie, dass es sich bei dem Bombenhagel um Schläge an die Wohnungstür handelte. Und schon wieder nannte jemand sie Signora.

Langsam stand sie auf, wartete einen Moment, bis das Zimmer aufgehört hatte, sich um sie zu drehen, wankte zur Tür und murmelte: »Ich komme.« Dabei hoffte sie inständig, dass dieses absurde Theater bald vorbei wäre.

Als sie öffnete, stand eine in Tränen aufgelöste Frau vor ihr und fragte sichtlich erregt, ob ihre Tochter vielleicht bei ihr wäre. Sie habe langes Haar, ein weißes Nachthemd und einen Plüschhund.

»Mama!«, rief die Gesuchte und lief auf ihre Mutter zu.

Die Frau betrat die Wohnung und schloss das Mädchen verzweifelt in die Arme, dankte irgendwelchen höheren Mächten, sagte dann streng »Das machst du nie wieder!« und dass sie sie unendlich liebe.

Giulia ließ sich mit geschlossenen Augen auf ihr Sofa sinken und hoffte, dass nun endlich Ruhe einkehrte, doch die Frau gab sich nicht so rasch zufrieden.

»Ist Ihnen eigentlich klar, was Sie da getan haben?«, rief sie aufgeregt. »Ich könnte Sie wegen Kindesentführung anzeigen! Wie kommen Sie dazu, meine Tochter ohne Erlaubnis mit in Ihre Wohnung nehmen?«

Giulia gelang es weder, die Augen zu öffnen noch den Kopf zu heben, doch sie sammelte die wenige Energie, die sie noch hatte, um mit einem sinnvollen Satz zu antworten, möglichst klar, auch wenn sie das Gefühl hatte, dass ein Stück Blei auf ihrer Zunge lag.

»Sie stand heute Nacht weinend im Flur und hat nach ihrer Mutter gesucht, ich habe sie auf dem Sofa schlafen lassen und Ihnen, soweit ich weiß, einen Zettel hingelegt.«

Dann holte sie tief Luft. Das Sprechen hatte sie viel Kraft gekostet.

»Ja, Sie haben in der Tat einen Zettel hinterlassen. Den hier!«, rief die Frau und wedelte mit einen zerknitterten Faltblatt vor ihren Augen herum. Werbung eines Privatinvestors oder etwas in der Art. Auf der Rückseite standen vier handgeschriebene Worte.

»Sie ist bei mir.« Einfach, klar und prägnant. Ja, das war ihr Stil.

»Ja, genau. Den hab ich geschrieben«, wiederholte Giulia zufrieden. Es war beruhigend zu wissen, dass sie gestern nicht völlig verwirrt gewesen war.

»Sie ist bei mir!!! *Bei mir?* Ja, bei wem denn? Bei mir, wo soll das bitte schön sein? Woher sollte ich denn wissen, dass sie bei Ihnen ist?«

Die Frau hatte Recht. Genau deshalb machten sie in der Agentur immer ein Brainstorming, wenn sie Werbeslogans erfanden. Man musste sie den anderen zur Kritik vorlegen, alle Varianten ausprobieren, die Aufgabe genau bestimmen, die Zielgruppe treffen.

»Sie haben Recht, das war nicht sehr präzise, aber jetzt würde ich gern weiterschlafen, wenn Sie nichts dagegen haben.« Sie ging voraus und fasste sich mit der Hand an die Stirn.

»Bitte machen Sie die Tür leise zu, wenn Sie hinausgehen. Und du, Mädchen vom Flur, ich heiße Giulia und nicht Signora.«

2

Der Chinese, der das Essen nach Hause lieferte, hätte seinen Ruf nur dann retten können, wenn er Lieferant für biologische Waffen gewesen wäre. Dann hätte er wenigstens seinen Auftrag richtig gut erfüllt.

Giulia versuchte sich zu erinnern, wer ihr diesen Menschenvergifter empfohlen hatte. Ganz sicher jemand, der es gewöhnt war, abscheuliche Dinge zu essen. Jemand, der nicht zwischen dampfgegarten Ravioli und Hundefutter unterscheiden konnte. Jemand, den man nie hätte fragen dürfen, wo man sein Essen bestellen konnte.

Sie nahm den Flyer mit der Speisekarte und schrieb mit dickem Filzstift UNGENIESSBAR darüber. Sie musste es deutlich markieren, bei diesem Chinesen durfte sie nie wieder etwas bestellen. Die Erinnerung an das grauenvolle Essen, das ihr beinahe *The West Wing*, eine ihrer Lieblingsserien, verdorben hätte, durfte nicht verlöschen.

Serien waren ihre Flucht aus der Wirklichkeit und ein probates Mittel gegen die Müdigkeit. Sie wirkten so wie eine Tafel Schokolade oder ein heißes Bad, ein gutes Buch, eine CD von Nina Simone oder ein Strand in der Karibik. Alles zusammen.

Sie stoppte Martin Sheen, der gerade eine ziemlich

dumme Journalistin auszischte, erhob sich vom Teppich, sammelte die Reste der Frühlingsrollen und der Reisnudeln mit Sojasauce auf, warf alles in den Müll und sah auf die Uhr. Es war schon elf.

Sie musste eine Studie über Weingummi lesen, die sich mit der kritischen Auseinandersetzung der Vegan-Bewegung an diesem Produkt beschäftigte. Jede Art Nutzung von tierischen Produkten führte zum Konsumverzicht, in diesem Fall sogar bei Gummibärchen. Wenn es Konsumverzicht gab, öffneten sich neue Marktlücken. In diesem Fall eine Nische, die man mit Gummibonbons für zarte Gemüter füllen konnte.

Auf der Marketingkonferenz hatten sie ihr Ziel festgelegt. Die Werbekampagne sollte die veganen Hardliner erreichen und sogar auf die Metzger überspringen. Die Botschaft sollte klar sein. Kein Lebewesen wurde bei der Herstellung dieser Süßigkeiten getötet oder auch nur misshandelt. Mit Ausnahme der Werbeleute.

»Vergessen Sie nicht die Marienkäfer. Wir töten keine Marienkäfer«, hatte der Kunde deutlich gemacht. Es sei wichtig, diesen Mythos aus der Welt zu schaffen.

Giulia aß ein farbiges Gummibärchen und dachte an den Tag, an dem sie das Verbrechen an den Marienkäfern entdeckt hatte, eine Tragödie, die sich in aller Heimlichkeit abspielte – unter unwissender Beihilfe aller Schleckermäuler.

Sie verdankte diese Enthüllung einem faszinierenden Ökologen, mit dem sie in Venedig vor ein paar Jahren einen Drink genommen hatte. Sie hatten sich beim Bestellen wenig Gedanken gemacht, als dann aber zwei

Spritz kamen, unterbrach er ihr anregendes Geplauder und brachte seine Abneigung zum Ausdruck. Er vermeide es, Tiere zu töten, erklärte er dem verblüfften Ober und ließ das in seinen Augen abscheuliche Getränk wieder zurückgehen, was Giulia bedauernd zur Kenntnis nahm.

Das E 120 sei schuld, erklärte er ihr und breitete alle möglichen Details über das Rot der Marienkäfer aus, eine Farbe, die durch Massenmord an den kleinen Insekten gewonnen würde. Tausende Marienkäfer würden zerquetscht, zermahlen, getrocknet, damit aus ihrem Blut, ihrem Körper und vielleicht sogar ihrer Seele das E 120 hergestellt werden konnte.

Schildläuse oder Marienkäfer seien dasselbe, hatte er gesagt.

Giulia hatte dann aber entdeckt, dass es nicht dasselbe war. Zum einen waren die Schildläuse Parasiten und schädlich für die Landwirtschaft, das andere war eine glückbringende Farbe aus Käfern. Das Missverständnis war durch eine Welle von Gerüchten entstanden, und das angebliche Massaker an den Marienkäfern hatte sogar die größten Nutznießer von Insektenvernichtungsmitteln und Ameisengift in Furcht und Schrecken versetzt.

Giulia nahm sich zwei rote Gummibärchen, kaute gedankenverloren darauf herum und stellte sich einen Vampir vor, der einem Käfer in den Hals biss und ihm seine Farbe wegsaugte, während andere unversehrte Marienkäfer fröhlich um ihn herumflogen. Dann las sie zwei oder drei Seiten weiter, mit nachlassender Begeisterung.

Da war auch noch das Problem der Gelatine, die dringend gebraucht wurde, damit die Kaubonbons ihre gummihafte Konsistenz erhielten. Gelatine war jedoch eindeutig tierischer Herkunft. Ein echtes Problem für Veganer und Vegetarier, die Süßes liebten. Die meisten Süßigkeiten waren für sie unerreichbar. Zum Glück gab es aber das moralisch einwandfreie Pektin, eine siegreiche Waffe.

Giulia schob die Gummibärchen beiseite, öffnete die Dose mit den Sahnekaramellbonbons, ließ sich tiefer ins Sofa sinken und las mit ihrer Lesebrille weiter. Es würde nicht leicht sein, Pektin spannend zu finden.

Nach dreißig Seiten klopfte es an die Tür.

»Wer ist da?«, fragte sie, ohne sich zu rühren.

Keine Antwort, aber dreimaliges Klopfen. Sie stand auf, legte die Kette vor die Tür und öffnete sie einen Spalt. Von der Höhe der Türklinke drang eine leise Stimme herauf.

»Guten Abend, Signora Giulia«, sagte die Tochter der Nachbarin. Sie hatte einen rosafarbenen Schlafanzug an und ihren Plüschhund im Arm.

»Hast du dich wieder ausgeschlossen?«

Das Mädchen schüttelte den Kopf. Giulia nahm die Kette weg und öffnete die Tür ganz.

»Was machst du dann hier, kleines Mädchen vom Flur?«

»Ich bin fast neun und kein kleines Mädchen mehr. Kleine Mädchen sind winzig.«

Eine seltsame Bemerkung, dachte Giulia, wirklich seltsam. Wo hat die Kleine den Unterschied her? Doch dann erinnerte sie sich plötzlich, dass auch sie immer unbedingt hatte groß sein wollen. Sie wusste sogar noch, dass sie bereits mit fünf Jahren »Als ich noch klein war« gesagt hatte.

»In Ordnung, Mädchen vom Flur, das fast neun ist. Was willst du?«

Das Mädchen hatte Mühe, es zu erklären. Also, plötzlich, mit einem Mal hätte sie eine solche Angst gekriegt, dass ihr ganz schlecht wurde. Sie traute sich nicht zu sagen, dass ihr Kinderzimmer an Giulias Wohnzimmer grenzte und sie sich, wenn ihre Mutter abends weg war, nicht so allein fühlte, wenn sie Giulias Fernseher oder ihre Musik hörte. Manchmal stellte sie sich sogar vor, zwischen den beiden Räumen gäbe es eine Verbindungstür.

»Meine Mama ist nicht da«, sagte sie stattdessen.

»Mädchen vom Flur, wenn deine Mutter dich wieder bei mir findet, reißt sie mir beide Ohren ab und brät sie sich mit Speck zum Frühstück.«

Das Mädchen deutete ein Lächeln an. »Meine Mutter trinkt morgens nur einen Milchkaffee.«

»Nun, ja, dann lässt sie sie vielleicht im Milchkaffee schwimmen, aber darum geht es nicht.«

Kinder kamen in Giulias Lebensplanung nicht vor. Sie fand Kinder zwar nicht uninteressant, aber sie war als Mutter ungeeignet. Genauso ging es ihr mit Musik. Sie hatte einfach nicht das notwendige Talent.

Noch nie hatte sie sich danach gesehnt, sich über ein Kinderbettchen zu beugen, um am Zeh eines Neugeborenen zu knabbern. Nie hatte sie sich gewünscht, dass junge Mütter sie ihr Baby im Arm halten ließen, nie hatte sie gedacht, dass Exkremente von kleinen Menschlein weniger abstoßend waren als die der Erwachsenen. Nicht mal einen Augenblick. Mit Kindern zu spielen fand sie todlangweilig.

Sie wusste, dass sie keine Ahnung hatte, wie man mit Kindern redete, es sei denn, sie wären Zielgruppe einer

Werbekampagne gewesen. Dann wären sie Teil ihrer Arbeit, und alles wäre anders. Dann hätte sie die Kleinen analysiert, um sie mit Werbespots zu erreichen. Aus der Distanz.

»Willst du reinkommen?«

Die Kleine schüttelte stumm den Kopf und blickte immer noch zu Boden.

»Mädchen vom Flur, nun sag schon endlich, was los ist. Hast du ein Problem? Du musst dich schon äußern, sonst kann ich dir nicht helfen.«

»Ich bin nicht müde«, antwortete die Kleine.

Mitternacht war vorüber, und vor Giulias Tür stand ein Mädchen, das nicht hereinkommen und auch nicht schlafen wollte. Sie seufzte.

»Wo ist denn deine Mutter?«

»Weg.«

»Und dein Vater?«

Sie zog ihre kleinen Schultern hoch.

Giulia dachte bei sich, dass es besser wäre, nicht weiter nachzubohren. Ihr gingen alle möglichen Arten von Vätern durch den Kopf: unbekannt, geheim, von einer kriminellen Organisation umgebracht, im Nichts verschwunden, bei einem Arbeitsunfall umgekommen, vielleicht im Krieg – irgendwo gab es immer Kriege –, schwer krank, auf einer Entziehungskur. Im Bruchteil einer Sekunde zogen alle Möglichkeiten an ihrem inneren Auge vorbei, die sie aus Fernsehserien und den Panoramaseiten der Zeitungen kannte. Aber das ging sie alles nichts an. Ihr Instinkt riet ihr davon ab, weiter zu fragen.

»Willst du wieder bei mir auf dem Sofa schlafen?«

»Nein, danke.«

»Sehr gut, ich kann dich dort nämlich gar nicht schlafen lassen. Aber nimm auch nicht die Fußmatte.«

»Ich will aber nicht auf der Fußmatte schlafen.«

»Mädchen vom Flur, sag mir, wie ich dir helfen kann.«

»Ich heiße Rebecca und nicht Mädchen vom Flur.«

»Na gut, Rebecca, aber wenn du weiter da draußen bleibst, wirst du zum Mädchen vom Flur.«

Rebecca holte Luft, nahm allen Mut zusammen und sagte dann schnell: »Kommen Sie zu mir rüber, bis ich eingeschlafen bin, Signora Giulia?«

3

Die späte Stunde, die Recherchearbeit und die Sahnebonbons wären schon Grund genug gewesen, nein zu sagen.

»Rebecca, ohne die Erlaubnis deiner Mutter darf ich nicht in eure Wohnung.«

Vielleicht fand sich auch im Strafgesetz ein guter Grund, die Bitte abzulehnen. Aber das Problem war ja gerade das Neinsagen.

»Mama kommt erst ganz spät nach Hause, keiner wird es erfahren«, entgegnete das Mädchen.

Sehr pädagogisch war das nicht, sich auf solche Heimlichkeiten einzulassen.

»Also gut.«

Giulia sagte sich, dass sie ja schließlich nicht für die Erziehung dieses Mädchens zuständig war. Sie nahm die Sahnebonbons und den Hausschlüssel und folgte dem kleinen rosa Pyjama mit dem Plüschhund.

In der Wohnung war es aufgeräumt, es roch nach Putzmitteln. Viel Leben schien es hier nicht zu geben. Vom Eingangsflur aus kam man in ein Wohnzimmer mit offener Küche. An der Kühlschranktür sah Giulia mit bunten Magneten befestigte Fotos der Kleinen. Auf dem Tisch lagen zwei Deckchen für das Frühstück.

Hinter einer geschlossenen Tür vermutete Giulia das Schlafzimmer der Mutter, in das sie niemals hinein schauen würde. Daneben lag Rebeccas Kinderzimmer.

Auch hier gab es nicht viele Sachen. Keine Ecke mit Spielzeug, kein Heer aus Plüschtieren und Puppen, keine knallbunten Farben und auch keine Comicfiguren an der Wand. Nur ein paar Bände *Kindercomics* auf einem Stapel neben dem Bett.

»Wie lange wohnt ihr schon hier?«

»Drei Wochen und zwei Tage«, sagte Rebecca und kroch unter ihre Decke.

Giulia erinnerte sich, dass sie nach Weihnachten Umzugslärm gehört hatte. »Gefällt es dir hier?«

Rebecca nickte, und Giulia gab sich mit der Antwort zufrieden. Sie wollte das Mädchen nicht durch weitere Fragen in Verlegenheit bringen und auch nicht mehr über ihr Leben erfahren als notwendig.

»Vielleicht solltest du zum Einschlafen das Licht ausmachen.«

»Einverstanden. Aber du wartest, ja?«

»Ja, ich warte.«

Das Mädchen löschte das große Licht und ließ nur ein kleines Licht unter einem pilzförmigen Schirm auf dem Nachttisch brennen, damit das Dunkel nicht das ganze Zimmer ausfüllte. Eine Weile verharrten sie schweigend, die eine im Bett liegend, die andere am Bettrand sitzend.

»Signora Giulia?«

»Einfach nur Giulia.«

»Aber Sie sind doch schon groß. Da muss ich doch Sie sagen und nicht nur den Vornamen.«

Dieses Mädchen war ja wirklich merkwürdig.

»Kannst du nicht Sie sagen und dazu einfach den Vornamen?«

»Nein.«

»Dann duz mich doch einfach.«

»Aber Sie sind erwachsen, und deshalb muss ich Sie zu Ihnen sagen.«

»Wenn ich es dir erlaube, darfst du zu mir du sagen.«

Wieder herrschte eine Weile Schweigen.

»Giulia?«

»Ja.«

»Kennst du ein Märchen?«

Die Angelegenheit schien länger zu dauern als gedacht, das Mädchen hatte sie in eine Falle gelockt. Aber jetzt war sie hier, und Märchen kannte sie, und zwar recht viele. Ein Jahr zuvor hatten sie in der Agentur an einer Werbeserie für ein Parfüm gearbeitet und sich dabei reichlich verschiedener Märchenfiguren bedient.

Giulia hatte Dutzende klassischer Märchen gelesen und war wie erschlagen von ihrer verdrehten, oft absurden Logik und ihrer bisweilen heftigen Grausamkeit. Ihr Bedarf an albernen Prinzessinnen, dümmlichen Prinzen und verwahrlosten Kindern mit schlimmem Schicksal war gedeckt. Sie hatte noch nie einem Kind zum Einschlafen ein Märchen erzählt, aber da sie sich ganz gut auskannte, warum nicht?

»Also schön. Welches möchtest du hören?«

»Aschenputtel.«

»Du bist fast neun, du kennst diese Geschichten doch sicher alle schon auswendig, oder?«

Rebecca holte tief Luft, bevor sie antwortete. Natürlich würde sie die Geschichten kennen, meinte sie dann, aber Märchen seien dazu da, viele Male erzählt zu werden, und das über lange Zeit.

Wirklich ein erstaunliches Kind, dachte Giulia erneut. Im Grunde galt dasselbe auch für Werbesprüche. Man musste sie so oft wiederholen, bis die Leute sie im Kopf hatten und voll Vertrauen an ihre Botschaft glaubten.

»Also, ich erzähle dir jetzt die Geschichte von dem berühmtesten Küchenmädchen der Welt. Es fand wunderschöne Kleider, mit denen man beim Tanz die stärksten Rivalinnen aus dem Feld schlagen konnte.«

»Du musst sie aber so erzählen, als würde ich sie noch nicht kennen.«

»Na gut. Eigentlich war sie gar nicht so arm, wie alle glaubten. Sie war nur für ein paar Jahre die Küchenmagd, dann lebte sie von ihrem Erbe.«

»Du sollst mir doch nicht schon vorher sagen, wie es ausgeht!«

»Aber du kennst das Ende doch sowieso.«

»Darauf kommt es nicht an. Wenn man ein Märchen erzählt, muss man so tun, als täte man es zum ersten Mal.«

Giulia seufzte ergeben, kramte in ihrem Gedächtnis und begann zu erzählen.

»Alles fing mit einem großen Unglück an. Ein reicher Mann hatte eine kranke Frau. Die kranke Frau starb, vor ihrem Tod aber nahm sie ihrem Töchterchen das Versprechen ab, zu allen immer lieb und nett zu sein. Durch dieses Versprechen ging das Mädchen in eine Geschichte ein, die ihm ewigen Ruhm verschaffte. Aber nicht nur Ruhm, sondern auch viel Arbeit. Das Mädchen musste Unmengen Fußböden schrubben. Nach einem Jahr heiratete der Mann wieder, und zwar eine Witwe mit zwei sehr schönen, aber ganz grauenvollen Töchtern.«

Rebecca setzte sich im Bett auf. »Die Stiefschwestern waren hässlich wie die Nacht.«

»Das hat man dir nur weisgemacht. Eigentlich waren sie schön.«

Rebecca dachte eine Weile nach und sagte dann: »Meiner Meinung nach waren sie hässlich.«

»Und wieso?«

»Weil sie böse waren.«

Giulia lachte. Ein Glück, dass neunjährige Mädchen nichts mit der Welt der Werbung zu tun hatten. Wenn Rebecca ein Casting für Lingerie-Modelle erlebt hätte, würde sie erkennen, dass oft genug das Gegenteil der Fall war.

»Hör mal, es gibt überall Menschen, die schön, aber böse sind.«

»Im Märchen nicht.«

»Das stimmt nicht, in den Märchen wimmelt es von Hexen, die böse sind, aber durch ihre Schönheit bestechen.«

»Aber nur, weil sie sich schön zaubern können.«

»Manchmal sind sie aber auch sehr schön, ohne dass sie zaubern. Und dazu sind sie bitterböse.«

Rebecca schwieg, und Giulia fand, das sei ein guter Moment, sie die Sahnebonbons probieren zu lassen.

»Sind sie süß?«, fragte das Mädchen.

»Darauf kannst du wetten.«

»Ich darf aber abends nichts Süßes essen. Ich kann dann nicht schlafen.«

»Ja, wie gut du jetzt schläfst, sehe ich.«

»Ich probiere nur ein ganz kleines bisschen.«

»Gut, ein bisschen. Versuch's mal, dann kriegst du gleich Lust auf mehr.«

Rebecca schnitt eine Grimasse. »Du bist ja wie die Hexe in *Hänsel und Gretel.*«

»Die hässlich und böse zugleich war?«

»Ja, genau die.«

»Danke für das Kompliment. Darf ich weitererzählen?«

»Ja.«

»Die hinterhältigen und neidischen Stiefschwestern ließen die arme Kleine mit Zustimmung der Stiefmutter die ganze Hausarbeit machen; sie schickten sie in die Küche und nahmen ihr ihr Zimmer und ihre schönen Kleider weg. Nur einen alten grauen Kittel und ein Paar Holzschuhe ließen sie ihr. Jeden Abend legte sie sich erschöpft von der vielen Arbeit neben den Ofen in die Asche, und das brachte ihr den Spitznamen ein, durch den ihr eigentlicher Name ganz in Vergessenheit geriet.«

»Und der Vater?«, fragte Rebecca, während sie sich ein neues Bonbon in den Mund steckte.

»Die drei Megären redeten dem Vater ein, seine Tochter sei verrückt geworden und weigere sich, Leute zu treffen oder sich normal anzuziehen und sich wie eine junge Dame zu benehmen. Aschenputtel trug ihr Teil dazu bei.«

Rebecca hörte auf zu lutschen. »Und wie?«

»Zum Beispiel so: Als ihr Vater eines Tages zum Markt fuhr, bat sie ihn als Geschenk um den Zweig, der als Erster gegen seinen Hut stoßen würde. Deshalb glaubte er, seine Tochter sei heillos verrückt geworden, und brachte ihr, als er nach Hause kam, einen Haselnusszweig mit.«

»Was kann man denn mit einem Haselnusszweig anfangen?«

»Aschenputtel lief zum Grab der Mutter und weinte. Sie weinte so sehr, dass sie den Zweig mit ihren Tränen praktisch begoss, und so wurde er im Handumdrehen zum Baum und bereicherte wahrscheinlich die biologische Landwirtschaft. In dem Nussbaum wohnte ein weißer Vogel, der jeden Wunsch erfüllte.«

»Und die Fee, ihre Patentante?«

»In meiner Geschichte gibt es keine Spur von dicken Feen, die herumträllern und mit Kürbissen spielen.«

»Dein Aschenputtel ist ziemlich komisch.«

»Findest du dein Märchen mit einer Schar Mäuse, die ein Ballkleid nähen und dabei singen, vielleicht nicht komisch?«

»Na gut«, sagte Rebecca, »erzähl weiter.«

Giulia machte die Tüte mit den Bonbons zu, bevor Rebecca alle aufaß, und fuhr fort:

»Der König veranstaltete einen dreitägigen Ball, damit sein Sohn sich eine Braut aussuchen konnte, und lud alle Mädchen des Dorfes dazu ein. Als die beiden Stiefschwestern davon erfuhren, zwangen sie Aschenputtel, ihnen eilig Kleider zu stärken, zu bügeln und Bänder und Schleifen anzunähen. Sie weinte vor Enttäuschung, nicht auf den Ball gehen zu können. Dann nahm sie ihren ganzen Mut zusammen und bat ihre Stiefmutter, sie ins Schloss mitzunehmen, und tatsächlich sagte sie ja.«

»Und was war mit dem Vogel?«

»Noch nicht, er war nicht so wach wie du jetzt. Aschenputtel fing schon an, sich ein bisschen zu freuen, da warf die grausame Frau einen Teller Linsen in die Asche und gab ihr zwei Stunden Zeit, die guten von den schlechten zu trennen. Wenn sie das schaffen würde, dürfte auch sie auf den Ball gehen, meinte sie und lachte hämisch.

»Und – hat sie es geschafft?«

»Sagen wir mal, sie nahm die Herausforderung an, dachte scharf nach – das hatte ihr bisher noch nie jemand zugetraut, nicht mal aus Sympathie – und rief alle Vögel der Gegend zusammen. Da kamen Tauben und Turteltäubchen und pickten eifrig herum, sie aßen die schlechten Linsen und legten die guten in einen Kochtopf.«

»Da erlaubte ihr die Stiefmutter, auf den Ball zu gehen.«

»Natürlich nicht. Sie ließ sie noch einen Teller Linsen sortieren, stieg in die Kutsche und brachte ihre eigenen Töchter zum Schloss. Aber Aschenputtel, das schlaue Mädchen, erinnerte sich an den weißen Vogel, der Wünsche erfüllen konnte, lief verzweifelt zu ihm und bekam ein Kleid und Schuhe aus Silber und Seide. So kam sie zum Jetset des Königreichs mit der klaren Absicht, sich dort lange aufzuhalten.«

»Zum Jetset?«

Giulia trauerte dem Alter nach, in dem sie selbst so viele Wörter zu entdecken gehabt hatte. »Die feinen Kreise, in denen die reichen und wichtigen Leute wohnen, wie Könige, Prinzen und Prinzessinnen, und wo es immer Leute gibt, die für die anderen saubermachen und kochen. Für Aschenputtel wäre es so etwas gewesen wie ewige Ferien.«

Rebecca lächelte, und Giulia fuhr fort:

»Sie war so fein herausgeputzt und so schön, dass sie niemand erkannte, und so verliebte sich der Prinz in sie, sobald er sie sah. Stundenlang drehten sie sich im Kreis und sahen einander in die Augen, aber über das, was sie gesprochen haben, gibt es keinerlei Aufzeichnungen. Als es Nacht wurde, beschloss Aschenputtel, nach Hause zu fahren. Der Prinz wollte sie nach Hause bringen, doch sie entfloh und versteckte sich in einem Taubenschlag. Das war mit dem Ballkleid bestimmt gar nicht so einfach. Während der Prinz vor Verblüffung nach Luft rang, erschien ihr Vater, der eine Erleuchtung hatte und dachte, das geheimnisvolle Mädchen könnte Aschenputtel sein. Er ließ sich Beil und Hacke bringen, um den Taubenschlag abzureißen.«

»Haben sie sie gefunden?«

»Nein, natürlich nicht. Sie war listiger als ein Fuchs. Sie rannte zu dem Nussbaum, gab ihr Kleid dort wieder ab und kehrte in ihre Asche zurück. Am nächsten Tag sammelte sie die Linsen erst gar nicht auf und ging gleich zu dem Baum, von dem ihr der Vogel ein noch schöneres Kleid herunterwarf als das erste. Sobald sie auf dem Ball erschien, hielt der Prinz sie sogleich fest und tanzte mit ihr, als es aber Mitternacht wurde …«

»… lief sie davon.«

»Genau. Er folgte ihr bis zum Garten hinter dem Haus. Dort stand ein Birnbaum, und Aschenputtel kletterte rasch hinauf. Da kam der Vater und ließ sich eine Axt bringen, um den armen Baum zu fällen.«

»Und sie?«

»Sie stieg rechtzeitig vom Baum, denn sie war schlau, das hatte sie von ihrer Mutter geerbt. Sie legte das Kleid unter den Haselbaum und ging schlafen. Am dritten Tag schenkte ihr der Vogel ein umwerfend schönes Kleid und ein Paar goldene Schuhe. Als sie am Königshof ankam, blieben alle in wortlosem Staunen stehen, vielleicht waren sie auch überrascht, weil die Schuhe nicht aus Glas waren. Der Prinz tanzte die ganze Zeit mit ihr, damit sie ihm nicht noch einmal weglaufen konnte. Die Kompetenzen der Ordnungskräfte im Schloss wurden zu diesem Zweck maßgeblich erweitert.«

»Hat sie den Schuh verloren?«

»Mehr oder weniger. Der Prinz hatte es vorausgesehen und die Treppe mit Pech bestreichen lassen. Als das Mädchen weglief, blieb ihr Schuh kleben. Er hob ihn auf, und am nächsten Morgen ging er zu Aschenputtels Vater, mit dem ihn inzwischen ein Vertrauensverhältnis verband, und sagte ihm, er wolle diejenige seiner Töchter heiraten, der dieser Schuh passte. Die Stiefschwestern waren schon ganz hysterisch vor Aufregung. Die Ältere nahm den Schuh und ging ins Schlafzimmer, da ihr Fuß aber nicht hineinpasste, gab ihr die Mutter ein Messer und verlangte, dass sie sich einen Finger abschnitt.«

Rebecca fuhr hoch. »Wieso denn den Finger?«

Giulia zuckte die Achseln. »Du hast Recht, es war der dicke Zeh. Der passte nämlich nicht hinein. Das Mädchen schnitt sich also tatsächlich den Zeh ab, steckte den Fuß in den Schuh und ging zu dem Prinzen, der sie auf sein Pferd hob. Er konnte sich offenbar keine Gesichter merken, und so erkannte er nicht mal, dass das nicht das

Mädchen war, mit dem er stundenlang getanzt hatte und das er heiraten wollte. Und so einer wollte König werden!«

Rebecca brachte Giulia zum eigentlichen Thema zurück.

»Also ritt er mit der Stiefschwester aufs Schloss?«

»Nein, zum Glück waren da Aschenputtels gefiederte Freunde. Als das Paar am Nussbaum vorbeikam, forderten zwei Tauben den Prinz auf, sich das Blut anzusehen, das aus dem Schuh lief, und deckten den Betrug auf. Der Prinz begriff, was passiert war, ritt zurück, gab das Mädchen zurück an den Absender und fragte den Vater, ob er nicht eine andere zum Tauschen hätte. Die zweite Schwester ging mit dem Schuh ins Schlafzimmer, hackte sich ein Stück von der Ferse ab, um sich hineinquetschen zu können, und ritt mit dem Prinzen fort. Da man sich in diesem Märchen auf niemand anderen verlassen kann als die Vögel, wiesen die beiden Tauben den Prinzen durch ihr Geschrei erneut auf den Betrug hin.«

Rebecca verschränkte die Arme und zog einen Flunsch. »Der scheint ja wirklich blöd zu sein.«

»Was erwartest du denn von einem Märchenprinzen? Da tanzt er drei Tage hintereinander mit einem reizenden Mädchen, lässt es jedes Mal entkommen und braucht einen Schuh, um sie wiederzuerkennen! Zweimal bringt er fast das falsche Mädchen nach Hause und ist gar nicht überrascht, als zwei Täubchen oben auf einem Nussbaum hocken und mit ihm reden.«

»Am Ende aber schafft er es doch, Aschenputtel den Schuh anzuziehen, oder?«

»Leider ja. Er fragt den Vater, ob er noch eine dritte

Tochter hat, und der antwortet ihm, dass er zwar eine habe, dass sie aber mickrig und unansehnlich sei, absolut ungeeignet, voller Asche und wohl kaum eine richtige Prinzessin abgeben würde. Ich möchte gern glauben, dass der Vater das nur sagt, weil er verhindern will, dass seine Tochter diesen Dummkopf heiratet, aber ich bin mir nicht sicher. Wie auch immer. Der Prinz jedenfalls spielt seine ganze Macht aus und verlangt, dass ihm die dritte Tochter vorgeführt wird. Aschenputtel macht sich zurecht und zieht den Schuh an, der wie angegossen passt, und da erst erkennt der Trottel sie.«

»Und sie heiraten.«

»Ja, so ist es. Und am Tag der Hochzeit, als die Stiefschwestern neben der Braut in die Kirche gehen, kommen zwei Tauben und picken jeder von ihnen ein Auge aus. Beim Auszug der Hochzeitsgäste vollenden sie ihr Werk und picken den bösen Schwestern auch noch das zweite aus. So sind sie für den Rest ihres Lebens blind, doch das wirkt sich kein bisschen auf die Hochzeitsfeier aus. Prost Mahlzeit, Friedenstaube! Ende.«

»Was heißt hier Ende?«

»Sie sind verheiratet und Schluss.«

»Aber du musst doch noch sagen, dass sie glücklich und zufrieden waren bis an ihr Lebensende.«

»Das weiß ich aber nicht.«

»Hoffen wir es«, murmelte Rebecca, gähnte und kuschelte sich in ihr Kissen.

»Hoffen wir es«, wiederholte Giulia leise, während das Mädchen langsam die Augen schloss.

4

Rebecca mochte den Unterricht lieber als die Pausen. Alle mussten der Lehrerin zuhören, in der Klasse war es still, und jeder saß an seinem Platz und war mit seinen Heften und Büchern beschäftigt. In der Pause aber waren die Dinge nicht so einfach. Sie lief nach Regeln ab, die Rebecca nicht kannte.

Ihre Banknachbarin Fiorenza war die Klassenbeste. Sie war, damit die neue Schülerin Rebecca neben ihr sitzen konnte, von ihrer besten Freundin getrennt worden, die nun zwei Reihen weiter hinten saß. Fiorenza war wichtigtuerisch, behandelte Rebecca von oben herab und tat, als sei sie die Einzige, die in der Lage war, der Neuen zu helfen, die erst zum zweiten Halbjahr in die Klasse gekommen war. Sie war Rebecca auf Anhieb unsympathisch.

In der Pause stellte sich das natürliche Gleichgewicht wieder her. Alle Mädchen mit langen Haaren und Glitzerhaarreif trafen sich bei der Schulhofbank und plauderten, die pummeligen Mädchen mit den ausgeleierten Klamotten lehnten sich an die Wand und aßen Süßigkeiten, die mit Brillen und Overall setzten sich auf den Boden und lasen Comics oder spielten mit den Jungen, die hinter einem Ball herrannten oder Fußballerbildchen tauschten.

Rebecca hatte sich etwas abseits auf einen Baumstumpf gesetzt. Sie beobachtete gern die anderen, und manche von ihnen gefielen ihr. Sie hatte aber noch keine Gelegenheit gehabt, Freundschaften zu schließen, und wollte sich vorher genau überlegen, mit wem. Sie trug ihr Haar lang, aber sie hasste Haarreifen. Süßigkeiten konnte sie den ganzen Tag über essen, ohne dick zu werden, sie trug keine Brille, mochte aber Overalls und Ballspiele. Sie wollte sich in Ruhe überlegen, mit wem sie sich anfreunden sollte.

»Komm, spiel mit uns«, rief Elisabetta von der dritten Bankreihe links. Sie trug eine Brille und grinste breit. »Wir spielen Brennball und uns fehlt noch einer.«

Die Kinder hatten sich in zwei Reihen aufgestellt, auf einer Seite fehlte jemand an vierter Position. Alle sahen sie an und winkten sie herbei. Dieses Angebot konnte sie nicht ablehnen. Es war die erste Pause hier in der neuen Schule, die sie nicht allein verbrachte.

Die Haarreifen-Mädchen, die zusammen schwätzten, sahen sie missbilligend an. Ob sie Rebecca in ihre Clique aufnehmen würden, war noch nicht entschieden. Es wurde noch darüber verhandelt.

»Wir wussten zuerst nicht, ob du nett bist«, meinte Elisabetta, als sie wieder in die Klasse kamen. »Du bist es aber«, sagte sie, bevor sie sich auf ihren Platz setzte.

Rebecca lächelte. Sie fand die anderen auch nett.

»Ich hab gesehen, dass du Freunde gefunden hast«, zischte ihr Fiorenza zu, sobald sie auf ihrem Platz saßen.

Sie nickte.

»Gut, das bedeutet, dass du dich gut akklimatisiert hast. Und? Hast du dich akklimatisiert?«

Die Lehrerin legte großen Wert darauf, dass sie dies tat. Rebecca war die Bedeutung des Wortes allerdings nicht ganz klar. Sie dachte bei Klima immer gleich an Klimakatastrophe, an Duftspray, das man in Zimmern versprühte, aber natürlich wusste sie, dass es hier bedeutete, dass sie sich mit jemandem anfreunden sollte, und beim Brennball mitzuspielen war wohl genau das, was man von ihr erwartete.

»Ich glaube, ja«, antwortete sie.

Fiorenza zog leicht die Mundwinkel hoch, kniff die Augen zusammen, hob den Finger und fragte die Lehrerin:

»Darf meine richtige Banknachbarin jetzt wieder an ihren Platz? Rebecca hat sich akklimatisiert.«

Die Lehrerin kam und fragte Rebecca, ob das stimme, doch bevor sie antworten konnte, fuhr Fiorenza dazwischen: »Sie hat es mir gerade selbst gesagt. Nicht wahr, Rebecca?«

Die Mädchen mit den langen Haaren und den Haarreifen sahen einander an und kicherten. Rebecca nickte. Sie hatte keinen Grund, nein zu sagen, und auch keine Lust, länger neben Fiorenza zu sitzen.

Die Lehrerin schien zufrieden. »Also gut, dann könnt ihr tauschen.«

Nach dieser Erlaubnis begann ein eifriges Hin und Her, die beste Freundin kehrte zu Fiorenza zurück, die Mädchen mit den langen Haaren suchten sich neue Plätze, und für Rebecca blieb nur ein Platz ganz hinten im Klassenzimmer übrig, der neben Daniele.

Mit Daniele redete nie jemand. Vielleicht ging es auch

von Daniele aus, und er redete mit keinem, das hatte Rebecca noch nicht so ganz verstanden. Jedenfalls blieb Daniele in den Pausen immer allein in der Klasse und zeichnete.

An dem komplizenhaften Gekichere der Mädchen mit dem Haarreif erkannte Rebecca, dass der Umzug von Fiorenzas Bank zu Daniele ein gravierender sozialer Abstieg war. Ein bisschen so wie bei Aschenputtel.

Rebecca musste lächeln, denn sie stellte sich vor, wie die Mädchen aus der Haarreifen-Clique sich Teile ihrer Füße abhackten, um in einen Schuh zu passen. Sie hätten bestimmt alles getan, um einen Prinzen zu heiraten, auch wenn er ziemlich dumm war.

Sie setzte sich also neben Daniele, der dem Durcheinander keine Sekunde Aufmerksamkeit geschenkt hatte und unermüdlich weiter in sein Heft kritzelte.

»Hallo«, sagte sie, während sie sich setzte.

Er nickte kurz, hob aber nicht den Blick von seiner Zeichnung.

»Ich bin Rebecca.«

»Das weiß ich«, antwortete er und konzentrierte sich weiter auf die Zeichnung, die besonders kompliziert zu sein schien und die er hinter seinem Ellbogen verbarg. Er hob leicht den Kopf und hielt die Heftseite nach oben.

»Was malst du da?«

»Meine Sache«, sagte er leise.

Diese Antwort genügte Rebecca. Daniele gefiel ihr zehnmal besser als Fiorenza.

5

Giulia und Lorenzo fanden die rigide Haltung von Franco, dem Hausmeister, ziemlich übertrieben.

Wer Tiere liebe, dürfe sie nicht essen, wenn er sie trotzdem äße, könne er nicht behaupten, er sei tierlieb, so lautete Francos Fazit. Eigentlich hatten sie ihn nur gefragt, was er von den moralisch unbedenklichen Gummibärchen hielt, doch er nutzte die Gelegenheit, ihnen eine Menge Vorhaltungen zu machen, und hatte sie als unglaubwürdig hingestellt, und das nur wegen eines Hamburgers.

Sie hatten zugegeben, dass sie Fleisch aßen, und selbst Jahre kostenloser Werbung für die Liga gegen Tierquälerei konnten sie nicht von der Gewissenslast befreien, die sie wegen aller in ihrem Leben gegessenen Tiere beschwerte. Für Franco waren sie nichts als Heuchler, und Absolution hatten sie nicht verdient. Sollten sie ruhig weiter Fleisch essen, Franco hatte nichts dagegen, aber sie sollten sich dann nicht scheinheilig für etwas einsetzen, was im Gegensatz zu ihren tierverachtenden Machenschaften stand. Das war seine Meinung, basta!

Sie dankten ihm und kehrten resigniert zu ihren PCs zurück. Sie waren in der Agentur die beiden kreativsten Mitarbeiter. Sie waren kultiviert, scharfsinnig, realistisch, und nichts Menschliches war ihnen fremd. Sie bestellten sich oft blutige Steaks. Nichts verabscheuten sie mehr als Besserwisserei.

»Wenn alle Tiere wirklich frei herumliefen, wie würde es ihnen denn dann ergehen?« Lorenzo zuckte mit den Mundwinkeln und schüttelte den Kopf. »Sie würden von Raubtieren gefressen. Stell dir Tausende in der Wildnis lebende Hühner vor, das gefundene Fressen für ihre natürlichen Feinde.«

Giulia lachte. Sie arbeiteten seit fünf Jahren zusammen und hatten sich von der ersten Minute an bestens verstanden. Ein Stichwort, ein Lachen und ein kunstvoller Spot genügten – sie waren einfach auf einer Wellenlänge.

Als Lorenzo in der Agentur anfing, war er noch keine dreißig und hatte bisher nur als unbezahlter Praktikant in einer Provinzagentur gearbeitet. Welche Aufregung, als er zum »Hochadel« der Werbung kam, in das Gebäude, in dem Giulia Neri arbeitete, die in Cannes bereits zwei Goldene Palmen gewonnen hatte – für zwei in seinen Augen geniale Werbespots. Nach einem Jahr war der Art-Direktor, mit dem Giulia arbeitete, weggegangen, und sie gab den Mitarbeitern den Auftrag, ein Projekt zu entwickeln, um einen Nachfolger zu finden.

»Ihr könnt alles machen, Leute. Seid ironisch, unanständig, politisch unkorrekt. Eure Werbung wird nie veröffentlicht oder ausgestrahlt, ihr könnt euch also hemmungslos austoben.«

Lorenzo hatte die Nächte durchgearbeitet, und als er Giulia seine Entwürfe vorlegte, betrachtete sie sie ernst und kritisch.

»Warum lässt du die Braut mit einem Hühnertransport zum Rathaus bringen?«

»Damit sie gar nicht erst lebend zur Hochzeit erscheint, so kann er den Sportwagen in aller Freiheit allein genießen.«

»Das ist schon in Ordnung, aber warum gerade ein Hühnertransport?«

»Weil sie blond ist und blauen Lidschatten trägt.«

Giulia brach in Lachen aus und entschied sich für ihn. Von diesem Augenblick an spielten die fünf Jahre, die Giulia ihm an Alter und Erfahrung voraushatte, keine Rolle mehr.

»Hast du je daran gedacht, Vegetarier zu werden?«, fragte sie jetzt.

Manchmal schon, aber nie länger als achtundvierzig Stunden. Ein paar Freundinnen hätten versucht, ihn zu bekehren, aber je mehr Körner mit unaussprechlichen Namen er habe essen müssen, desto mehr hätten sich seine Schneidezähne abgenutzt.

»Und du?«

Giulia gab zu, dass sie es versucht habe, aber nach dem x-ten Vegetarier, der sie mit seinen Sprüchen traktiert habe, habe sie gefürchtet, so zu werden wie er. Einmal habe sie sogar einen Monat durchgehalten, wegen eines Gesundheitsfanatikers, in den sie sich verliebt hatte und der besessen war von Entgiftungskuren und Darmspülungen. Das war der Liebe aber nicht sehr zuträglich gewesen.

Lorenzo wusste genau, auf welchen Typ Mann Giulia flog. Entweder waren es harmlose Langweiler oder brillante Egozentriker. Normalerweise geriet sie in Zeiten großer Müdigkeit an solche Männer, oder wenn Weihnachten näherrückte, oder wenn sie Langeweile hatte oder Angst, alt zu werden. Es war immer nur für kurze Zeit und hielt nie länger als zwei Monate. Sie stellte allen ihren neuen Freund vor, und dann war plötzlich von ihm nicht mehr die Rede.

Als Lorenzo sie noch nicht kannte, hatte Giulia gerade eine längere Beziehung hinter sich. Ein paar Jahre hatte sie gehalten, sie hatten zusammengewohnt und sich schließlich als gute Freunde getrennt.

Gute Freunde wie Lorenzo und Giulia es jetzt waren – ohne Liebesgeschichte und ohne große Nähe. Doch ihre freundschaftliche Beziehung war stabiler als die jener Paare, die Hand in Hand gemeinsam in den Sonnenuntergang gingen.

Im Moment hatten beide gerade keine bessere Hälfte für gemeinsame Wochenenden, an denen es Tofugeschnetzeltes gab. Da war niemand, den man anderen vorstellen, niemand, von dem man schwärmen konnte, keiner, über den man sich beklagen konnte. Beide waren sie frei, und so konnten sie ungestört bis spätabends arbeiten, sich China-Gerichte nach Hause bestellen, sich beim Training im Sportstudio Slogans ausdenken, Yoga-Kurse besuchen, den Sonntag mit Filmegucken verbringen, zunehmen oder sich Haare unter den Achseln wachsen lassen und sich gegenseitig Gesellschaft leisten.

»Wir müssen Marktforschungen über die Gewohnheiten von Veganern und Vegetariern studieren«, sagte Giulia und lehnte sich in ihrem Schreibtischstuhl zurück. »Wo kaufen sie ein, was ziehen sie an, was lesen sie, wie bewegen sie sich fort.«

Sie blickte nach links, wie immer, wenn sie über eine Möglichkeit nachdachte, und legte den Radiergummi ihres Bleistifts an die Nasenspitze. »Ob sie gern fernsehen, ob sie Zeitschriften aus Recyclingpapier lesen, wer oder was sie gern wären.«

»Gutmenschen wollen sie sein, vor allem das«, meinte Lorenzo.

Ihre Arbeit hatte in erster Linie mit Leuten zu tun, die etwas darstellen wollten. Träume und Illusionen zu erzeugen war ihre große Aufgabe, Überflüssiges zu verkaufen ihre Mission.

»Konntest du als Kind einschlafen, wenn dir jemand Märchen erzählte?«

Giulia stellte oft unvermittelt Fragen, die nichts mit der Sache zu tun hatten, über die man gerade sprach. Niemand konnte dann ahnen, was ihr gerade durch den Kopf ging.

»Ja, ich bin dabei eingeschlafen. Wegen der Stimme meiner Mutter, nehme ich an. Ihre Nähe gab mir Sicherheit.«

Giulia nickte. »Also war es vor allem die Stimme eines Erwachsenen.«

»Ich glaube schon. Ich glaube aber nicht, dass sich Menschenfresser, Hexen oder Kinder dafür interessieren, ob Bonbons moralisch vertretbar sind oder nicht.«

Giulia runzelte die Stirn, und Lorenzo hakte nicht weiter nach. Es war schon acht Uhr abends, Zeit, den Rechner auszustellen, den Schreibtisch zu verlassen, ein Bier zu trinken und dazu etwas zu essen.

»Wie wär's mit Pizza?«, schlug er vor.

»Ja, aber ich muss bald nach Hause.«

6

Rebecca wartete schon mit dem Plüschhund in der Hand vor der Wohnungstür auf sie. Auf ihrem Nachthemd war eine tanzende Tomate abgebildet.

»Ich dachte schon, du kommst nicht mehr«, sagte das Mädchen, sobald sie sie erblickte.

»Die Tomate ist toll«, sagte Giulia und schloss ihre Wohnung auf.

Rebecca blickte auf die Tomate hinunter, blieb an der Türschwelle stehen und sah dann Giulia an. »Mama ist nicht zu Hause.«

»Das hab ich mir schon gedacht. Und du willst deine Gutenachtgeschichte hören.«

Rebecca nickte und drückte ihren Plüschhund an sich.

»Wusstest du eigentlich, dass unser Flurnachbar Schauspieler ist? Er kann vielleicht viel besser erzählen als ich, hast du ihn mal gefragt?«

Rebecca schüttelte den Kopf. »Mit dem spreche ich nicht gern.«

Auch Giulia ging diesem Nachbarn aus dem Weg. Er gehörte nicht zu den Männern, die, wie es dem Klischee entsprach, im Alter sanft und weise werden. Nach seiner Theaterkarriere war er zu einem verbitterten, vom Leben enttäuschten Alten geworden, jedenfalls alles andere als ein freundlicher Nachbar, wie man ihn sich wünscht.

»Schade, du weißt nicht, was dir dadurch entgeht. Er wäre sicher ein ganz passabler Menschenfresser.«

Rebecca grinste und sah zu, wie Giulia Mantel, Schal und Mütze auszog, die Tasche aufs Sofa stellte, in weiche flauschige Pantoffeln schlüpfte und ihr dann ein Zeichen gab, sie zu ihrem Zimmerchen zu führen.

»Was darf es heute sein? Prinzen, die Versager sind, Prinzessinnen, denen Gefahr droht, verlassene Kinder oder noch was anderes?«, fragte Giulia, während Rebecca unter die Bettdecke kroch.

Sie wolle ein lustiges Märchen, aber wieder was mit einer Prinzessin, erklärte sie.

Giulias Blick wanderte zu einem Winkel an der Decke, dann sah sie Rebecca mit einem Lächeln an. »Also gut. Ich erzähle dir heute von der berühmtesten Apfelesserin der Welt nach Eva.«

»Schneewittchen? Aber das ist doch nicht lustig!«

»Wieso nicht? Sie ist eine der dümmsten Prinzessinnen, die ich kenne, und dabei gutgläubig wie ein Stallkaninchen. Da kann man doch nur lachen.«

Rebecca zog die Decke hoch, drehte sich auf die Seite, legte den Kopf in die Armbeuge und sah Giulia erwartungsvoll an. Sie war bereit.

»Eines Tages wünscht sich eine Königin ein Mädchen so weiß wie Schnee, so rot wie Blut und so schwarz wie Ebenholz. Dann bekommt sie das Kind und stirbt. Nach einem Jahr verheiratet sich der König mit einem Superweib, aber diese Frau ist eitel und anmaßend und erträgt es nicht, wenn jemand schöner ist als sie. Genau das aber passiert, als Schneewittchen siebzehn wird, und der magische Spiegel der Königin, der ziemlich geschwätzig ist, ihr sagt, das Mädchen sei die Schönste im ganzen Königreich. Die neue Königin pflegt Probleme schnell und nachhaltig zu lösen und beauftragt einen Jäger, das Mädchen in den Wald zu führen, sie zu töten und ihr Leber und Lunge als Beweis zu bringen.«

»Bis jetzt gibt es aber noch nichts zu lachen, oder?«

»Warte nur, bald wird es urkomisch. Der Jäger traut sich zwar nicht, Schneewittchen zu erdolchen, hat aber keine Skrupel, sie in einem Wald mit wilden Tieren allein zurückzulassen. Der Königin bringt er die Eingeweide eines Wildschweinferkels, und sie isst sie auf.

»Sie isst sie auf?«

»Ja, aber nur, weil sie denkt, sie stammen von Schneewittchen. Inzwischen rennt das Mädchen völlig verängstigt durch den Wald, bis es dort ein Häuschen findet.«

»Das Haus der sieben Zwerge.«

»Genau. Sie verübt Hausfriedensbruch, geht einfach rein, sieht sich alles an, isst und trinkt. Das geht sehr schnell, weil alles so klein ist. Danach schläft sie auf einem der sieben Bettchen, nicht ohne vorher alle anderen ausprobiert zu haben. Als die kleinen Hausbesitzer aus ihren Höhlen zurückkehren, geraten sie in Zorn, als sie entdecken, dass jemand bei ihnen eingedrungen ist. Dann aber sehen sie Schneewittchen, verzeihen ihr alles und lassen sie schlafen. Als sie am nächsten Morgen ihre Geschichte hören, beschließen sie, das Mädchen bei sich aufzunehmen, wenn sie im Haushalt hilft, und raten ihr, niemandem die Tür zu öffnen, während sie nicht da sind. Sie haben Grund zur Annahme, dass die gemeine Stiefmutter sich rächen wird, wenn sie herausfindet, dass Schneewittchen gar nicht tot ist.«

»Wissen sie denn, dass sie eine böse Hexe ist?«

»Ja, das wissen sie. Inzwischen findet im Schloss ein freundliches Gespräch zwischen der Königin und ihrem Spiegel statt, der ausplaudert, was er besser für sich behalten hätte: dass Schneewittchen noch lebt und sich bei den sieben Zwergen versteckt. Da sie die Schönste im Königreich bleiben will, verkleidet sich die Königin in eine alte Krämerin und präsentiert bei dem Häuschen eine ganze Sammlung Gürtel.«

»Das stimmt aber nicht, sie hat doch den vergifteten Apfel!«

»Du kennst nur die Kurzversion. Ich erzähle dir die längere, die viel amüsanter ist. Schneewittchen vertraut der Alten, warum, weiß keiner. Sie lädt die Alte ins Haus ein, sucht sich eine Schärpe aus bunter Seide aus und lässt sich beim Anziehen helfen. Die Alte zieht so fest, dass Schneewittchen keine Luft mehr bekommt und wie tot zu Boden fällt.«

»Sie zieht an der Schärpe?«

»Ja, aber ganz fest. Die Methode erweist sich aber als unsicher. Als die Zwerge abends nach Hause kommen und Schneewittchen bewusstlos am Boden liegen sehen, schneiden sie die Schärpe durch, und sie wird wieder lebendig. Ein enttäuschender Mordversuch. Begangen von einer bösen Königin, der man mehr zugetraut hätte.«

Rebecca musste lachen. »Und die Königin?«

Die läuft nach Hause und fragt den Spiegel, wer die Schönste im ganzen Land sei. Immer noch Schneewittchen. Da steigt ihr das Blut zu Kopf – was aber keinen Schaden in ihrem Hirn anrichtet –, und da sie sich in schwarzer Magie auskennt, stellt sie einen giftigen Kamm her.«

»Einen giftigen Kamm? Was ist mit dem Apfel?«

»Nur mit der Ruhe, erst kommt der Kamm. Sie verkleidet sich wieder, rennt in den Wald zu der Stieftochter, stellt sich unters Fenster und preist wie ein Fischverkäufer ihre Waren an. Schneewittchen sagt, sie solle weggehen, sie dürfe niemanden hereinlassen. Als sie aber den schönen Kamm sieht, ist sie ganz außer sich vor Begeisterung und öffnet die Tür.«

»Sie hatte aber versprochen, nicht aufzumachen. Sie weiß doch, dass die Hexe sie töten will.«

»Na ja, eine wie die fällt schon in Ohnmacht, wenn's donnert. Dann braucht man ihr nur noch mit einer Kelle auf den Kopf zu hauen, und schon fällt sie tot um, ohne dass man sich die Hände mit Gift besudeln muss. Aber dann hätte die böse Hexe ja keine richtige Aufgabe. Also verkauft ihr die Stiefmutter den Kamm, kassiert das Geld und steckt ihr das gute Stück ins Haar. Sofort dringt das Gift in Schneewittchens Hohlköpfchen ein, und das Mädchen fällt zu Boden. Die Königin macht Freudensprünge, eilt zurück ins Schloss, und zwar gerade noch rechtzeitig, um nicht von den Zwergen erwischt zu werden, die Schneewittchen bewusstlos am Boden finden, ihr den Kamm aus den Haaren ziehen und sie auch diesmal wieder retten.«

»Die Hexe ist aber nicht besonders gut im Töten, was?«

»Nein, nicht besonders. Also, für eine Hexe, meine ich. Na, du kannst dir ja vorstellen, wie sie reagiert, als der geschwätzige Spiegel ihr schon wieder erzählt, dass die Prinzessin immer schöner wird. Schließlich präpariert sie den giftigen Apfel und klopft als Bäuerin verkleidet an die Tür des Zwergen-Häuschens.«

»Und Schneewittchen macht ihr auch jetzt wieder auf?«

»Sie macht nicht auf, aber die Königin reicht ihr den Apfel durch das Fenster, als Geschenk. Als das brave Mädchen sagt, es dürfe aber von keinem etwas annehmen, schlägt die Hexe ihr vor, den Apfel zu teilen: die helle Hälfte für sich, die rote für Schneewittchen. Da die Zwerge nicht daran gedacht haben, Schneewittchen zu sagen, sie soll keine halben roten Äpfel von Fremden annehmen, beißt Schneewittchen hinein und bricht tot zusammen.«

»Na ja, da kann man nur sagen: selber schuld.«

»So ist es. Wie blöd kann jemand sein, drei Mal denselben Fehler zu machen? Die Stiefmutter kehrt ins Schloss zurück und feiert mit dem Spiegel ihren Sieg. Die Zwerge kommen nach Hause zurück und versuchen, Schneewittchen wiederzubeleben, aber vergebens. Danach weinen sie drei Tage lang und finden sich damit ab, dass sie jetzt wieder selbst putzen müssen.«

»Oje!« Rebecca grinste ein bisschen schadenfroh.

»Da Schneewittchen nicht verwesen soll und auch als Tote immer noch schön aussieht, beschließen die Zwerge, sie in einen Kristallsarg zu legen, auf dem in goldenen Buchstaben steht, sie sei die Tochter des Königs. Sie stellen den Sarg auf einen Berg. Schließlich ist sie ja eine Märchenprinzessin und nicht die Obsthändlerin von der nächsten Ecke.«

Rebecca kicherte, rutschte bis zum Kinn unter die Decke und kuschelte sich auf die andere Seite.

»Eines schönen Tages, inzwischen war einige Zeit vergangen, geschah es, dass wieder so ein Nichtsnutz von Prinz in die Gegend kam und bei den Zwergen übernachtete. Sobald er das Mädchen im Sarg sah, verliebte er sich wahnsinnig in sie. Wie die meisten Männer hielt er nicht viel von klugen und gesprächigen Frauen. Es wurde über den Erwerb der schönen Leiche verhandelt: Der Prinz bot den Zwergen dafür alles, was sie haben wollten, doch die Zwerge lehnten ab. Da erklärte der verzweifelte Prinz, ohne die unbekannte Tote könne er nicht mehr leben, und schwor, sie zu behandeln wie das Liebste auf Erden. Die Zwerge hatten Mitleid mit ihm und gaben nach. Vielleicht wollten sie aber einfach auch nur diesen Verrückten möglichst schnell loswerden. Die königlichen Diener nahmen den Sarg auf den Rücken und wollten schon zum Schloss eilen, doch da stießen sie gegen einen Busch und durch den Stoß spuckte Schneewittchen das Apfelstück aus und lebte wieder.«

»Passierte das nicht durch einen Kuss?«, fragte Rebecca und hob den Kopf vom Kissen.

»Nein, da verwechselst du was. Außerdem entzaubern wir jetzt mal den Mythos vom Kuss, der Prinzessinnen wieder lebendig macht. Sie kam zu uns zurück, weil sie sich ein bisschen übergeben musste. Unglaublich, dass keiner vorher daran gedacht hatte, ihr auf den Rücken zu klopfen.«

Rebecca schüttelte den Kopf und legte sich wieder bequem hin.

»Schneewittchen öffnete die Augen, hob den Deckel hoch und fragte verwundert, was passiert sei. Da der Prinz sich in eine Tote verliebt hatte, muss er über den Lazarus-Effekt nicht allzu erstaunt gewesen sein. Er erzählte ihr alles, erklärte ihr seine Liebe und hielt um ihre Hand an. Sie war immer noch im Sarg, willigte aber ein. Sie hatten ja sowieso keine Zeit, sich kennenzulernen oder sich wenigstens einander vorzustellen.«

»Ist die Geschichte jetzt zu Ende?«

»So gut wie. Aber es fehlt noch das große Finale. Auch die böse Stiefmutter war zur Hochzeit eingeladen, hatte aber keine Ahnung, dass es die Hochzeit ihrer verhassten Stieftochter war. Sie rannte zu ihrem einzigen Freund, der dies vermutlich nur deshalb war, weil er an der Wand hing und sich nicht wehren konnte, und fragte ihn um Rat wegen ihrer Kleidung. Er wies sie darauf hin, dass die Braut die Schönste im Land sei. Von Neugier getrieben ging sie auf das Fest. Als sie Schneewittchen erblickte, verschlug es ihr die Sprache: Diese Stieftochter war ja schlimmer als eine Quecke. Sehr bald musste sie feststellen, dass sie nicht absichtslos zur Hochzeit eingeladen war. Im Feuer standen zwei Pantoffeln aus glühendem Eisen bereit und sie wurde gezwungen, darin zu tanzen, bis sie tot umfiel. Wahrscheinlich haben sich die Gäste zu diesem originellen Schauspiel gratuliert.«

»Haben sie die Böse getötet?«

»Allerdings.«

»Aber dadurch wurden sie doch auch böse!«

»Schon. Aber man kann das auch Gerechtigkeit nennen. Bist du nicht froh, dass die Stiefmutter tot ist?«

»Ich weiß nicht. Vielleicht wäre sie besser von selber gestorben, als von Guten getötet zu werden.«

»Na ja, sie sind eben nicht besonders klug, und vielleicht sind sie nicht mal so gut, wie man denkt. Und jeder weiß, wenn man mit einem Apfel spielt, kann das böse ausgehen. Aber es ist doch ein lustiges Märchen, findest du nicht?«

»Ja«, sagte Rebecca und gähnte, »es ist lustig.«

7

Rebecca fand es nicht leicht, sich für Geographie zu begeistern. Die Karten von Italien, Europa und der Welt waren wie abstrakte Zeichnungen und nicht besonders schön. Sie erzählten ihr nichts, da gab es nichts zu verstehen, man musste nur alles auswendig lernen.

Bei der theoretischen Aufteilung in verschiedene Länder ohne jeglichen persönlichen Bezug, an dem man sich hätte orientieren können, konnte Frankreich ebenso gut Deutschland sein, oder Belgien und Holland. Das waren Bezeichnungen ungenauer geometrischer Formen, alle austauschbar. Von den drei ganz oben gar nicht zu reden, die alle in einer Art Socke steckten, die man im Meer treiben ließ: Norwegen, Schweden, Finnland. Wie sollte man die voneinander unterscheiden? Konnten sie sich nicht einfach zusammentun und sich Sockenland nennen?

Italien erkannte sie, das war einfach, ein Stiefel, der mit Sizilien Fußball spielte. Sardinien hatte er schon abgespielt, kurz vor Korsika. Sie lagen im Mittelmeer herum.

Rebecca sah sich noch einmal die Lehrbuchseite mit der Europakarte an und war davon überzeugt, dass sie sich niemals merken würde, was Portugal war. Für sie war es nur das Vorfeld von Spanien.

Daniele zeichnete unentwegt.

Rebecca versuchte, durch die freie Stelle zwischen Ellbogen und Ohr ihres Banknachbarn zu spinksen, und erkannte das Maul eines Drachen.

»Kann ich ihn mal richtig angucken?«, fragte sie leise.

Daniele sah sie prüfend an. Er war sich nicht sicher, ob er einem Mädchen einen Drachen zeigen konnte. Vermutlich tat er es besser nicht. Er wollte auch nicht, dass sie sich über ihn lustig machte. Seine frühere Banknachbarin hatte ihn Wirrkopf genannt, und das war noch das Netteste, was sie sagte. »Es ist mein Bild«, sagte er und deckte die Seite noch mehr mit dem Arm zu.

»Ich weiß, und ich will auch nichts bei dir abgucken. Aber Geographie ist grässlich und ich mag Drachen lieber.«

Ob sich jetzt alles ändern würde? Rebecca schien anders zu sein als die Mädchen mit den langen Haaren. Einmal hatte Daniele mitbekommen, wie sie über die Neue lachten. Rebecca würde bestimmt nicht so werden wie die anderen Mädchen. Vor allem, wenn sie Drachen mochte.

»Nachher bekommst du noch Angst.«

Rebecca grinste. »Quatsch. Wieso denn? Ich finde Drachen schön.«

»Aber sie speien Feuer und töten.«

»Dann haben sie wohl ihre Gründe.«

Sein Drache sah wirklich furchterregend aus, er gehörte aber zur Armee der Guten, und Daniele freute sich, dass ein Mädchen keine Angst vor ihm hatte.

Er nahm den Arm von seinem Heft und schob es in die Mitte ihres Tisches.

Rebecca sah außer dem fliegenden Drachen noch ungefähr zwanzig weitere Ungeheuer, die sich an zwei Flussufern gegenüberstanden. Jedes sah anders aus, manche hochgewachsen, manche winzig, riesengroße, dann wieder kleine zarte, manche mit Stoßzähnen, manche mit Fußballkäppi, manche mit Lanzen bewaffnet, andere mit Blasrohren.

»Wer sind die denn?«

Daniele erklärte ihr geduldig, was doch eigentlich leicht zu erkennen war. »Zwei Heere.«

»Aha, und wollen sie Krieg führen?«

»Ja.«

»Warum?«

So etwas konnte nur ein Mädchen fragen. Wenn zwei Monsterheere keinen Krieg führten, brauchte man sie doch gar nicht erst zu zeichnen.

»Weil sie sich hassen, und jedes Mal wenn sie sich treffen, gehen sie aufeinander los.«

Rebecca dachte nach. »Wenn sie sich hassen, muss es einen Grund dafür geben.«

Ja, den gab es, aber Daniele wusste noch nicht, ob er Rebecca noch mehr zeigen sollte. »Es sind die Heere von zwei verfeindeten Fürsten.«

Das schien ja eine wirklich spannende Geschichte zu sein.

»Warum sind sie verfeindet?«

»Es sind zwei Brüder, und einer von ihnen hat den mächtigen Stein von Noram geerbt.«

»Und was macht der mächtige Stein von Noram?«

»Das weiß ich noch nicht, aber seine Macht ist groß.«

Rebecca glaubte ihm.

»Kannst du Europa zeichnen?«

»Ich glaube schon, aber es interessiert mich nicht.«

»Und wenn jeder Staat ein eigenes Heer hätte?«

»Eine coole Idee.« Er sah sie erstaunt an. »Du bist gar nicht wie ein typisches Mädchen.«

»Danke.«

Die Pause unterbrach den Kampf zwischen den deutschen Schuppentieren und den Schweizer Flugtieren, und während sich Daniele auf die Armee der Skandinavier konzentrierte, spielte Rebecca mit den anderen Völkerball.

Die Gruppe der Mädchen mit Haarreif kam auf sie zu.

»Wir haben gesehen, dass du mit dem Spinner geredet hast«, sagte eine von ihnen.

»Welcher Spinner?«

»Na, Daniele, dein Banknachbar. Gleich und gleich gesellt sich gern, hahaha.«

»Daniele ist kein Spinner.«

»Ach, tatsächlich? Also, als ich auf deinem Platz saß, hat er kein Wort mit mir geredet.«

»Vielleicht, weil er kein Spinner ist?« Rebecca wurde rot, wie jedes Mal, wenn sie eine unfreundliche Antwort gab. Ihre Mutter nannte das Sticheln. Ganz gleich, wer im Recht war, man durfte niemanden beleidigen, das hatte man ihr beigebracht, und sie bekam plötzlich ein ganz schlechtes Gewissen. Ihre patzige Antwort war ihr ein bisschen peinlich, aber entschuldigen brauchte sie sich dafür nicht.

»Was willst du damit sagen?«, fragte das Mädchen aufgebracht.

Zum Glück kam in diesem Moment Elisabetta hinzu und unterbrach das Gespräch, um Rebecca wieder ins Spiel zurückzurufen. So schwelte die gerade angefachte Zündschnur ein paar Tage vor sich hin.

8

Giulia hatte die Verabredung völlig vergessen.

Fabio, ein bekannter Ingenieur, den sie auf einer jener Abendveranstaltungen kennengelernt hatte, zu denen sie laut Vertrag gehen musste, machte ihr seit Wochen den Hof und hatte schon alle möglichen Taktiken ausprobiert, vom prächtigen Blumenstrauß, den Giulia überraschend auf ihrem Schreibtisch vorfand, bis hin zu der Entsendung eines Straßenpantomimen, den er offenbar engagiert hatte.

Sie und Lorenzo hatten einigermaßen sprachlos vor dem Unbekannten gestanden, der in der Agentur aufgetaucht war, um mit großen Gesten und Grimassen ein Puzzle mit einer Essenseinladung zu überbringen. Schließlich flehte Lorenzo sie an, die Einladung anzunehmen und diesem geradezu herzzerreißenden Verführungsversuch endlich nachzugeben.

»Mir tut das Herz weh, wenn ich sehe, wie nah dieser Mann am Abgrund steht. Bewahr ihm einen Rest seiner Würde, geh mit ihm essen, sei freundlich, aber klar in der Sache und nimm ihm die sinnlosen Hoffnungen.«

Giulia hatte noch keine Meinung darüber, ob Fabio ihr gefiel oder nicht, und das Plüschbärchen mit dem Herzen um den Hals, das seit ein paar Tagen auf einer Ecke ihres Schreibtischs saß, nährte täglich ihre Zweifel.

»Jemand, der Plüschbären mag, der hat ganz bestimmt Kinder!«, rief sie laut über die ganze Etage.

Die Kollegen brachen in schallendes Gelächter aus, und Giulia war kurz davor, das kitschige Bärchen in der Schublade verschwinden zu lassen.

»Oh nein, nicht wegtun! Der süße Bär. Nicht mal wenn du ihn einem Waisenkind schenken würdest, wären wir dafür, ihn wegzugeben. Wir freuen uns jeden Morgen, dass er da vor dir sitzt. Ein Bild für die Götter!«

Giulia und ihr Herz-Bärchen waren in der Agentur zur Attraktion geworden. Manche wetteten um Restaurantgutscheine für einen ganzen Monat, dass Fabio es schaffen würde. Er traf Giulias Geschmack so wenig, dass sie schließlich aus Mitleid nachgeben würde, oder einfach, weil sie die Nase voll hatte.

»Ein Abendessen mit ihm allein?«, fragte Lorenzo, der in der Zwischenzeit die Einladungskarte zusammengesetzt hatte. »Er hat *Comic Sans* verwendet.«

Dies allein schon genügte, um jede Beziehung zu einer Werbefachfrau schon im Vorhinein zunichte zu machen. Die krakelige Kinderschrift war die wohl meistgehasste Schrift aller Designer und Werber, und die Wahl einer Schriftart verriet mehr über jemanden, als ein Genie erkennen konnte. Die *Comic Sans* war genauso peinlich wie ein falscher Konjunktiv, Socken in Sandalen, Jacken mit kurzen Ärmeln oder lange Haare jenseits der vierzig. Weitere Erklärungen brauchte man nicht.

Dennoch hatte Giulia sich schließlich erweichen lassen,

in erster Linie, damit die Wetten um Restauranttickets endlich ein Ende fanden, und sie hatte sogar die Zeit gefunden, Fabio anzurufen, ihm für die vielen Grüße zu danken und ihm im Gegenzug ein Abendessen anzubieten. Danach hatte sie es gleich wieder vergessen.

An dem Tag, als er mit einem strahlenden Lächeln in Sakko und Krawatte im Büro erschien, zitterte sie bei dem Gedanken, dass er sich schon wieder eine originelle Überraschung ausgedacht haben könnte.

»Können wir los?«, fragte er stattdessen.

Da erst fiel ihr alles wieder ein, und sie verfluchte sich selbst. Jetzt musste sie wohl oder übel ja sagen.

Die wohlwollenden Blicke mancher Kollegen ließen erkennen, dass dieser Ingenieur nun doch gar nicht so übel sei, und so vergaß sie für einen Moment den Gedanken an den Pantomimen, das Liebesbärchen und die *Comic Sans*. Sie hatte schon schlimmere Begegnungen überlebt, und daraus Geschichten für düstere Zeiten gesponnen, und die Alternative war sowieso nur ein Abend allein zu Hause. Einer von vielen.

9

Rebecca wollte es allein versuchen. Nachdem ihre Mutter ihr gute Nacht gesagt und die Wohnungstür zugemacht hatte, beschloss sie, sich heute Abend wie eine Erwachsene zu fühlen, keine Angst zu haben, allein einzuschlafen und am nächsten Morgen gesund und munter in ihrem Zimmerchen aufzuwachen mit dem Plüschhund neben sich und dem Geruch von Milchkaffee in der Nase.

Sie versuchte es eigentlich jedes Mal, aber dann verwandelten sich die Stille und Leere der Wohnung in eine Gespensterhöhle, und um ihren Hals legte sich die bedrohliche Gewissheit, sobald sie einschliefe, würde die Dunkelheit Form annehmen mit einem Körper, Hauern, Krallen und roten Augen – an den roten Augen bestand kein Zweifel – und sie verschlingen.

Mit so einer Gewissheit einzuschlafen, war schwierig.

Sie legte sich hin und presste ihr Ohr an die Wand zwischen ihrem Zimmerchen und Giulias Wohnzimmer. Sie hörte weder den Fernseher noch Musik, noch Gespräche. All diese Geräusche bedeuteten, dass Giulia da war, und waren beruhigend, besonders die Musik. Ihr gefiel die Musik, die Giulia hörte. Sie war etwas seltsam, Musik für Erwachsene eben, aber sie mochte sie.

Rebecca blieb eine Weile liegen, aber sobald ihre Lider sich vor Müdigkeit schlossen, wurde sie vor Angst wieder wach. Sie konnte nicht einschlafen, weil sonst die Ungeheuer kamen.

Sie dachte an Danieles Drachen. Es wäre schön gewesen, einen echten Drachen zu haben, denn sie war überzeugt davon, dass Drachen edle und intelligente Tiere waren und ein Drache sie gegen jeden bösen Eindringling verteidigen würde. Als Drachenbaby hätte er auf ihrem Bett schlafen können, oder in der Ecke kauern, immer bereit, gegen feindliche Eindringlinge Feuer zu speien. Wäre er dann groß, würde er über das Haus fliegen und sie von oben beschützen. Allerdings wäre dann auch sie groß, und es wäre gut, sich eine Wohnung im obersten Stock zu suchen. Dann könnte ihr Drache ungestört auf dem Dach leben, und eines Tages würde er selbst vielleicht Junge haben. Dann hätten ihre Kinder auch einen eigenen Drachen, der sie beschützte.

Sie umarmte den Plüschhund und machte Licht, weil es wie das Drachenfeuer die Gespenster der Dunkelheit besiegen konnte. Eine Zeitlang lag sie so da, dann kletterte sie aus dem Bett, zog ihre Pantoffeln an und verließ die Wohnung, nachdem sie ein Kissen vor die Tür geschoben hatte, damit diese nicht zufiel.

Das Treppenhaus links schien zu schlafen, es kam auch niemand die Treppe hoch. Auch Giulias Wohnung rechts von ihr schien zu schlafen. Sie klopfte zaghaft an die Tür, vielleicht arbeitete Giulia gerade und hatte Radio und Fernseher ausgestellt. Keine Antwort. Sie versuchte es erneut. Nichts. Sie beschloss, ein bisschen auf sie zu warten, nur ein bisschen, und dann wieder in ihre Wohnung zu gehen. Vielleicht kam Giulia ja gleich.

Sie zog einen Pantoffel aus und probierte, wie sich die Fußmatte unter dem nackten Fuß anfühlte. Die von Giulia kitzelte, ihre eigene war glatt und weich. Sie sah sich die Matte vom Nachbarn an, bei der dritten Tür auf dem Flur, gleich neben der Treppe, die zum vierten Stock führte. Hier war es dunkler als vor den anderen Türen, aber vom Fenster im Halbgeschoss kam genug Licht herauf, um den Monstern keinen Raum zu lassen.

Sie ging ein paar Schritte vorwärts und berührte die Fußmatte. Sie war rau und abweisend, ohne Bilder, die sie mit dem großen Zeh hätte nachzeichnen können. Sie trat mit beiden Füßen darauf, drückte den Rücken gegen die Tür und sah zur gegenüberliegenden Seite, wo ihre Wohnung mit dem Kissen vor der Tür lag.

Sie beschloss zu zählen, wie viele Schritte es bis dahin waren. Neun. Dann ging sie den Weg zurück, indem sie einen Fuß dicht vor den anderen setzte. Zuerst barfuß, dann in Pantoffeln. Zuerst zählte sie ganz leise, dann sang sie die Zahlen. Dann hüpfte sie auf einem Bein, dann abwechselnd auf dem linken und dem rechten.

Als die Tür des Nachbarn aufschwang, war sie nur einen Hüpfer entfernt.

»Schlafen und träumen, nichts anderes wünsch ich mir. Ist nicht mal das einem armen alten Mann gestattet?«, rief der griesgrämige Nachbar, der einen weinroten Pyjama und einen langen Morgenrock aus Kaschmir trug. Seine Haare standen wild zu Berge, so sehr hatte er sich im Bett gewälzt.

Rebecca stand reglos da, sie war leicht nach vorn gebeugt, bereit für den letzten noch fehlenden Sprung und schaute nach oben.

»Du bist das, du kleines Nachtwesen, du störst meine Träume! Aus welchem finsteren Grund kann die Person, die dich zur Welt gebracht hat, nicht über dein Kommen und Gehen wachen? Auch wenn ich alter Mann dem Tod nah bin, sehne ich mich jetzt doch nach Schlaf, und du raubst ihn mir mit deinen albernen Sprüngen und deinem dummen Gesinge.«

»Entschuldigen Sie, Signore«, flüsterte Rebecca, kauerte sich eilig gegen Giulias Tür und hielt den Plüschhund fest an sich gedrückt.

»Entschuldigungen sind überflüssig. Was ist edler im Gemüt? Die Pfeil und Schleudern des wütenden Geschicks erdulden oder sich wappnend gegen eine See von Plagen durch Widerstand sie enden?«

Rebecca wusste die Antwort nicht. Zwei Tränen traten ihr in die Augen.

»Ich bin doch nur ein Kind, ich tu es nicht wieder, das schwöre ich«, sagte sie eilig, bevor der alte Mann mit einer Waffe auf sie losging, wie sie verstanden zu haben glaubte.

»Sterben, schlafen, nichts weiter. Und wissen, dass ein Schlaf das Herzweh und die tausend Stöße endet, die unsres Fleisches Erbteil abgeschüttelt, 's ist ein Ziel aufs Innigste zu wünschen.«

Sie verstand nicht, was er ihr da sagen wollte, aber dass er wütend war, das war klar. Sie entschuldigte sich stockend und holte zwischen den Wörtern tief Luft. Es tue ihr leid, ihn geweckt zu haben, sie habe geglaubt, leise zu sein.

Leone nahm die Betroffenheit auf Rebeccas Gesicht wahr. Ähnliches hatte er beim Publikum gesehen, wenn sein Pathos von der Bühne über die Rampe gedrungen war.

»Ausgezeichnet, genau das erwarte ich von meinem Publikum«, murmelte er, und für einen Augenblick war er ganz er selbst.

»Ich konnte nicht schlafen«, entgegnete Rebecca und unterdrückte ein Schluchzen.

»Sterben, schlafen, vielleicht auch träumen, Da liegt's. Was in dem Schlaf für Träume kommen mögen, wenn wir die irdische Verstrickung lösen. Das zwingt uns, stillzustehen. Das ist die Rücksicht, die Elend lässt zu hohen Jahren kommen. Denk drüber nach, kleines Nachtgeschöpf, aber ohne Lärm zu machen und meinen Schlaf zu stören«, schloss er und ließ mit dem Zuschlagen der Tür den Vorhang fallen.

Auf dem Flur war es wieder still, nur das Echo der Worte des alten Schauspielers im Pyjama wirkte noch nach. Rebecca nahm zitternd das Kissen, ging wieder in ihre Wohnung und schlüpfte ins Bett.

Sie musste allein einschlafen, sie hatte keine Wahl, aber bei all diesen Ungeheuern in der Nähe, ohne einen Drachen, der sie beschützte, und ohne Giulia, die ihr ein Märchen erzählte, war das sehr schwer. Sie weinte, und dann machten die heißen, salzigen Tränen sie so müde, dass sie in den Schlaf hinüberglitt.

10

Die Besprechung mit den Marketing-Leuten hatte den ganzen Nachmittag gedauert.

Eine muntere, geistreiche, das Publikum interessierende und nicht zu aufdringliche Werbekampagne für eine Serie von sexuellen Gleitmitteln war in mehrfacher Hinsicht eine Herausforderung. Auch die Verlegenheit der Vertriebsleute, denen man klarmachen musste, dass ein Wortspiel mit doppelter Bedeutung vor ein paar Jahrzehnten vielleicht noch originell gewesen war, aber heute bestimmt keinen mehr hinter dem Ofen hervorlockte.

Stundenlang hatten sie am Tisch gesessen, mit Grafiken, Statistiken, Analysen, Sexspielzeug und Tuben von Salben jeglicher Marke, Gleitmitteln gegen Scheidentrockenheit und für Analverkehr.

Die Zielgruppe zu definieren war eine schwierige Aufgabe.

Nach gründlichen Studien auf dem Gebiet hatte sich gezeigt, dass viele Frauen nach der Menopause einen sexuellen Riesenappetit hatten, da für sie kein Schwangerschaftsrisiko mehr bestand. Anderen Studien zufolge und dank der gesellschaftlichen und kulturellen Anerkennung der Homosexualität gab es eine große Marktlücke bei Mitteln für Analverkehr. Eine Praktik, die im Übrigen auch bei Heteropaaren hoch im Kurs zu sein schien.

Ein Hinweis auf Sodom hätte beide Zielgruppen einbezogen, aber die Leute von der Marketing-Abteilung interessierten sich vor allem für Leute jenseits der fünfzig, die eine zweite Jugend im Fitnessstudio erlebten, sich die Augenbrauen zupfen ließen, lässige Kleidung trugen und Tangokurse besuchten.

»Ihr vergesst das dritte Alter!«, brüllte der Vertriebsleiter irgendwann und wirbelte mit einem Vibrator in Hello-Kitty-Form in der Luft herum.

Eigentlich hatten weder die Werbetexter noch die Marketing-Leute die geringste Lust auf diesen Auftrag. Eine muntere Oma, die in die Apotheke kommt und sich dort ein Gleitmittel kauft, wäre ein hinreißender Spot gewesen, doch wenn man sich Zahlenreihen und Statistiken ansah, machte die muntere Oma nur kümmerliche drei Prozent der Zielgruppe aus, die der Auftraggeber im Auge hatte.

»Eins ist sicher, Brauntöne verwenden wir nicht«, erklärte Lorenzo auf dem Weg von der fünften in die vierte Etage. Und als er und Giulia in ihrer Büro-Oase ankamen, hatten sie schon einen Plan für das Projekt im Kopf.

Die vierte Etage hieß gemeinhin »Flur der Verrückten«. Hier arbeiteten die Werbetexter und Art-Direktoren, hier konnte man auf Rollerskates erscheinen oder mit umgeschnallten Mäuseohren, wenn man Lust dazu hatte. Hier wurden Brainstormings abgehalten und dabei Tischfußball gespielt – neben der Kaffeemaschine und dem Snackautomaten stand einer mit Magic balls.

Die anderen Angestellten der Agentur, die immer gut angezogen und pünktlich zur Arbeit kommen mussten, beneideten die Kreativen ein wenig, bewunderten sie auch, zugleich ärgerten sie sich, dass deren Peter-Pan-Syndrom gefördert und auch noch hoch bezahlt wurde. Und doch wurde auf dem Flur der Verrückten ernsthaft gearbeitet. Wie, das konnten nur die Verrückten selbst verstehen.

Die Schreibtische von Giulia und Lorenzo standen einander gegenüber, und darauf lagen Unmengen von Papieren und Gegenständen jeder Art. Hinter beiden Plätzen stand ein Bücherregal, das sich im Lauf der Zeit mit allem Möglichen gefüllt hatte: Romanen, Essaybänden, Handbüchern, Katalogen, Zeitschriften, Comics, DVDs, Nippesfiguren, Preisen, Spielkarten, Origami, Trinkbechern mit Jubiläumsaufdruck, Lexika, CDs, Werbegeschenken und anderen Dingen, für die sie sich früher interessiert hatten.

Durch ein großes Fenster sah man das traurige Panorama dieses Teils der Stadt, eine breite Straße mit neurotischem Verkehr, mit dem zu leben jeden Tag eine Herausforderung war. Dabei half ihnen immer wieder ihre kreative Phantasie.

Giulia ließ sich auf ihren Stuhl fallen, zog die Schuhe aus und setzte sich in den Schneidersitz. Sie nahm den Bericht über die Veganer zur Hand und verschob das Gleitmittelprojekt auf später.

»Glaubst du, dass man mit einem künstlichen Gebiss Weingummi essen kann?«, fragte sie.

Lorenzo setzte sich ruhig hin und dachte nach: »Das sollten wir den Auftraggeber fragen.«

Die Fragen an die Kunden waren immer ihr Ausgangspunkt, das Alpha ihrer Projekte, der Schrecken der Vertriebsleute. Giulia und Lorenzo ein Produkt vorzulegen war, wie mit verbundenen Augen ein Krokodilsbecken zu durchqueren, in der Hoffnung, den Moment zu erwischen, in dem sie schon gespeist hatten. Eines dieser Krokodile war die Liste der Fragen an den Kunden.

Die beiden schafften es immer, eine Reihe von Fragen aufzuschreiben, die für den Fragenden und den, der sie beantworten musste, peinlich waren, logisches Denken war dabei selten eine Hilfe. Bei dem Versuch, zu erklären, warum die Agentur wissen musste, ob ein Tampon wasserdicht war oder ob man die Lasche einer Dose auch als Plektron benutzen konnte, musste man seinen Humor zu Hilfe nehmen.

Das Erfinden von Slogans hätte auch eine esoterische Seite, und jeder Versuch, diese zu erklären, wäre so etwas wie Blasphemie. Man müsse dem Prozess in seiner scheinbaren Unlogik freien Lauf lassen, alles sei eine Frage des Glaubens. So ungefähr begann jeder Vertriebsmensch das Gespräch mit dem Kunden, bevor er die Liste der Fragen abarbeitete.

»Wie ist es gestern Abend gelaufen?«, fragte Lorenzo, nachdem er seine Fragenliste fertig hatte.

»Im Großen und Ganzen gut«, entgegnete Giulia, die sich gerade mit den Gebissträgern beschäftigte.

»Gut in dem Sinn, dass er einsieht, dass es keinen Sinn hat, oder gut in dem Sinn, dass du ihn wiedersiehst?«

»Ich habe ihm gesagt, dass ich im Moment keine Affären gebrauchen kann, und er hat mich nicht geküsst, als er mich nach Hause begleitet hat. Vermutlich hat er's kapiert.«

Lorenzo seufzte tief. Dieser Ingenieur war in seinen Augen sehr ausdauernd. Vermutlich hatte er Giulias Ablehnung überhaupt nicht wahrgenommen und würde die Agentur noch eine Weile mit seiner Brautwerbung zum Lachen bringen.

Doch das wollte Lorenzo lieber nicht laut sagen.

11

»Sie!«

Giulia fuhr hoch vor Schreck, und ihre Schlüssel fielen klirrend zu Boden. Sie hatte nicht mal die Zeit gehabt, aufzuschließen. Dieser Mann musste den ganzen Nachmittag hinter seinem Türspion verbracht haben.

»Signor Leone, was habe ich diesmal verbrochen, um mit einem Herzinfarkt bestraft zu werden?«

Die Gestalt des Nachbarn zeichnete sich im Türrahmen ab, er trug einen schwarzen Cordanzug und einen Seidenschal.

»Sie und ihr Nachtgespenst, das wie ein Kobold in meine Träume eindringt, sie stört und mich gegen meinen Willen weckt.«

Ein Nachbar, der zwei Drittel seines Lebens auf der Bühne verbracht hatte, war wie eine Sammlung von Shakespeare-Texten, über die man jedes Mal beim Öffnen des Kühlschranks stolpert. Sicher ein wertvoller Zitatenschatz, aber doch bitte zur richtigen Zeit am richtigen Ort.

»Signor Leone, ich habe ja nicht mal eine Katze und ein Nachtgespenst schon gar nicht.«

»Es taucht in der Dunkelheit vor meiner Tür auf und

verschwindet, nachdem es mich gepeinigt hat. Lügen Sie nicht! Wer seiner Zunge eine Lüge gestattet, sagt nicht die Wahrheit, und wer nicht die Wahrheit sagt, der lügt.«

Die Dialoge mit Leone waren wie die Teilnahme an einem Theaterquiz, und Giulia gelang es nicht immer, genug Punkte sammeln, obwohl sie sehr belesen war.

»Das war echt schwer, Leone.«

»Uberto im vierten Akt von *König Johann*.«

»Na ja, kein Wunder, das ist ja auch schwer.«

»Herrgott, Giulia, das ist von Shakespeare! Den müsstet ihr jungen Leute doch auswendig kennen. Was zum Teufel bringen sie euch in der Schule bei?«

»Höchstens italienische Werke, jedenfalls war das zu meiner Zeit so.«

»Eine verfluchte Generation, wie man sieht. Halten Sie Ihr Nachtgespenst in Zaum!«

»Leone, ich weiß nicht, wie ich es Ihnen beibringen soll, aber ich habe kein ...«

Leone brachte sie mit einer Handbewegung zum Schweigen, ehe sie seinen Verstand noch weiter beleidigen konnte.

»Das ist unwichtig. Das Leben ist wie ich, nur ein laufender Schatten: Ein armer Schauspieler, der sich auf der Bühne abmüht, und dann hört man ihn nicht mehr. Diese Geschichte bedeutet nichts, sie wird von einem Schwachsinnigen erzählt, der voller Lärm und Wut ist. Das weiß ich. Unterbrechen Sie mich nicht.«

»*Macbeth?*«

Leone nickte und warf die Tür zu.

Als sie unter der Dusche stand, dachte Giulia an das

Nachtgespenst, das ihren Nachbarn verfolgte. Wahrscheinlich eine neue Macke von ihm. Er war in einem Sommernachtstraum stecken geblieben, aus dem er nicht mehr erwachte, obwohl die Jahreszeit vorüber war.

Sie lachte und fragte sich, wie lange sie Rebecca nicht gesehen hatte. Vielleicht drei oder vier Tage. Als sie endlich begriff, dass das Gespenst, das nachts auftauchte und wieder verschwand, neun Jahre alt war und in der Wohnung nebenan wohnte, taute sie gerade in der Mikrowelle ihre Minestrone auf.

Vielleicht hatte Rebecca sie vorgestern Abend gesucht, während sie sich von dem Ingenieur im Restaurant den Hof machen ließ. Sie fühlte sich schuldig, doch dann ärgerte sie sich über sich selbst. Sie trug schließlich nicht die Verantwortung für dieses Mädchen, sie war nicht ihre Kinderfrau, und für das Erzählen von Gute-Nacht-Geschichten bezahlte ihr niemand etwas. Der Anflug von Schuldgefühl ertrank im ersten Löffel Minestrone, und Giulia freute sich, dass sie wieder Herrin über ihr Leben war.

Dann stellte sie sich vor, sie ginge durch die Wand nach drüben. Vielleicht war Rebecca auch heute Abend allein. Vielleicht lag sie auf ihrem Bett und konnte nicht einschlafen.

Sie sah auf die Uhr, es war halb zehn. Sie drückte das Ohr gegen die Wand. Kein Laut. Entweder schlief Rebecca, oder sie war mit ihrer Mutter im Wohnzimmer. Im Grunde hatte sie ja eine Mutter, die sich um sie kümmerte. Stille.

Giulia legte Musik auf. Wenn das Nachtgespenst allein war und nicht schlafen konnte, würde es jetzt merken, dass Giulia zu Hause war. Plötzlich hörte sie leises Klopfen, aber nicht an der Tür. Die kleinen Klopfgeräusche kamen von der Wand. Sie drehte die Musik leiser und antwortete mit derselben Anzahl Schläge. Wenig später hörte sie das Türschloss der Nachbarwohnung aufgehen. Sie ging, um zu öffnen, aber auf dem Flur stand kein kleines Gespenst im Pyjama. Die Tür der Nachbarwohnung stand halb offen. An der Wand ertönten jetzt zwei weitere Klopfer. Da begriff sie.

Sie ging hinaus und besuchte Rebecca in ihrem Zimmer.

»Hat hier jemand ein Märchen bestellt?«

Das Mädchen lächelte und wurde dann ernst.

»Ich darf nachts nicht mehr auf den Flur kommen. Der alte Mann ist neulich sehr wütend geworden.«

»Und heute war er wütend auf mich. Leone knurrt, aber er beißt nicht. Du brauchst keine Angst vor ihm zu haben.«

Rebecca nickte, glaubte ihr aber nicht so ganz. Sie mochte es gar nicht, wie er knurrte.

»Kennst du noch ein anderes Märchen mit einer dummen Prinzessin?«, fragte sie dann.

»Wie dumm?«

»Sehr dumm.«

»Ja, ich kenne eins. Ich glaube, diese ist die allerdümmste. Ein alleinstehendes Neuron mit zwei langen, langen Zöpfen. Auch wenn sie keine Prinzessin ist, so wird sie am Ende doch eine, es läuft auf dasselbe hinaus.«

Rebecca schien zufrieden. »Dann erzähl es mir.«

»Ein Mann und eine Frau, die Probleme mit der Fruchtbarkeit haben, wünschen sich schon seit langem Nachkommen. Als die Frau eines Tages schwanger wird, hat sie plötzlich unbändige Lust auf Rapunzelsalat aus dem Garten ihrer Nachbarin, und diese ist zufällig eine mächtige Zauberin.«

»Was ist Rapunzel?«

»Ein Kraut, das oft am Straßenrand wächst und das manche als Salat essen. Die Schwangere hat so große Lust auf dieses Kraut, dass sie fast krank wird. Ihrem Mann fällt es auf. Du bist noch zu klein, um es zu wissen, aber du musst bedenken, dass Männer oft nicht einmal merken, wenn wir beim Friseur waren oder mit einem Korb voll Obst auf dem Kopf nach Hause kommen. Es muss ihr schon sehr schlecht gegangen sein. Deshalb kletterte der Mann jeden Abend, wenn es dunkel war, über die Mauer und brachte ein Bündel Rapunzeln für seine Frau mit. Eines Tages aber erwischte ihn die Zauberin und sah ihn böse an.

Rebecca legte den Kopf zur Seite und zog die Augenbrauen zusammen. »Sie sah ihn böse an?«

»Ja, damit übte sie ihre Macht aus, und das war furchterregend. Daraufhin erschrak er, entschuldigte sich tausendmal und erklärte ihr, seine Frau habe so große Lust auf Rapunzeln. Die Zauberin nutzte wie alle Hexen in den Märchen die Gelegenheit, sinnlose Bedingungen zu stellen, und erlaubte ihm, alle Rapunzeln mitzunehmen, wenn sie dafür das Baby bekam. Und da die Leute in den Märchen ihren Verhandlungsspielraum gegenüber Hexen immer unterschätzen, willigte er ein.«

»Und die Frau?«

»Das weiß man nicht. Ich hoffe, dass sie mit diesen Rapunzeln wenigstens immer versorgt war. Jedenfalls kam ein Mädchen zur Welt, die Zauberin nahm es mit und nannte es Rapunzel. Sie wurde gegen ein Bündel Kräuter eingetauscht, erhielt einen idiotischen Namen und wurde von einer Zauberin aufgezogen, die keinen Sinn für das richtige Maß hatte. Ein unglückliches Mädchen, das aber – das brauche ich kaum besonders zu erwähnen – das schönste Mädchen der Welt werden sollte.«

»Stell dir vor, der Spiegel aus *Schneewittchen* wüsste das!«

Giulia lächelte. Es gefiel ihr, wie beweglich ein neunjähriges Mädchen im Kopf war.

»Rapunzel muss jedenfalls dafür bezahlen. Aus unerklärlichem Grund sperrt die Zauberin sie an ihrem zwölften Geburtstag im Wald in einen Turm ohne Tür und Treppen ein. Nur ganz oben gibt es ein Fenster. Wenn die Zauberin nach oben will, stellt sie sich unten hin und schreit: ›Rapunzel, lass dein Haar herunter!‹ Und Rapunzel, die hellblond ist und Unmengen von Haaren hat, lässt ihre Zöpfe um zwanzig Armlängen nach unten und wartet, dass die Alte daran hochklettert.«

»Wieso gibt's da keine Tür?«

»Hab ich auch nie verstanden. Sie ist eine merkwürdige Zauberin. Sie nennt das Mädchen nach einem Kraut, benutzt ihre Haare als Seil, so einfach kann das gar nicht sein. Sie hätte eigentlich erst ins Fitnessstudio gehen müssen.«

Rebecca kicherte übermütig und löste ihre eben geflochtenen Haare wieder auf.

»In diesem ganzen verrückten Szenario taucht eines Tages der unverzichtbare Königssohn auf, der Rapunzel mit ihrer wunderschönen Stimme hat singen hören, und verliebt sich in sie. Da haben wir den x-ten Prinzen, dem die Schöne aus dem Märchen den Kopf verdreht, ohne dass er mit ihr auch nur ein Wörtchen gesprochen hat.«

Rebecca lachte erneut.

»Es ist ja tatsächlich so«, sagte Giulia in ernstem Ton. »Schneewittchen liegt regungslos in einem Sarg, Dornröschen schläft, und Aschenputtel wird auf drei Ballabenden nicht eine einzige höfliche Frage gestellt. Die einzige männliche Märchenfigur, die sich in die weibliche Hauptfigur verliebt, sie kennenlernt und mit ihr spricht, wird ›Biest‹ genannt. Das wirst du noch sehen. Aber kehren wir erst mal zum Prinzen aus *Rapunzel* zurück. Er ist verzweifelt, weil er nicht weiß, wie er zu ihr gelangen soll. Er legt sich tagelang auf die Lauer, bis er die Zauberin erblickt, den Spruch hört und weiß, wie er auf den Turm kommt. So geht er eines Abends zu der Stelle und ruft: ›Rapunzel, lass dein Haar herunter!‹«

»Sagt er das denn mit der Stimme der Hexe?«

»Tja, ich glaube, er sieht darin nicht mal ein Problem, und Rapunzel ebenso wenig. Sie schaut nicht nach, wer sie da ruft, merkt nicht mal, dass es eine Männerstimme ist und dass jemand zu einem ganz anderen Zeitpunkt auftaucht. Nichts von all dem. Sie hört nur den Satz, und schon lässt sie den Zopf herunter, wie bei einer Gegensprechanlage mit automatischem Türöffner, unglaublich, oder?«

Giulia zuckte die Achseln und sah Rebecca einen Moment ratlos an. Dann fuhr sie fort zu erzählen.

»Kaum steht der Prinz vor ihr, da erschrickt sie, denn sie hat noch nie einen Mann gesehen. Da er aber höflich zu ihr ist und erklärt, er sei in sie verliebt, schließt sie gleich Freundschaft mit ihm. Eine sehr enge Freundschaft, genauer gesagt.«

»In welcher Hinsicht eng?«

»Hat dir schon mal jemand erklärt, wie Kinder entstehen?«

»Natürlich, ich bin neun und nicht mehr fünf!«

»Dann weißt du ja, was ich mit eng meine.«

Rebecca wurde rot, Giulia auch.

»Du kannst mir glauben, man trifft nicht jeden Tag einen netten und wohlerzogenen Mann.«

»Aber das geht doch nicht, sie waren doch nicht verheiratet!«

»Das stimmt, aber im Märchen passieren viele unwahrscheinliche Dinge. Und sie ist ja nicht nur das schönste Mädchen auf der Welt, sie ist auch die Inkarnation von Naivität und Dummheit. Der erste Beste, der vorbeikommt, kriegt sie, er muss nur den Turm hinaufklettern.« Sie schwieg einen Moment. »Aber kommen wir auf die beiden zurück, die sich oben auf der Zinne gegenüberstehen und sich in die Augen sehen. Die Schöne sagt ihrem Verehrer, er solle jeden Abend wiederkommen und immer eine Seidenschnur mitbringen, sie könne sie zusammenbinden und daraus eine Leiter knüpfen, um mit ihm zu fliehen. Gleich um ein langes Seil zu bitten, scheint ihr bei der ersten Begegnung offenbar zu unverschämt.«

Rebecca schüttelte den Kopf. »Und er?«

»Er verspricht, es zu tun. Die Hexe merkt nichts, bis Rapunzel, die vor Dummheit strahlt wie Atommüll, ihr eines Tages sagt, sie sei ja viel schwerer als der junge Königssohn und brauche viel länger als er, um nach oben zu kommen.«

»Oh neiiiin!«

»Ja, oh nein! Die Hexe merkt, dass sie getäuscht worden ist, wird wütend, schneidet Rapunzel die Zöpfe ab und schickt sie in die Wildnis. Sie nimmt es also nicht von der besten Seite. Dann wartet sie auf dem Turm auf den Prinzen. Als sie ihn die Formel aufsagen hört, hängt sie die Zöpfe an der Fensterangel auf und lässt ihn hochsteigen. Sobald sie ihn vor sich hat, zückt sie ihre schärfste Waffe, den bösen Blick. Dann sagt sie ihm, Rapunzel sei für immer für ihn verloren und sie werde ihm jetzt die Augen ausstechen.«

Giulia sah Rebecca vorwurfsvoll an.

»Verstehst du? Er versucht erst gar nicht herauszufinden, was mit seiner Liebsten geschehen ist, er versucht auch nicht, die alte Hexe zu töten. Wie sollte auch ein Prinz mal das Richtige tun? Nein, er tut nichts, und da er verzweifelt ist, stürzt er sich vom Turm.«

»Ohne dass die Hexe ihn geschubst hat?«

»Du sagst es. Sich in die Tiefe zu stürzen ist allein auf seinem Mist gewachsen. Der Holzkopf überlebt den Sturz, doch fällt er in ein Dornengestrüpp, an dem er sich die Augen aussticht. So beginnt er umherzuwandern, blind und ziellos, ernährt sich von Beeren und weint um die verlorene Geliebte. Aber auch diesen beiden ist ein glückliches Ende beschert. Ein paar Jahre später gelangt der weinerliche Irrgänger in die Wildnis, in der Rapunzel im Elend lebt, zusammen mit den Zwillingen, die sie inzwischen zur Welt gebracht hat. Er hört ihre Stimme, folgt ihr, sie sieht ihn, fällt ihm um den Hals und weint. Und durch einen Zauber, den einzigen in dieser Geschichte übrigens, landen Rapunzels Tränen auf seinen Augen, und er kann wieder sehen.«

»Und leben sie dann arm in der Wildnis?«

»Nein, natürlich nicht. Da er wieder sehen kann, findet er sein Königreich wieder.«

»Hat ihn denn vorher keiner aus seinem Land gesucht?«

»Wer sollte nach so einem Dummkopf suchen? Immerhin, sie werden mit Freuden empfangen und leben lange und glücklich, ohne es verdient zu haben.«

Rebecca zog ihre Decke hoch und nahm den Plüschhund in ihren Arm.

Giulia stand auf und breitete die Bettüberdecke aus. »Sag selbst – ist das nicht die dümmste Prinzessin, die es je gegeben hat?«

12

Es schneite. Rebecca erlebte Schnee nicht zum ersten Mal. Doch in der Stadt, in der sie früher gewohnt hatte, dort, wo sie geboren und aufgewachsen war, hatte der Schnee nie die Bürgersteige zugedeckt und die Welt in Watte gelegt.

Schnee gab es in den Bergen, dort fuhr man hin, um Ski zu laufen, um dicke lustige Schneemänner zu bauen und um Eis in einem Becher mit Limonensaft oder Mandelsirup zu essen.

An jenem Morgen entdeckte Rebecca, dass Schnee sich auch frei bewegen konnte und sich sogar auf Schulen und Ämtern niederließ, nicht nur da, wo Leute Skiurlaub machten. Sie verbarg ihr Erstaunen.

Es war ja Winter, und wenn die Lehrerin sie wie jeden Tag in der Schule erwartete, war daran nichts Besonderes.

Irgendwo, vielleicht im Keller, war ihre Skiausrüstung geblieben, der Schneeanzug und die Fellschuhe, aber ihre Mutter hatte gesagt, die passten ihr nicht mehr, weil sie gewachsen sei, und sie hätten sie besser gleich dagelassen. Das mochte sein, aber die Stiefel, die sie jetzt anhatte, waren jedenfalls nicht so warm wie ihre Bergschuhe.

Draußen hörte es gar nicht mehr auf zu schneien. Leichte, fliegende Flocken.

Als Rebecca aus dem Schulbus stieg, hob sie den Kopf und streckte die Zunge heraus, um es sich in den Mund schneien zu lassen und zu spüren, wie die Flocken schmolzen, aber eine der Klassenkameradinnen fragte sie, ob sie verrückt sei. Schnee sei schmutzig, man könne ihn nicht essen. Der Schnee in der Stadt war offenbar schlecht. Er sah weiß aus wie immer, aber er verbarg in sich die Traurigkeit von Fabriken und den grauen Rauch. In jeder Flocke steckte etwas davon, und man konnte sofort tot umfallen, wenn man ihn schluckte.

Trotzdem sah er wunderschön aus, fand Rebecca und sie konnte sich kaum auf den Mathematikunterricht der Lehrerin konzentrieren, während vor dem Fenster die zartesten Wattestückchen vom Himmel fielen.

Rebecca lehnte sich an Daniele und stellte ihm flüsternd eine Frage, die ihr schon seit Tagen durch den Kopf ging.

»Halten Drachen eigentlich Winterschlaf?«

Daniele hörte auf zu zeichnen, sah aber weiter auf sein Blatt.

»Ich glaube schon, sie sind Kaltblüter.«

»Aber sie speien Feuer, wie können sie dann kaltes Blut haben?«

Das war ein vernünftiger Einwand.

»Vielleicht hilft ihnen das kalte Blut, nicht am eigenen Feuer zu verbrennen.«

Rebecca überlegte. Ja, das konnte stimmen. Dann fasste sie einen Entschluss. »Mein Drache hält keinen Winterschlaf.«

Daniele sah sie erstaunt an: »Hast *du* einen Drachen?«

»Nein, aber wenn ich einen hätte, würde er keinen Winterschlaf halten. Er wäre das ganze Jahr bei mir und immer hellwach.«

»Dürfte er denn ab und zu schlafen?«

»Ja, immer wenn er müde wäre.«

Daniele nickte. So konnte es gehen. Würde der Drache nie schlafen können, würde er sehr nervös werden.

Sie mussten die Pause über in der Klasse bleiben, der Hof war mit Schnee bedeckt, und sie hätten dort ausrutschen können. Rebecca ging auf den Flur zu den anderen. Hier standen sie alle dichtgedrängt und konnten nichts Vernünftiges spielen.

»Wie verkleidest du dich zu Karneval?«, fragte Elisabetta, als Rebecca auf die anderen zukam.

Rebecca hatte noch nicht an Karneval gedacht. Sonst hatte ihr ihre Großmutter jedes Jahr ein neues Kostüm genäht. Sie schlug dann immer die Hände über dem Kopf zusammen und jammerte, dass Rebecca schon wieder etwas Neues brauchte, weil sie so groß geworden war. Aber jetzt waren alle Kostüme im Keller und würden ihr sicher nicht mehr passen.

Sie war Sonnenblume, Piratin und letztes Jahr Einsiedlerkrebs gewesen. Es war gar nicht so einfach gewesen, den Panzer zu basteln, aber sie hatte sich nicht davon abbringen lassen, und ihre Oma hatte sich mit Pappmaché abgemüht und einen wunderbaren getüpfelten Panzer zustande gebracht. Sie sei ein fröhlicher Krebs, hatte sie gesagt.

Die Oma fehlte ihr. Sie war ihre beste Freundin gewesen.

»Ich weiß noch nicht, was ich werde, ehrlich gesagt, weiß ich nicht, ob ich mich dieses Jahr überhaupt verkleide«, sagte sie.

»Das musst du aber«, erklärte Elisabetta. »Am Karnevalsdienstag verkleiden wir uns alle und feiern in der Schule.«

Elisabetta wollte Japanerin werden, ihr Vater hatte ihr von seiner letzten Dienstreise nach Asien einen Kimono mitgebracht, und sie übte schon, wie man einen Fächer mit einer Hand öffnen und schließen konnte.

»Ich habe auch versucht, mit Stäbchen zu essen, aber mir ist alles runtergefallen«, meinte sie lachend.

In ihrer Gruppe gab es schon eine Fee, ein Gespenst und ein paar Superhelden.

»Du könntest doch Prinzessin werden«, schlug ihr ein Mädchen vor, das Zombie werden wollte. »Wie im Märchen, lange Haare hast du ja.«

Rebecca rümpfte die Nase. »Märchenprinzessinnen sind dumm. Und richtige Märchen ändern sich, je nachdem, wie man sie erzählt.«

»Wie kommst du denn auf so was?«, fragte der künftige *iron man*.

»Ja, wie kommst du auf so was?«, fragte einer, der Vampir werden wollte.

Rebecca schwieg. Sie durfte nichts von Giulia sagen. Giulia war ihr Geheimnis. Die Schulglocke kam ihr zu Hilfe, die Pause war zu Ende. Alle gingen auf ihre Plätze zurück, und sie konnte die Antwort auf später verschieben.

»Wir haben gehört, du fändest uns dumm.«

Fiorenza, die Anführerin der Haarreif-Clique, eröffnete in Begleitung von ein paar Anhängerinnen den Kampf.

»Dann habt ihr wohl was Falsches gehört«, entgegnete Rebecca und setzte sich auf ihren Platz.

»Das glaube ich nicht. Du hast gesagt, Märchenprinzessinnen sind dumm, und wie's der Zufall will, verkleiden wir uns als Märchenprinzessinnen.«

»Das konnte ich natürlich nicht wissen, aber ihr seid für Märchenprinzessinnen wirklich bestens geeignet.«

Fiorenza riss die Augen auf. »Was willst du damit sagen?«

Rebecca wusste nicht, was der Sinn dieses Gesprächs war, aber sie war sicher, dass alles, was sie sagte, gegen sie verwendet würde.

»Nichts. Ihr seid genau richtig als Märchenprinzessinnen, weil ihr alle lange Haare habt.« Sie lächelte, um zu unterstreichen, dass es nett gemeint war.

»Du hast auch lange Haare, aber komm ja nicht auf die Idee, dich als Prinzessin zu verkleiden.«

»Da besteht keine Gefahr, Fiorenza. Märchenprinzessinnen sind mir zu dumm.«

Eigentlich hatte sie es fast geschafft, unbeschadet aus der ganzen Sache herauszukommen, und dann waren ihr die letzten Worte herausgerutscht wie der Bolzen einer entsicherten Armbrust.

Die Lehrerin ermahnte die Schüler, sich endlich auf ihre Plätze zu setzen, und so endete der wieder auflodernde Streit. Rebecca setzte sich an ihr Pult und merkte, dass sie soeben den Bleistift in ihrer Hand zerbrochen hatte.

Daniele schob ihr unter der Bank ein Blatt hin.

»Hier, das ist für dich.«

Rebecca nahm die Zeichnung entgegen. Es war ein Drache. Ein majestätischer, wunderschöner Drache, der das ganze Blatt ausfüllte.

Sie wandte sich Daniele zu. »Wow! Ist der für mich?«

»Es ist dein Drache. Er wird dir immer helfen. Und er hält auch bestimmt keinen Winterschlaf.«

13

Giulia suchte träge in dem Chaos auf ihrem Schreibtisch herum. Irgendwo von unter den Papierstapeln ertönte Aretha Franklins *Think*, es war der Klingelton dieses Monats. Nach kürzester Zeit hatte sie von einem Song genug und änderte ihn, doch manchmal vergaß sie es und verpasste dann die ersten Telefonanrufe.

Aretha hörte auf zu dudeln, und Giulia suchte nicht länger.

»Vielleicht war es der Mann deines Lebens«, sagte Lorenzo.

»Dann ruft er wieder an.«

Giulia ließ sich während der Arbeit eigentlich nur von drei Dingen ablenken: Müdigkeit, Hunger und Lebensgefahr. Pausen für den Weg zur Toilette nicht eingerechnet, denn auch da konnte man gute Ideen haben.

Lorenzo grinste. Wenn keine Dritten da waren, mit denen man den Abend verbrachte, arbeiteten sie beide vor sich hin, ohne auf die Uhr zu schauen, und hatten die besten Einfälle.

Er sah ihr zu, wie sie die methodische Unordnung auf ihrem Schreibtisch wiederherstellte, und fragte sie nach dem neuesten Layout. Trotz der raffinierten Grafik-Programme, mit denen sie eine konstruktive, von gegenseitigem Respekt getragene Beziehung aufgebaut hatten, war der erste Ort, dem Lorenzo seine Eingebungen anvertraute, immer noch das Blatt Papier. Egal was für Papier, Hauptsache, es war leer und er hatte es dann zur Hand, wenn die Inspiration kam. Sein Bleistift hatte stets die Stärke 2B. Nicht zu schwarz, nicht zu hart, gerade weich genug, um seinen Gedanken Gestalt zu geben.

Giulia reichte ihm das Blatt. Ein Drittel des Abzugs war von einem dunklen Rand umgeben, einer Spur von Giulias Becher, in der Farbe des Gebräus, das sie jeden Morgen trank, Malzkaffee, der aussah wie schmutziges Wasser und nach Pappe roch. Irgendwer hatte ihr gesagt, dieses schaurige Getränk sei nicht so ungesund wie Kaffee, und sie schluckte es nur widerwillig.

Die Ringe von Giulias Kaffeebechern bevölkerten Lorenzos Zeichnungen, seit sie zusammenarbeiteten, und zwischen *caffè americano* und Ingwertee hatte sich die Farbskala im Lauf der Jahre stets verändert.

Lorenzo versuchte, sich darüber zu ärgern, aber es gelang ihm nicht. Diese vollkommenen Ringe aus verwischten Farben, die da nichts zu suchen hatten, stimmten ihn fröhlich. Sie waren einfach Giulia.

Er sah sie erneut an. Sie war eine hübsche Frau. Die Schönheit, die in ihr schlummerte, zeigte sich immer wieder, hier und da, manchmal in ihrem Mienenspiel, manchmal in einer raschen Handbewegung, manchmal in einem widerspenstigen Haarschopf, manchmal, wenn sie unerwarteterweise errötete.

Aretha Franklin erklang erneut. Giulia warf einen

misstrauischen Blick auf zwei Zeitschriften, und darunter fand sie das Telefon, diesmal rechtzeitig genug, um den Anruf anzunehmen.

»Ach … Hallo. Danke, gut. Im Büro. Ja, ich arbeite noch. Mhmm. Wann? Aha. Keine Ahnung. Ich muss schauen … Ich weiß nicht, ob ich das schaffe. Also gut, einverstanden. Ciao.«

Giulia telefonierte nicht gern, und sie machte keinen Hehl daraus.

»Eine Einladung zum Abendessen?«, fragte Lorenzo.

»Nein, ins Ballett. *Dornröschen*. Tschaikowsky und Elfen in Spitzenschuhen.«

»Oh, das sind ja schwere Geschütze. Wieder der Ingenieur?«

»Ja.«

»Willst du hingehen?«

»Keine Ahnung.«

»Na schön, jedenfalls wissen wir jetzt, dass er noch nicht aufgegeben hat. Und nun probiert er es mit Mädchen im Tutu.«

Giulia lachte, und Lorenzo konzentrierte sich wieder auf den Entwurf und den Kaffeekranz darauf.

Als sie das Büro verließen, war es schon nach zehn, sie grüßten den Nachtportier und gingen eine Viertelstunde zusammen den gemeinsamen Weg. An der Stelle, wo er abbiegen musste, sagten sie sich gute Nacht.

Als Giulia zu Hause war, machte sie Musik an, duschte, zog ihren Schlafanzug an und klopfte an die Wand. Keine Antwort.

Sie stellte die Musik leise und horchte auf Lebenszeichen aus der Nachbarwohnung. Sie hörte Geräusche von weiter weg, die vielleicht aus dem Wohnzimmer kamen. Wahrscheinlich war Rebeccas Muter zu Hause. Dann war die Kleine ja nicht allein.

Giulia stellte die Musik wieder lauter und überlegte, wie sie den Abend verbringen sollte. Sie konnte ein Buch lesen, ein paar Folgen *West Wing* gucken oder ins Bett gehen. Doch alle diese sonst verlockenden Möglichkeiten kamen ihr an diesem Abend irgendwie ziemlich schal vor.

14

Daniele war mit der x-ten Begegnung seiner beiden Monsterheere beschäftigt, und der Religionsunterricht war erst zur Hälfte vorbei. Jesus vermehrte gerade Brot und Fische, und Rebecca fragte sich, wie wohl ein mit Fisch belegtes Brötchen schmeckte oder ob vielleicht nach dem Wundergeschehen Leute da gewesen waren, um die Fische auszunehmen, zu säubern und für alle zu kochen. Sie stellte sich vor, wie die Menschen in die rohen, noch nach Meer riechenden Fische bissen, und ihr wurde ein bisschen übel. Vielleicht war Jesus ja sogar in der Lage, Brote mit bereits gebratenen Fischen zu vermehren. Oder Süßigkeiten. Sie hatte Hunger, und bis zur Pause dauerte es noch eine halbe Stunde.

»Worum kämpfen sie denn heute?«, fragte sie Daniele.

»Da war ein Fest, und einer von ihnen war nicht eingeladen.«

»Ein wichtiges Fest?«

»Nein. Dem Drachenfürsten war das Fest ganz egal, aber es ist eine Frage der Ehre. Wie bei den Menschen.«

Rebecca kamen die Vorstellungen der Menschen lächerlich vor. Es erinnerte sie an einen Dokumentarfilm über Truthähne, den sie vor kurzem gesehen hatte. Diese

Tiere rauften wegen aller möglichen Dinge, und es konnte sogar passieren, dass sie sich wegen eines Maiskolbens umbrachten.

»Und warum gibt der andere Fürst nicht ein noch schöneres Fest, ohne den anderen einzuladen?«

Daniele zuckte die Achseln. »Weil das Kinderkram ist, ihm sind Feste ganz unwichtig.«

Seit Monaten arbeitete er schon an seiner Geschichte, und jeden Tag kamen neue Ereignisse hinzu. Es war ein Geheimprojekt gewesen, aber dann hatte Rebecca es entdeckt.

»Hast du schon überlegt, wie die beiden Prinzen heißen?«, fragte sie ihn.

»Nein.«

»Und der König?«

»König.«

»Kann man ihn dann nicht mit den anderen Königen verwechseln?«

»Nein, er ist der Einzige.«

»Dann wird also die Königin auch nur Königin genannt?«

Daran hatte Daniele noch nicht gedacht, aber ja, so könnte sie heißen, meinte er.

»Wenn es zwei Königreiche gibt, dann lebt in dem einen die Königin mit einem Prinzen und in dem anderen der König mit dem anderen Prinzen. Warum heiraten der König und die Königin denn nicht und vereinigen das Königreich? Dann hören die Monster bestimmt mit dem Krieg auf.«

Weibliche Logik hatte offenbar nichts anderes zum

Ziel als einen Hochzeitsmarsch. Heiraten war bei den Abenteuern von Danieles Königreichen nicht vorgesehen.

Die Schulglocke schickte das Volk Galiläas gesättigt nach Hause, und Rebecca nahm aus der Schultasche die Schokoladenkekse, die ihr die Mutter in eine Serviette gewickelt hatte.

Der Hof war noch vereist, sie durften noch nicht wieder draußen spielen. Ein paar Schulmädchen näherten sich ihr.

»Kannst du uns etwas über wahre Märchen erzählen?«, fragte die eine.

»Ja, du hast doch gesagt, dass die wahren Märchen nie erzählt werden.«

»Kennst du wahre Märchen?«

»Und stimmt es, dass Prinzessinnen dumm sind?«

Rebecca wurde rot. Sie hätte diesen Satz nicht sagen dürfen, aber jetzt war es nun mal geschehen, und die Versuchung, etwas Geheimes auszuplaudern, um den anderen Mädchen zu imponieren, war unwiderstehlich.

»Ja. Sie sind ziemlich dumm, und bei den Prinzen ist es noch schlimmer. Bei *Aschenputtel* kommt in Wirklichkeit gar keine Fee vor, da sitzt ein Vogel auf dem Nussbaum, der ihre Kleider runterwirft. Und die bösen Schwestern sind gar nicht hässlich, sondern sehr schön, und sie hacken sich Fersen oder Zehen von ihren Füßen ab, damit ihnen der Schuh passt, und der Prinz kriegt das nicht mal mit. Das nur als Beispiel.«

Jetzt kamen auch Elisabetta und zwei andere Mädchen herüber.

»Und woher weißt du das?«

»Von der Gute-Nacht-Frau. Sie hat es mir verraten«, antwortete Rebecca und fegte die Krümel vom Tisch. »Sie sagt, die Märchen würden nie richtig erzählt, und sie erzählt sie mir heimlich.«

»Und wer ist die Gute-Nacht-Frau? Dein Kindermädchen?«

Bei dem Gedanken, Giulia sei ein Kindermädchen, musste Rebecca lachen. Giulia hatte doch keine Ahnung, wie man mit Kindern umging, aber Rebecca gefiel es gerade besonders, dass Giulia sie wie eine Erwachsene behandelte.

»Sie ist kein Kindermädchen. Sie ist die Gute-Nacht-Frau, sie kommt mich fast jeden Abend besuchen und erzählt mir die wahren Märchen.«

»Ist sie wie eine Fee?«

»Nein, wie ein Mensch.«

»Und warum kommt sie zu dir?«

»Einfach so, es macht ihr Spaß.«

Das genügte. Das wichtigste Thema waren die wahren Märchen.

»Und warum erzählt sie uns keiner?«

Das wusste auch Rebecca nicht, die wahren Märchen waren schließlich viel interessanter.

»Keine Ahnung. Vielleicht wollen die Erwachsenen, dass wir an die falschen Sachen glauben, für sie sind wir eben Kinder. Es ist wie mit der Geschichte vom Weihnachtsmann.«

»Aber warum erzählt die Gute-Nacht-Frau dir diese Märchen?«

Diese Frage hatte Rebecca sich bisher noch nie gestellt.

»Vielleicht, weil ich ihr gesagt habe, dass ich kein kleines Mädchen mehr bin.«

Einige Klassenkameradinnen sahen sie bewundernd an, andere skeptisch.

»Erzählst du uns eins von den wahren Märchen, Rebecca?«

Rebecca überlegte einen Moment. Dann beschloss sie, es zu versuchen.

So erzählte sie den staunenden Mitschülern von dem Versprechen an eine sterbende Mutter, von den drei Ballnächten, von den Kleidern, die vom Baum herabfielen, vom Taubenschlag und vom Birnbaum, den Aschenputtels Vater abgeholzt hatte.

Als die Lehrerin sie wieder auf ihre Plätze schickte, hatten zwei Tauben gerade die Augen der bösen Schwestern ausgehackt. Und Rebecca hatte ein Publikum erobert.

15

Um halb sieben stellte Giulia ihren PC aus, rollte ein paar Blätter zusammen, legte sie in ihre Tasche und begann, sich fertig zu machen. Lorenzo trank den letzten Schluck Limonade. Er arbeitete nie ohne eiskalte Limonade.

»Gehst du schon?«

Die anderen Büros waren um diese Zeit bereits leer, aber Giulia ging meistens viel später als ihre Kollegen.

»Ich muss noch zu Hause vorbei. Heute Abend gehe ich doch ins Ballett.«

Mit Tschaikowsky hatte der Ingenieur es bei Giulia zu einem zweiten Rendezvous geschafft.

»Wäre es nicht praktischer, von hier aus hinzugehen?«

»Nein, nein, ich muss mich noch umziehen und mir die Haare machen. In die Oper kann man nicht in legerer Kleidung gehen.«

Lorenzo verzichtete darauf, sie daran zu erinnern, dass die Damentoiletten in der Agentur oft genug als Filiale eines Schönheitssalons genutzt wurden. Er hatte Giulia da schon in unglaublicher Aufmachung herauskommen sehen, geschminkt und aufgemacht wie ein Filmstar, aber heute Abend schienen die Damentoiletten nicht zu reichen.

»Holt er dich ab?«

»Ja.« Giulia nickt zerstreut, während sie ihre Sachen zusammenpackte. »Wir gehen vor dem Ballett noch etwas essen. Und ich will mich noch etwas ausruhen.«

»Na, dann trink besser noch einen Kaffee, bevor dein Märchenprinz kommt, sonst muss er dich nachher noch mit einem Kuss wecken.«

Giulia winkte ihm lächelnd zu, als sie im Aufzug verschwand, und Lorenzo fühlte sich plötzlich sehr unwohl, so als läge ihm etwas schwer im Magen.

Zu Hause sprang Giulia unter die Dusche und zog sich das neue schwarze Kleid an, das sie im Ausverkauf erworben hatte, in Erwartung eines großen mondänen Ereignisses. Dann legte sie etwas Make-up auf, tupfte sich Parfum hinter die Ohrläppchen und bearbeitete ihr Haar mit Bürste und Kamm, bis es das richtige Volumen hatte. Sie machte ihre Stereoanlage an, entschied sich für eine CD von Ella Fitzgerald und stellte sie auf *repeat*, damit Rebecca sich nicht allein fühlte, während sie weg war. Während *Somewhere Over The Rainbow* aus der Anlage ertönte, zog Giulia die Wohnungstür leise hinter sich zu.

Als sie lange nach Mitternacht zurückkam, gingen ihr die unterschiedlichsten Fragen durch den Kopf.

Hatte ihr das Ballett eigentlich gefallen? War es möglich, dass Erwachsene mit doch einiger Lebenserfahrung sich für eine so langweilige Märchenaufführung begeistern konnten wie *Dornröschen*? Mit einem Helden, der einen so albernen Namen wie Désiré trug? Hatte Fabios

Kuss ihr gefallen? Und vor allem – würde sie dieses Risotto mit Taleggio, das ihr schon seit Stunden wie ein Stein im Magen lag, jemals verdauen?

Ella Fitzgerald empfing Giulia mit *Anything Goes*. Sie stellte die Stereoanlage aus und genoss die Stille. Da hörte sie drei kleine Klopfer an der Wand, der Abend war also noch nicht zu Ende.

»Bist du noch wach?«, fragte Giulia nach ein paar Minuten, als sie das Kinderzimmer betrat.

»Ein bisschen«, antwortete Rebecca mit von Müdigkeit schweren Lidern, aber eisern entschlossen, dagegen anzukämpfen.

Giulia kicherte. »Dann brauchst du auch nur ein bisschen um einzuschlafen?«

Das war eine Fangfrage, und Rebecca beschloss, nicht darauf einzugehen. »Du bist aber schick«, sagte sie stattdessen.

»Ich war im Ballett. Warst du auch schon mal dort?«

Rebecca nickte schläfrig.

»Und – was hast du da gesehen?«

Sie wisse es nicht mehr genau, erklärte Rebecca. Da wären Leute gewesen, angezogen wie beim Karneval, als wäre es normal, sich so anzuziehen. Da wären Harlekin und Pantalone gewesen, die sie unsympathisch gefunden hätte, sehr unsympathisch sogar. Aber alle anderen Kinder hätten gelacht.

Giulia nickte verständnisvoll. »Mir haben sie in der Schule auch beigebracht, das Theater zu hassen. Als ich später aber dann selbst aussuchen konnte, was ich sehen wollte, habe ich entdeckt, wie schön es ist.«

»Was hast du dir denn heute Abend ausgesucht?«

»Also, heute Abend hat mich jemand mitgenommen. Es war ein Märchenballett, *Dornröschen*.«

»Du bist doch viel zu groß für Märchen!«

Giulia lachte. »Vielleicht hast du Recht. Du hättest an meiner Stelle hingehen sollen.«

»Warst du mit einem Mann da?«

»He, du Neugiernase. Ja, wenn du's unbedingt wissen willst, ja, ich war da mit einem Mann.«

Rebecca schwieg einen Moment, hin und her gerissen zwischen Neugier und Zurückhaltung. Erstere siegte. »Ist er dein Verlobter?«

»Nein, ich hab keinen Verlobten.«

»Aber vielleicht will der, der dich ins Theater mitgenommen hat, es ja werden.«

Giulia fand es keine gute Idee, mit ihrer neunjährigen Nachbarin, der sie heimlich Märchen erzählte, über ihr Liebesleben zu reden. Es gingen ihr immer noch seltsame Fragen durch den Kopf, die von einem Pas de deux bis zu einem unverdauten Risotto reichten.

»Es könnte sein, aber so einfach ist das nicht. Manchmal reicht es, nur für eine bestimmte Zeit einen Verlobten zu haben, nur für ein paar Monate, damit man sich nicht allein fühlt, und dann lebt man wieder im Frieden mit sich selbst ohne jemanden, mit dem man sich streitet und dem man die Unterhosen wäscht.«

Rebecca, die inzwischen hellwach war, zog die Augenbrauen zusammen. »Das finde ich traurig, und das ist keine Liebe.«

Klar, das sei keine Liebe, Liebe sei eine Schimäre, die

sich als Zärtlichkeit ausgäbe. Man müsse da ganz realistisch sein, meinte Giulia.

»Und passt dir das, ein Verlobter ohne Liebe?«

Tagsüber, wenn sie sehr beschäftigt war oder allein aß, während sie ein Buch las, fand sie, es sei ein ganz guter Kompromiss. Aber nachts, am Bett eines kleinen Mädchens, das an Märchen glaubte, änderte der Kompromiss seine Farbe und wurde zu einem ziemlich trostlosen Grau.

»Rebecca, wir sind nicht alle Prinzessinnen. Manchmal muss man auch mit dem Pferdeknecht vorliebnehmen, wenn man nicht allein bleiben will.«

»Das kann ja sein. Aber Prinzen wünschen sich Liebe, und die Prinzessinnen warten auf sie.«

Irgendwie schien in den Märchen trotz Menschenfressern und bösen Hexen alles einfacher zu sein.

»A propos Prinzessinnen, die auf Prinzen warten, was weißt du denn von Dornröschen?«

»Als sie geboren wird, verflucht eine böse Fee sie und sagt, sie wird sterben, weil sie sich an einer Spindel sticht, aber eine der guten Feen kriegt es hin, dass sie nicht stirbt, sondern nur hundert Jahre schläft. Nach hundert Jahren kommt ein Prinz, kämpft sich durch die Dornenbüsche, weckt Dornröschen mit einem Kuss, und sie heiraten.«

»Genau. Du kennst das Märchen also. Dann kannst du jetzt ja schlafen. Außer du willst noch wissen, was hinterher passiert.«

Sie hatte es Fabio bereits erzählt, doch der hatte sich über sie lustig gemacht und behauptet, sie hätte das alles nur erfunden. Rebecca aber würde ihr bestimmt gläubig zuhören.

Das Mädchen sprang sofort darauf an. »Weiß man denn, was danach passiert ist?«

Giulia nickte. »Und eins wollen wir mal festhalten. Sie wacht auf, als der Prinz kommt, nicht, als er sie küsst. Noch nie ist eine Prinzessin durch einen Kuss aufgewacht.«

Rebecca lächelte. Das war ihr neu.

Giulia fuhr fort. »Ich glaube, es war die kürzeste Verlobung, die es je gab. Kaum wacht das Mädchen aus dem hundertjährigen Schlaf auf, macht der Prinz ihr eine Liebeserklärung, und die beiden fangen an zu turteln, während die anderen im Schloss sich recken und die Augen öffnen. Die anderen, die nicht verliebt sind, haben Hunger. So sehr, dass die Hofdame die Geduld verliert und ins Zimmer kommt, um anzukündigen, dass die Suppe auf dem Tisch steht.

Rebecca richtete sich auf. »Das glaube ich nicht!«

»Ich schwöre dir, dass das richtige Märchen so geht. Da stellt der Prinz fest, dass sie die Mode seiner Urgroßmutter trägt, aber er ist zu höflich, um es ihr zu sagen. Trotzdem traut sie der Kaplan nach dem Essen und erlaubt, dass sie ins Bett gehen und sich amüsieren. Dabei hatte die Prinzessin hundert Jahre geschlafen und war eigentlich gar nicht müde.«

»Schlafen sie denn miteinander?«, fragte Rebecca mit großen Augen.

»Ja, und zwar mehrmals. Denk dran, dass sie sich kaum einen Tag kennen. Aber sie sind ja verheiratet, also kannst du ganz beruhigt sein. Nach der leidenschaftlichen Nacht mit seinem Eheweibchen zieht sich der Prinz wieder an und geht seiner Wege, wie in der besten Männertradition üblich.«

Rebecca sah sie fragend an, und Giulia fuhr fort.

»Er kehrt in das Schloss seines Vaters zurück, wo sie ihn schon verloren geglaubt hatten. Aber statt zu sagen, er habe sich verspätet, weil er ein seltsam altmodisches Mädchen geheiratet hat, das hundert Jahre aufzuholen hat, behauptet er, sich im Wald verirrt zu haben. So geht das ein paar Jahre. Zwei oder drei Nächte hintereinander verschwindet er und tischt seinen Eltern irgendeine Story auf. Ein paar Jahre pendelt er hin und her, und in dieser Zeit werden zwei Kinder geboren, ein Junge und ein Mädchen, die natürlich wunderschön sind und ziemlich alberne Namen haben: Mond und Morgenröte.«

Rebecca schnitt eine Fratze. Solche Namen würde sie ja nicht mal zwei Hamstern geben, meinte sie.

»Warum versteckt er denn seine Frau?«, wollte sie dann wissen.

»Weil seine Mutter aus einer Menschenfresserfamilie kommt. Der König hat sie wegen ihres Geldes geheiratet, und du weißt ja, wie es ist, Menschenfresser mögen besonders gern kleine Kinder. Deswegen hütet sich der Prinz, seiner Mutter zu sagen, dass er in einem Schloss in der Nähe zwei zarte leckere Häppchen hat.«

»Aber er könnte doch bei seiner Frau leben. Warum zieht er nicht zu ihr aufs Schloss?«

»Das ist ein Geheimnis. Nach zwei weiteren Jahren stirbt der alte König, und der Prinz wird sein Nachfolger. Bei dieser Gelegenheit stellt er dem Volk und der Königin seine Familie vor. Der Königin läuft das Wasser im Mund zusammen. Als sie dann ihren Sohn auf dem Thron vertritt, weil der den Sommer über im Krieg ist, verliert sie keine Minute und befiehlt dem Haushofmeister, für sie das Mädchen, den Jungen und ihre Mutter zu braten und in Senfsoße zu servieren. Der Koch bringt es aber nicht übers Herz. Statt der Königsfamilie, die er in seinem Haus versteckt hält, brät er ein Lamm, ein Zicklein und eine Hirschkuh. Im Märchen gibt es keine Spur von Vegetariern und auch nicht von Tierschutz.«

»Merkt die Königin denn den Unterschied nicht?«

»Offenbar nicht. Sie entdeckt jedoch irgendwann, dass die drei noch am Leben sind, und ist ziemlich sauer. Deshalb lässt sie im Hof einen Bottich voller Kröten aufstellen, um sie alle hineinzuwerfen, auch den Koch und seine Familie. Irgendwie ist ihr der Appetit vergangen.«

»Das ist ja furchtbar. Sagt denn keiner dem König Bescheid?«

»Im Märchen gibt es ja keine Telefone. Aber es passiert immer alles zur rechten Zeit. Genau an diesem Morgen kommt der junge König nach Hause zurück und findet ein furchtbares Durcheinander vor. Reptilien, angekettete Menschen, ein völlig verschrecktes Volk und seine vor Wut rasende Mutter. Warum hat er sich aber auch so dumm angestellt? Es war wirklich keine gute Idee, sie alle unter demselben Dach wohnen zu lassen, wo er doch wusste, dass seine Mutter keine Diät angefangen hatte.«

»Und was macht er, als er all das sieht?«

»Nichts, die Königin tut etwas. Sie stürzt sich aufgebracht in den Bottich und wird von den Tieren verschlungen, ein toller Abgang, schaurig, aber grandios.«

»Und versucht der König nicht, sie aufzuhalten? Sie ist doch seine Mutter.«

»Ja, sie war seine Mutter, aber er findet sich bald damit ab. Von nun an leben sie wirklich für immer glücklich und zufrieden.«

»Was für eine merkwürdige Geschichte«, sagte Rebecca und gähnte.

»Ja, nicht ganz so wie die anderen, oder?«

16

Der Konferenztisch war für alle gedeckt, und in der Mitte standen Tabletts mit dampfenden Fertiggerichten. Der Grund, weshalb die Besprechung auf die Mittagszeit gelegt war, war klar zu erkennen. Giulia und Lorenzo sahen sich an.

»Tiefkühlkost«, sagte sie.

»Sieht ganz so aus«, antwortete er.

Nach Meinung des Geschäftsführers war dieser neue Auftrag kein Problem. Nur ein Krankenhausaufenthalt wegen Erschöpfung war für ihn eine Rechtfertigung dafür, weniger zu arbeiten. Solange man am Leben war, konnte man auch viel aushalten. Wenn es einem gut ging, kam es auf einen Abgabetermin mehr oder weniger nicht an.

Wenn sich Kreativität in Gehaltsabrechnungen ausdrückte, waren die Werbeleute Handwerker wie Tischler oder Schuhmacher. Ganz einfach. Also musste es auch möglich sein, sich neben Weingummi und Gleitmitteln auch um Tiefkühlprodukte zu kümmern. Es kam nur darauf an, die Sachen nicht zu verwechseln.

Giulia und Lorenzo wurden gebeten, sich zu setzen, und bekamen Essen serviert. Gnocchi mit Pesto, Pasta mit Sardellen, Orecchiette mit Brokkoli, sogar eine Fleischplatte und Safranrisotto. Typische regionale Gerichte, in Winterschlaf versetzt und aufgetaut für alle, die

Italien durch die Mikrowelle entdecken wollten, in der kurzen Zeitspanne zwischen Anziehen des Jogginganzugs und der Reality-Show im Fernsehen.

Aus erstklassigen Rohstoffen, ohne Farbstoffe, alles gekocht wie von der eigenen Oma, verpackt und eingefroren und gleich aus der Pfanne frisch auf den Tisch. Dies war die Herausforderung, gute italienische Traditionsgerichte und doch ganz schnell fertig, eine Herausforderung, die der Auftraggeber angenommen und gemeistert hatte.

Giulia und Lorenzo aßen, hörten zu, machten sich Notizen und baten um Fotos der vorhandenen Rezepte. Es ginge darum, damit die Wände im Büro zu pflastern, um unterschwellig zu guten Ideen inspiriert zu werden, erklärten sie, und keiner fragte weiter nach.

Als sie wieder nach oben zu den Verrückten kamen, wünschten sie sich drei Dinge: einen guten Magenbitter, eine Entgiftungsdiät und eine Freilassung der Omas, die in den Küchen des neuen Auftraggebers arbeiteten.

»Das wird alles im Akkord hergestellt, hunderte armer alter Omas werden an die Herde gekettet. Wahrscheinlich lassen sie die nicht mal schlafen«, sagte Giulia.

»Alte Leute brauchen nur wenig Schlaf«, meinte Lorenzo und grinste.

»Ich stelle es mir gar nicht so einfach vor, diese ganzen alten Omis zu finden – und so schlechte Köchinnen dazu.«

Die Witzelei über die Akquise der kochenden Omas setzten sie fort, bis sie wieder an ihrem Schreibtisch waren, inzwischen hatten sie sich mehr oder weniger damit abgefunden, bis zur Pensionierung kein Tageslicht mehr zu sehen.

»Sie lassen uns sicher abends nicht mal raus, ich hab den Verdacht, dass der Firmenchef uns einen Mikrochip unter die Haut pflanzen lassen will, um zu kontrollieren, wenn wir weggehen«, sagte Lorenzo.

Giulia wurde inzwischen von einem mit Schleifen verzierten Päckchen abgelenkt, das sie erwartet zu haben schien. Nach der Art, wie sie darauf starrte, schien sie zu hoffen, dass es sich von selbst öffnete.

»Eine Folge von gestern Abend?«

»Ich fürchte, ja«, antwortete Giulia.

»Du solltest es vielleicht mal aufmachen«, schlug Lorenzo vor.

Aus dem bunten Päckchen kam ein Buch mit Grimms Märchen zum Vorschein. Den eigentlichen Verfasser von *Dornröschen* hatte er nicht richtig geraten, aber die Idee war nicht schlecht. Giulia musste lächeln. Lorenzo bemerkte es.

»Dann war der Abend gestern wohl kein Reinfall«, meinte er.

Sie legte das Buch neben den Computer und schaltete ihn ein. »Nein, es war nicht schlecht.«

»Auch die Kerle in den weißen Strumpfhosen?«

»Zwei Stunden lang haben sie auf Spitzen getanzt, und ich kam mir richtig gefühllos und abgebrüht vor. Da springen sie herum und drücken damit Freude, Zorn, Schmerz, Glück und Angst aus. Jede Empfindung, die ihnen in den Sinn kommt, setzen sie in Sprünge um. Wenn sie sich Liebeserklärungen machen, legen sie die Hände aufs Herz. Sie sehen aus wie eine in Lycra verpackte Herde von Hirnverletzten.«

Giulias Kulturkonsum war riesig, aber manche Dinge waren für sie eine echte Herausforderung, und sie ließ kein gutes Haar daran. Eines davon war das Ballett, genauer gesagt, klassisches Ballett, in dem Märchen erzählt wurden.

»Nächstes Mal suche ich was aus. Einen Film von Tarantino, zum Ausgleich.«

Danach würde es aber ein drittes Rendezvous geben, meinte Lorenzo. Und nach dem Rendezvous müssten sie Ideen entwickeln, von Tiefkühlkost bis zu Farbstoffen auf Insektenbasis.

»Lorenzo? Was hältst du von der Liebe?«

Eine simple Frage, bestens geeignet für die Pause nach dem Essen.

»Dass sie große Verdienste hat.«

»Jetzt mal im Ernst. Was ist dir lieber, gelegentliche Abenteuer, die zu nichts verpflichten, oder ungewisses Warten auf die wahre Liebe?«

»Ich hab nichts gegen Amüsiergeschichten ohne Verpflichtungen, man kann inzwischen ja trotzdem auf die große Liebe warten.«

Giulia konzentrierte sich auf ihren Bildschirm.

Lorenzo hörte auf, aufs Geratewohl Archivbilder zu öffnen, und sah sie an. »Waren da gestern Abend etwa zu viele Leute, die mit der Hand am Herzen herumgehüpft sind?«

Sie sah ihn an. »Als wir klein waren, da war alles viel einfacher. Heute sind wir schon zufrieden, wenn die Dinge nicht ganz so traurig sind, wie wir gefürchtet haben.«

Lorenzo beobachtete Giulia, während sie zerstreut die

Seiten von Grimms Märchen durchblätterte. »Hast du denn je nach Glück gesucht? Nach dem aus den Märchen, meine ich. Hast du dir je einen Märchenprinzen und ein Kleid wie eine Sahnetorte gewünscht?«

»Nein, aber vielleicht nur deshalb nicht, weil ich dachte, dass es das nicht gibt.«

»Und wenn es das alles gäbe, hättest du dann den Mut, dich darauf einzulassen?«

»Worauf?«

»Na, auf Gefühle, Glück, manchmal auch Traurigkeit, etwas, das Liebe ist. Würdest du es erkennen und damit leben wollen?«

Giulia dachte an ihre Wunschliste und stellte fest, dass sie an so etwas nie intensiver gedacht hatte. Sie hörte auf, in dem Buch zu blättern, und sah wieder auf den Bildschirm.

»Du hast Recht«, meinte sie schließlich. »Eigentlich geht es mir so, wie ich jetzt lebe, ziemlich gut.«

Das war gar nicht das, was Lorenzo hatte sagen wollen, doch er sah zu, dass die melancholischen Nachmittagsgedanken über die Liebe in Arbeit untergingen.

17

Um die Bank von Rebecca und Daniele scharten sich die Kinder, manche waren sogar aus anderen Klassen. Keins von ihnen wusste, welche Farbe Rapunzeln haben.

»Wahrscheinlich grün«, vermutete einer aus der rechten Reihe.

Viele verzogen das Gesicht, diese grünen Blätter schmeckten wahrscheinlich nicht besonders. Spinat, Salat und Artischocken waren der Beweis dafür. Allerdings mochten Erwachsene das, jedenfalls die aus dieser Geschichte. Das waren seltsame Leute, darin waren sich alle einig. Und wenn die Zauberfrau nichts als Grünzeug aß – so vermuteten sie jedenfalls –, war sie vermutlich sehr leicht, deshalb konnte sie so gut an den Zöpfen hochklettern.

»In Märchen gibt es keine Vegetarier«, stellte Rebecca selbstbewusst fest.

Eine Weile herrschte Stille.

»Meine Mutter ist Vegetarierin«, sagte ein Mädchen mit Locken.

»Was sind denn überhaupt Vegetarier?«, fragte ein Junge schließlich.

»Das sind Leute, die weder Fleisch noch Fisch, noch Menschen essen«, erklärte Rebecca.

Alle lachten.

»Aber wer isst denn schon Menschen?«

»Die Mutter von Dornröschens Ehemann.«

Nach dieser Äußerung hörte ihr die ganze Gruppe zu.

Jemand lief los, um es den anderen zu erzählen, das war eine aufsehenerregende Neuigkeit. Rebecca wollte aber keine weiteren Hintergründe verraten. Da wäre eine Blonde, die geschoren werden sollte, in einem Turm im Wald. Das fanden die anderen interessant, aber nicht so interessant wie die Entdeckung, dass Dornröschen eine Schwiegermutter hatte, die Menschenfresserin war.

»Gibt es in Märchen denn Menschen, die wirklich sterben?«, fragte Daniele sie leise, als der Unterricht wieder angefangen hatte.

»Jede Menge«, versicherte Rebecca.

»Super!«

Er sah sich seine Heere an und dachte sich, dass ein Kinderfresser ein würdiger Verbündeter sein könnte. Seine Geschichte war gerade zum Stillstand gekommen, der König und die Königin redeten nicht miteinander, die beiden Fürsten hatten sich nicht mehr getroffen, die Monster hingen gelangweilt herum. Er beschloss, eine neue Herrscherin einzuführen, die Gute-Nacht-Königin, in deren Reich lauter Geschöpfe lebten, die beleidigt waren, weil man ihnen nicht die wahren Geschichten erzählt hatte.

Er begann mit den Stiefschwestern von Aschenputtel, fußlahm und mit leeren, blutigen Augenhöhlen und langen Haaren, die von einem Reif zusammengehalten wurden. Als mittags die Schulglocke läutete, standen neben einer riesengroßen Frau mit einem langen dunkelblauen

Mantel voller Sterne eine Königin mit aufgerissenem Schlund, ein paar Tauben, die Augen in ihren Krallen hielten, und ein großer Käfig, in dem Unmengen Prinzen und Prinzessinnen steckten.

Rebecca sah die Zeichnung bewundernd an. »Ist das eine neue Geschichte?«

»Das ist das Reich der Gute-Nacht-Königin, der Frau mit den richtigen Märchen.«

Sie nickte. »Ich erzähle dir auch noch die Geschichten von den anderen. Dann hast du noch mehr.«

Daniele lächelte.

Jemand nahm das Blatt mit einer schnellen Handbewegung weg.

»Ooooh! Was für schöne Monster. Sind das deine Brüder, Schwachkopf?«, rief Fiorenza aus und hielt das Bild den anderen langhaarigen Mädchen hin, die gleich losprusteten.

Rebecca sprang auf. »Gib ihm sofort das Blatt zurück!«

»Was tust du dafür? Erzählst du mir ein Märchen?«

Daniele schlug die Augen nieder und räumte seine Sachen in die Schultasche. »Ist nicht so wichtig«, flüsterte er Rebecca zu. Aber Rebecca war ganz anderer Meinung. Natürlich war das wichtig, und wie.

»Das Bild gehört ihm, gib es zurück!«

Fiorenza kam noch etwas näher und zischte: »Wir können der Lehrerin ja sagen, dass der Schwachkopf zeichnet, anstatt aufzupassen. Aber die Lehrerin weiß es wahrscheinlich schon längst und lässt ihn machen, weil er so ein Schwachkopf ist.«

Inzwischen reichten die Mädchen von der Haarreifen-

Clique das Blatt von Hand zu Hand weiter und lachten sich scheckig, bis eine von ihnen ernst wurde und auf die Stiefschwestern zeigte.

»Seht mal die beiden da an.«

Fiorenza entriss ihr das Blatt, betrachtete es eingehend, wurde plötzlich rot und schlug Daniele ins Gesicht. »Sollen wir das sein?«

Er schüttelte den Kopf und sagte nein, das seien doch bloß Aschenputtels Stiefschwestern.

»Hey – wir sind doch nicht blöd! Das sollen wir sein! Wage es nie mehr, uns zu beleidigen, kapiert? Du bist wirklich unmöglich. Kein Wunder, dass deine Mutter deinen Bruder mehr liebhat als dich!«

Fiorenza zerknüllte das Blatt, warf es Daniele an den Kopf und stolzierte im Gefolge ihrer Freundinnen davon.

Daniele bückte sich, hob es auf und strich es glatt. Er blieb einfach am Boden hocken, während seine Tränen auf die Zeichnung tropften. Rebecca beugte sich zu ihm herunter.

»Mach dir nichts draus. Die sind einfach nur dumm, furchtbar dumm. Keine von ihnen kann so gut zeichnen wie du.«

»Lass mich in Frieden!«, brüllte Daniele und zog die Nase hoch. Dann stand er auf und rannte davon.

18

Der Aufzug öffnete sich und ein Turm von Isolierbehältern wurde sichtbar. Dahinter stand ein totenblasser Mann, der nach Lorenzo und Giulia fragte. Als er ihre Schreibtische entdeckt hatte, bewegte er sich rasend schnell vorwärts, als hätte er einen Lieferwagen in der zweiten Reihe abgestellt und die Schlüssel im Zündschloss stecken lassen. Dann ließ er sich von einem der beiden die Lieferquittung unterschreiben und mauerte sie hinter einem Stapel Polypropylen ein.

Sie hörten ihn mit eiligen Schritten weggehen. Giulia kletterte auf ihren Schreibtisch und kam mit einem Arm voll Tiefkühlkost wieder herunter.

»Die haben was falsch verstanden.«

»Die wollen uns umbringen«, sagte Lorenzo in komischer Verzweiflung und las die Zutaten eines Meeresfrüchtegerichts, das er Giulia aus der Hand genommen hatte. Dann rief er den Vertriebsleiter an.

»Ihr Kunde bedroht uns hier mit ständiger Belieferung von Tiefkühlkost. Wenn er uns auf diese Weise etwas mitteilen will, kann ich Ihnen nur sagen, dass es sich hier um eine Art Einmauerung handelt. Ab und zu müssen wir doch auch mal nach Hause gehen.«

Giulia stieg von ihrem Schreibtisch herunter und ließ sich das Telefon geben. Der Kollege aus der fünften Etage erklärte, der Kunde habe es doch nur gut gemeint.

»Wir haben Bilder von den Gerichten aus dem Katalog angefordert«, unterbrach sie ihn, »nicht einen Essensvorrat für die gesamte Firma!«

Der Kunde wolle eben, dass sie sich von seinen Delikatessen ernährten, sie kosteten, um davon inspiriert zu werden, und ein Gericht köstlicher fänden als das andere, erklärte der Vertriebsleiter. Das Buch mit den Bildern würde schon noch folgen, aber bis dahin sollten sie ihre Tiefkühlschränke mit dem Zeug füllen und könnten bedenkenlos noch weitere Vorräte bestellen.

Giulia legte fassunglos auf und erzählte Lorenzo, was der Vertriebschef gesagt hatte.

»Da haben wir ja noch Glück, dass die Kunden mit den Gleitmitteln es nicht ebenso machen«, meinte er.

»Eben. Wer will schon die neuen Grenzen des Geschlechtslebens überschreiten, wenn er sich den Bauch mit vor Monaten gekochtem Meeresfrüchtesoufflé vollschlagen kann?«, sagte Giulia, während sie die Nummer des Boten der Agentur wählte.

Eine Viertelstunde später wurden die Boxen abgeholt mit dem Auftrag, einen Teil vor Lorenzos und den anderen vor Giulias Wohnung zu stellen.

Lorenzo stützte die Ellbogen auf den Schreibtisch, legte das Kinn in eine Hand, trommelte mit der anderen auf die Tischplatte und sah Giulia an.

»An dieser Stelle, meine werte Dame, bleibt mir nichts anderes übrig, als Sie zum Essen einzuladen. Wir sollen uns davon ernähren, es vergleichen, uns in das Essen verlieben, so will es der Kunde. Sollen wir mit Polenta und Sauerampfer anfangen und als Hauptgericht ein Milchlamm alla romana verspeisen?«

Giulia lachte. »Es wäre mir eine Ehre, mein Herr, aber mir wäre ein leichtes Gericht lieber.«

»Na gut, dann also eine Gemüsesuppe und ein Ossobuco. Wenn das Eis aufgetaut ist, schmecken sie sicher bestens.«

»Meine bescheidene Küche steht Ihnen zur Verfügung. Es wird mir eine Freude sein, Sie am Werk zu sehen, wenn Sie die Speisen auftragen.«

Vor ein paar Monaten hatte Lorenzo eine Auseinandersetzung mit seinem Herd gehabt, er hatte vergessen, ihn abzustellen, dabei hatte er ein Hähnchen verkohlt und erklärt, jetzt sei der Herd nicht mehr zu gebrauchen. Der Techniker meinte zwar, er müsste wieder normal funktionieren, doch der Herd schien dazu nicht bereit zu sein. Da es öfter vorkam, dass Giulia und Lorenzo abends bei einem von ihnen beiden zu Hause weiterarbeiteten, taten sie es seitdem lieber in der Wohnung mit einem brauchbaren Ofen. Auch wenn sie ihn gar nicht benutzten, war allein der Gedanke, dass es möglich war, beruhigend.

Gegen sieben ging Giulia nach Hause. Lorenzo blieb noch da, um die letzten Korrekturen an einem Bild für den Gleitmittel-Spot auszuführen. Die Darstellung von Apolls Rücken brauchte mehr Zeit als vermutet. Als er fertig war, war schon Essenszeit. Zu spät, um nach Hause zu gehen, da fuhr er besser gleich zu Giulia.

Doch Giulia machte nicht auf. Vielleicht war sie gerade unter der Dusche, vielleicht telefonierte sie, vielleicht hatte sie die Klingel nicht gehört. Er blieb verwundert vor der Haustür stehen. Am besten, er wartete ein paar Minuten. Doch auch da war es ganz still, und die Tür schien verschlossener denn je. Er versuchte anzurufen, doch nur die Mailbox sprang an.

Es war schon halb zehn, als jemand aus dem Haus kam. Lorenzo nutzte die Gelegenheit, um hineinzuschlüpfen, und lief in die dritte Etage. Er klopfte, er klingelte, er rief ihren Namen, er rief sie an. Nichts. Er lauschte. Giulia musste zu Hause sein, ihre Stereoanlage lief. Die Sache kam ihm merkwürdig vor. Weil er fürchtete, dass ihr etwas zugestoßen sein könnte, klopfte Lorenzo lauter. Da öffnete sich links von ihm eine Tür.

»Ich finde diesen Lärm zutiefst beklagenswert, mein Herr! Meinen Sie nicht, der Moment sei gekommen, diesem aufdringlichen Gehämmer ein Ende zu bereiten? Das ist Ruhestörung.«

Lorenzo holte tief Luft und sah dem Mann in die Augen. Er wusste von Giulias Nachbarn mit dem Shakespeare-Fimmel, doch er begegnete ihm zum ersten Mal.

»Hören Sie! Vielleicht ist Giulia was passiert, Sie müssen das jetzt schon ertragen.«

Leone zeigte sich verärgert. »Natürlich sagen alle denen, die unter der Last des Schicksals leiden, dass sie es ertragen sollen.«

»Passen Sie auf, ich spiele jetzt mit Ihnen nicht Monologe-Raten. Haben Sie ein Fenster, das an die Wohnung von Giulia reicht?«

»Selbst wenn ich es hätte, Ihnen wäre es versperrt. Ich reite nicht an der Seite des Eroberers.«

Lorenzo legte die Stirn gegen die geschlossene Tür und holte tief Luft, irgendwie musste er sich beruhigen.

»Bitte«, sagte er, ohne seine Position zu verändern, »könnten Sie mir irgendwie helfen, in Giulias Wohnung zu kommen? Ich habe Angst, dass es ihr nicht gut geht.«

Der Alte klapperte ein paar Mal theatralisch mit den Augenlidern. »Wie soll ich Ihnen helfen können? Ich habe keine Ahnung, wohin sie gegangen ist. Warten Sie auf sie, aber hören Sie mit diesem infernalischen Lärm auf.«

Lorenzo drehte ihm langsam den Kopf zu. »Was meinen Sie damit – gegangen?«

»Ja, gegangen. Auf ihre übliche rücksichtslose Art. Immer knallt sie die Tür.« Er seufzte tief und griff sich an die Brust. »Und die Musik lässt sie auch immer an. Hören Sie das? Wenn Sie sie sehen, dann sagen Sie ihr, dass man der Dunkelheit zu einer bestimmten Zeit zugestehen muss, den Raum mit ihrer Stille zu füllen.« Und ohne einen Abgang, der diesen Namen verdient hätte, verschwand er in seiner Wohnung. Immerhin war es jetzt still, genau wie er es sich gewünscht hatte.

Lorenzo setzte sich auf die oberste Treppenstufe, den Rücken gegen die Wand gelehnt. So blieb er eine Weile sitzen, unsicher, ob er sich angesprochen oder verletzt fühlen sollte, und suchte nach einem Kompromiss, der beide Möglichkeiten einschloss. Dann hörte er, wie ganz leise die Tür neben ihm aufging, aber nur einen Spaltbreit. Dann sah er das Gesicht eines Mädchens.

»Hallo«, sagte er.

»Hallo«, antwortete Rebecca.

»Hab ich dich geweckt?«

Sie schüttelte den Kopf. »Ich hab noch nicht geschlafen.«

»Bist du allein?«

Rebecca nickte. »Bist du ein Freund von Giulia?«

»Ja, und du?«

»Ich auch«, sagte sie und spürte, wie schön es war, die Freundin einer Erwachsenen zu sein. Es kam ihr vor, als sei sie dadurch selbst schon groß.

Lorenzo lächelte ihr zu. Giulia hatte ihm noch nie von diesem Mädchen erzählt. Seltsam, sie erzählten sich doch sonst immer alles, jedenfalls bis vor kurzem, dachte er. Vor kurzem hätte er noch davon erfahren, dass sie heute Abend ausging.

»Giulia ist nicht da«, sagte Rebecca.

»Das sehe ich. Wir wollten eigentlich zusammen abendessen.«

»Sie ist mit dem Mann vom Theater ausgegangen.«

Dass ihm ein kleines Mädchen erzählte, was mit Giulia los war, kam ihm absurd vor.

»Woher weißt du das denn?«, fragte er freundlich.

»Ich habe gesehen, wie er gekommen ist, und dann ist sie weggegangen.«

Wieder verspürte er einen Stich.

»Aha, ich verstehe. So schnell, dass sie vergessen hat, die Stereoanlage auszumachen?«

Rebecca sah immer noch durch den Türspalt und blickte dann auf ihre Zehen. »Ich glaube, sie lässt die Anlage immer meinetwegen an, wenn sie keine Zeit hat, mir ein Märchen zu erzählen. Damit ich mich nicht so allein fühle.«

Lorenzo sah sie an und unterdrückte den Wunsch, sie zu umarmen.

Sie oder Giulia, ganz gleich, welche.

»Erzählt Giulia dir Märchen?«

»Ja.«

Der Gedanke, dass seine Freundin einem Mädchen Märchen erzählte, belustigte ihn.

»Kann sie das gut?«

»Oh ja, sie erzählt mir nämlich die *wahren* Märchen, nicht die, die einem die Erwachsenen sonst erzählen.«

Aha, genau das, was er befürchtet hatte.

»Na gut, dann werd ich jetzt mal besser wieder verschwinden. Und du solltest auch ins Bett gehen, meine Kleine.«

»Willst du nicht noch ein bisschen dableiben? Wir könnten uns noch ein wenig unterhalten. Ich kann sowieso nicht einschlafen.«

Vor Giulias Wohnung konnte man von einem früheren Schauspieler oder einem Mädchen überrascht werden. Lorenzo grinste, dachte dabei an Giulia, an das Mädchen, an sich selbst.

»Na schön, ich bleibe noch ein paar Minuten da, aber wenn wir Freunde werden sollen, ist es dann nicht besser, dass du ein bisschen näher kommst?«

Sie schwieg einen Augenblick, dann sagte sie: »Das kann ich nicht.«

»Du hast Recht, man soll sich fremden Leuten nicht

anvertrauen, bleib einfach da im Türrahmen. Aber setz dich wenigstens, dann hast du es bequemer.«

Sie ließ die Tür angelehnt, holte ein Kissen, legte es auf den Boden und setzte sich.

»Ich heiße Rebecca, und du?«

»Lorenzo.«

»Bist du in Giulia verliebt?«

Er wäre besser doch gleich nach Hause gegangen. Seit fünf Jahren wich er dieser Frage aus, und jetzt wurde er mit ihr konfrontiert, durch eine kaum offene Tür hindurch, direkt und ohne Umschweife.

»Ich fürchte, ja«, gab er zu und merkte erst da, dass es wirklich so war.

Rebecca lächelte im Halbdunkel. Lorenzo gefiel ihr, sie beschloss, ihm zu vertrauen. »Ich habe einen Freund, zu dem waren sie richtig gemein.«

»Ein Klassenkamerad?«

»Ja.«

»Was haben sie denn mit ihm gemacht?«

»Sie haben etwas sehr Gemeines zu ihm gesagt, und das hat ihm wehgetan. Ich wollte ihn verteidigen, aber er war plötzlich auch auf mich wütend und ist weg gelaufen.«

Lorenzo dachte an seine Schulzeit. Damals zeichnete er und las Comics, und das brachte ihm die wenig beneidenswerte Rolle ein, zum Gespött der starken Jungen seiner Klasse zu werden.

»Er ist dir nicht böse, es ist ihm nur unangenehm, dass er in deinem Beisein beleidigt wurde.«

»Aber ich bin doch auf seiner Seite!«

Wie sehr hätte er sich damals einen so kämpferischen Beistand gewünscht.

»Das weiß er bestimmt. Wenn du willst, dass er wieder wird wie früher, dann musst du so tun, als ob nichts wäre, als hätten sie nie diese Gemeinheit zu ihm gesagt und als wäre er dir nie böse gewesen.«

Rebecca beschloss, Lorenzos Rat zu folgen.

»Danke. Vielleicht ist es besser, wenn ich jetzt doch ins Bett gehe, solange die Musik noch an ist.«

Lorenzo stand auf und lockerte seine Beine. »Gute Nacht, Rebecca, danke für deine Gesellschaft.«

»Ich danke dir. Gute Nacht.«

Auch sie war aufgestanden, konnte sich aber nicht entschließen, die Tür zuzumachen. Eins wollte sie ihm noch sagen, bevor sie schlafen ging.

»Weißt du was?«

»Nein, was denn?«

»Der Mann vom Theater ist nicht Giulias Prinz. Er ist nur ein Stallknecht.«

19

Als Giulia am späteren Vormittag in die Agentur kam, war sie immer noch ärgerlich, dass sie hatte aufstehen müssen.

»Die Welt ist mir heute viel zu unruhig«, erklärte sie, ließ sich auf ihren Stuhl fallen und schloss die Augen, als könnte sie auf diese Weise noch etwas weiterschlummern.

Lorenzo wählte immer noch Fotos aus und sah konzentriert auf den Bildschirm. »War es so anstrengend gestern Abend?«

Giulia saß immer noch zusammengesunken da und zog sich dann langsam ihren Schal aus. »Nein, nicht anstrengend, eher zu lang. Heute bin ich gar nicht so richtig da.«

»Du solltest aber richtig da sein, wir haben gleich ein Briefing.«

Schon wieder eine Konferenz, ein neues Projekt, sie hatte noch nicht mal ihren Mantel ausgezogen. Dazu Lorenzos unfreundlicher Ton, das verpasste Frühstück. Zu viele Sachen auf einmal. Giulia beschloss, zuerst die Grundbedürfnisse zu erfüllen und etwas zu essen. Sie stellte den Wasserkocher an, suchte in der Schachtel mit den wichtigsten Gütern, holte einen Riegel Nussschokolade heraus, löffelte löslichen Kaffee in die Tasse –

an diesem Morgen war der Kaffee das Allerwichtigste –, schüttete das heiße Wasser darüber, rührte um, aß ein wenig und trank etwas. Dann erst machte sie richtig die Augen auf.

Sie zog ihr Mobiltelefon aus einer Tasche des gerade ausgezogenen Mantels, legte es auf den Schreibtisch und stellte es an. Ein ganzer Sturm von Nachrichten drang piepsend durch den Nebel, in dem sie sich gerade zurechtzufinden versuchte, um ihren Arbeitstag zu beginnen.

»Was in aller Welt ist los, ist meine Wohnung in die Luft geflogen?«, fragte sie ins Nichts, während sie unwillig einen Blick auf das Display ihres Handys warf.

»Hängt davon ab, seit wann du nicht mehr auf dein Telefon geschaut hast«, sagte Lorenzo, ohne sie anzusehen. »Vielleicht sind das meine Anrufe von gestern Abend.«

Die lange Liste mit Lorenzos Namen bestätigte es. Sie legte das Telefon beiseite und starrte ihren Kollegen an. Da saß er, völlig unversehrt, es ging ihm gut und wäre seine Wohnung in die Luft geflogen, wäre er heute Morgen wohl kaum ins Büro gekommen. Er hatte keine Verlobte, die ihn im Stich gelassen haben konnte, hatte keine Eltern mehr, die in den letzten zwölf Stunden hätten sterben können, es war offensichtlich, dass er weder verhaftet noch entführt worden war, er schien auch keine blauen Flecken zu haben, jedenfalls sah er ziemlich unversehrt aus.

»Was ist passiert?«

»Nichts. Ich habe gestern nur auf mein Abendessen verzichtet und einige Zeit vor deiner Wohnungstür verbracht. Nebenbei bemerkt hat es sich sogar gelohnt.«

»Was hast du denn vor meiner Tür gemacht?«

»Eigentlich war ich dort, weil wir zusammen essen wollten.«

Giulia versuchte sich an gestern zu erinnern und kam zu dem Schluss, dass es ein Missverständnis gegeben hatte. »Oh Mann, das tut mir leid, ich hatte nicht mitbekommen, dass du gestern Abend meintest. Ich dachte, du hättest das so allgemein gemeint mit dem Essen. Tut mir leid, ich hatte einen Termin.«

»Das habe ich gemerkt.«

Giulia lächelte ihn an. Dann war die Sache also geklärt. Jetzt mussten sie nur noch die Konferenz hinter sich bringen und das neue Projekt angehen. Doch Lorenzo sah sie nicht an, bewegte weiter seine Maus und klickte in einem bestimmten Rhythmus.

»Willst du jetzt den ganzen Tag beleidigt sein?«

»Nein, Giulia, ich arbeite.«

Na schön! So begann auch Giulia zu arbeiten. Sie sah ihre Mails durch und kontrollierte die verschiedenen Abgabetermine. In der nächsten Woche mussten sie ihre Ideen für die Gleitmittel präsentieren und noch die letzte Fassung der Texte festlegen, während es für den Slogan zwei Optionen gab. Sie hatten beschlossen, für diesen Spot keine Schauspieler zu verwenden. Auf diese Weise hatte sie sich die anstrengende Auswahl von halbseidenen, augenzwinkernden Modellen erspart. Nach Jahren in der Branche konnten sogar halbnackte junge Männer mit Astralkörpern langweilig werden. Das hätte sie sich, als sie in die schillernde Welt der Werbung eintrat, nie vorstellen können.

»In welcher Hinsicht hat es sich denn gelohnt?«, fragte sie Lorenzo, als sie schließlich nebeneinander die Treppe hochgingen, die zum Konferenzraum führte.

Lorenzo verzog unmerklich das Gesicht.

»Du meinst, wieso es sich gelohnt hat, vor deiner Wohnung zu hocken?«

»Ja.«

»Nun. Zuerst wurde ich von einem grantigen alten Nachbarn angemacht, der sich auch über deine Musik aufgeregt hat und sich wünscht, dass du mehr Rücksicht auf ihn nimmst. Dann hat eine Freundin von dir, die ich noch nicht kannte, mir Gesellschaft geleistet. Sehr hübsch, aber etwas zu jung für mich. Rebecca – ich würde sagen zwischen acht und zehn Jahren alt.«

»Fast neun«, entgegnete Giulia und steuerte auf einen Stuhl zu. Sie sah das kleine elektronische Gerät, das vorne auf dem Tisch lag. »Aha. Sollen wir uns jetzt einen Spot für ein Tablet ausdenken?«, fragte sie die Anwesenden.

Die Kollegen vom Marketing und der Vertriebschef waren nicht besonders schnell. Der Kunde, dessen Augen leuchteten, weil er die Runde hatte überraschen können, beeilte sich zu antworten.

»Ein E-Reader, Leute. Hier seht ihr einen neuen E-Reader, aber ohne die Begrenztheit der berühmtesten Konkurrenzmodelle und mit viel mehr Optionen. Tausende elektronischer Bücher in nur zweihundert Gramm allerneuester Technologie. Der Fortschritt galoppiert, und wir sitzen im Sattel.«

Glücklicherweise wurden Slogans nicht von den Kunden gemacht, und die Protzerei von diesem hier brachte Giulia und Lorenzo einander wieder näher.

»Das klingt ja spannend, ich möchte Sie nicht aus dem Sattel werfen, aber könnten Sie uns vielleicht ein paar Details erklären?«, fragte Lorenzo. Es folgte eine Dreiviertelstunde technischer Erklärungen, die nur eine Gruppe Informatiker hätte wertschätzen können.

Nachdem sie die Mauer aus weitgehend unverständlichen Wörtern irgendwie überwunden hatten, ergriffen die Marketing-Leute das Wort und redeten von Marktanalysen, strategischen Zielen, Positionierung, Zielgruppen und anderer Begleitmusik, mit denen das neue Produkt eine unwiderstehliche Aura erhalten und zum Erfolg werden würde.

Der Kunde nickte zufrieden, der Vertriebsleiter grinste erleichtert, die Kollegen vom Marketing verabschiedeten sich. Giulia und Lorenzo blieben sitzen, den E-Reader in der Hand und mit der stillen Frage, die sie sich am Anfang des Meetings gestellt hatten: Wann sollten sie die Zeit finden, sich auch noch um dieses Projekt zu kümmern?

Als sie wieder am Schreibtisch saßen, beschlossen sie, die Planung für die nächsten Monate gemeinsam durchzugehen.

»Essen, Schlafen, Duschen. Dafür ist gerade noch Zeit«, spottete Lorenzo, während Giulia den Kalender mit bunten Leuchtstiften markierte. Blau für die veganen Bonbons, Rot für die Gleitmittel, Gelb für die Tiefkühlkost und Grün für den E-Reader.

»Mittag- und Abendessen markiere ich gelb, so sparen wir Zeit.«

»Hauptsache, du baust noch ein paar Fenster ein, wo wir auf die Toilette gehen können«, sagte Lorenzo.

Giulias Mobiltelefon klingelte. Sie entfernte sich ein paar Meter, bevor sie abnahm. Sie hatte den Kopf ein wenig zur Seite geneigt, sprach leise und lachte hin und wieder. Lorenzo saß vor dem Kalender, nahm sich die letzten zu korrigierenden Druckfahnen und sah auf die Uhr. Dann wandte er sich zu ihr um.

»Giulia, komm zum Ende!«

Giulia lächelte, zwinkerte ihm zu und plauderte weiter.

»Giulia, verflucht, wir müssen arbeiten!«

Sie verstummte, lächelte nicht mehr, entschuldigte sich bei ihrem Gesprächspartner, sagte *ciao* und starrte Lorenzo aufgebracht an.

»Meine Güte, was ist eigentlich mit dir los? Bist du jetzt Sklaventreiber auf der Baumwollplantage, oder was?«

Lorenzo sah wieder auf den Bildschirm. »Nein, aber wir müssen fertig werden, und ich muss mich außerdem um die Abgabe der Gleitmittel-Werbung kümmern. Lass uns die Planung endlich hinter uns bringen.«

»Also schön, bringen wir's hinter uns«, entgegnete Giulia bissig und malte die nächste Zukunft in grellen Farben an.

20

In dieser Stadt schien der Winter kälter zu sein, und das Licht hatte einen Grauschimmer, der den ganzen Morgen über anhielt. Vielleicht lag es auch am Wetter, an den regenschweren Wolken, am Gewitter, das mitten im Mathematikunterricht für einen Stromausfall gesorgt hatte.

Rebecca sah aus dem Fenster und dann auf den leeren Platz neben sich. Daniele war heute nicht in die Schule gekommen. Vielleicht wollte er sie nie wiedersehen. Sie hoffte sehr, dass sie sich täuschte.

Ihr Blick kehrte wieder zu dem aufgeschlagenen Heft zurück, das vor ihr lag. Bisher hatte sie nur die Überschrift fertig: Beschreibe deine Eltern. Heute schrieben sie einen Aufsatz, und die Lehrerin hatte gesagt, sie sollten die Menschen beschreiben, die sie gern hätten.

Rebecca dachte an ihre Mutter. Sie war sehr schön, hatte Augen heller als der Himmel und so lange Haare, dass sie sie als Schleier hätte verwenden können. Jetzt aber hatte sie sich die Haare abgeschnitten und erklärt, das sei praktischer. Rebecca hatte ihre Mutter vorher schöner gefunden, als ihr die Haare noch bis zum unteren Rücken reichten und sie sie abends hatte bürsten dürfen. Sie waren kastanienbraun gewesen, die Haare, doch neuerdings färbte ihre Mutter sie schwarz. Trotzdem fand Rebecca sie immer noch sehr schön. Und sie beide waren ein gutes Team, das sagte ihre Mama oft zu ihr. Rebecca wollte gern mit ihrer Mutter ein gutes Team bilden, sie wusste, dass sie sich auf sie verlassen konnte und dass sie immer für sie da sein würde.

Am schönsten war es beim Essen, auch wenn Mama müde war, auch wenn sie später wegmusste, aßen sie zusammen. Frühstück, Mittag- und Abendessen. Dann erzählten sie sich, was sie am Tag erlebt hatten und wohin sie gern verreisen wollten. Eines Tages würden sie all diese Reisen wirklich machen, das hatten sie fest ausgemacht.

Nach dem Essen machte Rebecca die Hausaufgaben und ihre Mutter schlief, wenn sie nicht zur Arbeit musste. Meistens aber musste sie nach dem Abendessen los und kam erst kurz vor dem Frühstück wieder, aber Rebecca wusste, dass sie das nicht in dem Aufsatz schreiben durfte. Das hatte sie ihrer Mutter versprechen müssen. Sie durfte es keinem sagen. Nur Giulia wusste Bescheid, aber ihre Mutter wusste nichts von Giulia. Zum ersten Mal log Rebecca ihre Mutter an, doch sie fand, eine Sache nicht zu sagen wäre nicht so schlimm, wie zu lügen. Und Rebecca blieb ja auch in der Wohnung, wie sie es versprochen hatte. Aber auch darüber konnte sie in ihrem Aufsatz nichts schreiben.

Sie konzentrierte sich deshalb auf die Schönheit ihrer Mutter, auf den guten Schokoladenkuchen, den sie backte, wenn ihre Tochter gute Noten bekam. Auch dass sie sich gern hätten, schrieb sie, und dass ihre Mutter selbst dann noch lächelte, wenn ihre Augen ganz dunkel wurden vor Traurigkeit.

In der Pause ging Rebecca zu Elisabetta, bevor die anderen Mädchen sie ansprechen konnten. Sie wollte heute keine wahren Märchen erzählen.

»Daniele ist nicht da«, sagte sie.

»Vielleicht ist er krank«, meinte die Freundin.

Vielleicht. Aber Rebecca war sich nicht sicher, ob das wirklich der Grund war, und sie erzählte Elisabetta, was am Vortag passiert war. Elisabetta schüttelte mitfühlend den Kopf.

»Letztes Jahr haben sich Danieles Eltern getrennt, weißt du? Der kleine Bruder ist bei der Mutter geblieben und er selbst beim Vater. Seitdem hat er sich sehr verändert, aber die Lehrerin hat gesagt, wir sollen ihn in Frieden lassen. Manchmal würden wir ihn ja gern überreden, mit uns zu spielen, aber wir tun es nicht, um ihn nicht zu stören.«

Wahrscheinlich hatte die Lehrerin nicht das gemeint, dachte Rebecca, schwieg aber. Elisabetta war eine der Guten. Aber wenn sie an Gilda dachte und wie sie den armen Daniele behandelt hatte, merkte sie, wie ihre Wut auf die Mädchen aus der Haarreifen-Clique größer wurde. An diesem Tag verließ sie die Schule mit dem Wunsch, diese herzlosen Mädchen leiden zu sehen. Sie wusste nicht wie, wünschte es sich aber sehr.

»Gibt es im Märchen auch eine Prinzessin, die stirbt?«, fragte sie Giulia am Abend.

»Ganz bestimmt, aber so wie du danach fragst, hab ich den Eindruck, du würdest sie gern selbst umbringen.«

Rebecca seufzte zufrieden. Also gab es tatsächlich eine Prinzessin, die starb. Das war sehr beruhigend zu hören.

»Erzählst du mir das Märchen?«

»Ja, ich erzähl es dir. Aber vielleicht sagst du mir zuerst, mit wem du Ärger hast?«

Rebecca war sich nicht sicher, ob sie von der Schule erzählen sollte. Solche Dinge besprach sie eigentlich mit ihrer Mutter – nur nicht die Sache mit den Märchen und der Gute-Nacht-Frau. Es musste schließlich ein paar Geheimnisse zwischen ihr und ihrer Mutter geben.

»Ich war in der Schule sehr wütend, möchte aber nicht darüber reden.«

Giulia nickte. »Na schön. Also gehen wir zusammen auf den Meeresgrund und lernen unsere kleine Fischprinzessin kennen.«

»Eine Fischprinzessin?«

»Ja, eine kleine Seejungfrau. Du hättest nie geglaubt, dass sie am Ende einen Prinzen heiratet, oder?«

Rebecca brauchte nicht zu antworten, sie wusste ja bereits, dass es mit dieser Prinzessin ein böses Ende nahm. So machte sie es sich in ihren Kissen gemütlich und hörte zu.

»In einem wunderschönen Palast aus Wasserpflanzen lebten ein König und seine sechs Töchter, wunderschön, sehr freundlich, wohlerzogen und so weiter. Die jüngste, die auch die schönste war, war immer traurig und allein. Sie verliebte sich in die Statue eines Prinzen, die nach einem Schiffbruch auf den Meeresgrund gefallen war, aber sie stieß auf keine Gegenliebe.«

»Wie konnte sie sich denn in eine Statue verlieben?«

»Ich war als Kind auch in Zorro verliebt, daran ist doch nichts Besonderes.«

Rebecca lachte. »Was, du warst in Zorro verliebt?«

Giulia zwinkerte ihr zu. »Ja. Aber das ist eine andere Geschichte.«

»Aber die musst du mir irgendwann auch erzählen«, sagte Rebecca kichernd.

»Vielleicht. Jedenfalls – die kleine Seejungfrau konnte es gar nicht erwarten, bis sie fünfzehn wurde und an die Meeresoberfläche schwimmen durfte. An ihrem fünfzehnten Geburtstag begegnete sie auf dem Wasser einem Dreimaster, auf dem zufällig der Prinz von der Statue war. Da hatte das Schicksal wohl seine Hand im Spiel. Plötzlich brach ein Unwetter los, und das Schiff sank. Die Seejungfrau packte den Prinzen, bevor er unterging, zog ihn ans Ufer, wachte die ganze Nacht bei ihm und gab ihm einen Kuss auf die Stirn.«

»Warum nicht auf den Mund?«

»He, mein Fräulein, das tun immer die Männer. Du darfst nie als Erste küssen.«

»Warum?«

»Weil es ein paar Dinge gibt, die Aufgabe der Männer sind. Genau wie Radwechseln bei der Autopanne, zum Essen einladen, und zum ersten Mal küssen. Aber nicht alles zur gleichen Zeit.«

Rebecca knetete die Ohren ihres Plüschhundes und betrachtete nachdenklich seine Schnauze. In der Schule lernten sie solche seltsamen Regeln nicht, wenn sie groß wäre, müsste sie sie irgendwie lernen, überlegte sie, während sie der Geschichte von der kleinen Meerjungfrau lauschte, die hinter einem Felsen versteckt heimlich den ohnmächtigen Liebsten überwachte. Dann erzählte Giulia von einem Mädchen, das den Prinzen am Strand liegend fand und in das er sich beim Aufwachen verliebte, weil er dachte, es habe ihn gerettet.

»Die Fischprinzessin aber, die das alles nicht wusste, verzehrte sich am Meeresgrund in Liebe und war todunglücklich, bis ihre Oma ihr die Adresse einer Hexe gab, die unglaubliche Dinge zaubern konnte. Wir wissen ja, was Hexen für ein Unglück anrichten können. Die kleine Meerjungfrau überwand alle Hindernisse und ging zu der Hexe, die einen guten Geschäftssinn hatte. Sie schlug ihr vor, ihre wunderbare Stimme gegen ein Zaubergetränk einzutauschen, mit dem man zum Menschen werden konnte, aber sie fügte eine Bedingung hinzu: Das Meermädchen musste das Herz des Prinzen erobern, sonst würde sie sterben. Fest entschlossen nahm die kleine Seejungfrau die Bedingungen an und ließ sich die Zunge abschneiden.

»Die Zunge?«, fragte Rebecca leise.

»Ja, die Zunge. Ein Vertrag ist ein Vertrag. Die Seejungfrau kehrte ins Schloss zurück, nahm den Zaubertrank zu sich, verlor das Bewusstsein und wurde ohne Schwanzflosse, aber mit zwei Beinen an den Strand gespült. Dort war zufällig der Prinz, der oft an den Strand ging, um das Mädchen wiederzufinden, in das er sich verliebt hatte. Er war entzückt, ein so schönes weibliches Wesen dort vorzufinden, brachte die kleine Seejungfrau an den Königshof, behandelte sie wie eine Schwester und vertraute ihr seinen Liebeskummer an, sie konnte ja nichts weitererzählen. Da sie ihm stumm zuhörte und weinte, dachte dieser unsensible Kerl, dies geschehe aus Mitleid mit ihm, und fühlte sich verstanden. Was für ein Idiot.«

»Hat er sich denn dann in sie verliebt?«

»Nein. Wenig später fand er tatsächlich das Mädchen vom Strand wieder, und natürlich heiratete er sie. Die kleine Seejungfrau konnte das Missverständnis nicht aufklären, weil sie ja ihre Zunge gegen zwei Beine eingetauscht hatte, und musste die Hochzeit miterleben. Sie tat, als freue sie sich, dabei brach ihr fast das Herz. Die beiden Turteltäubchen amüsierten sich unter anderem auf einem Schiff, wo die Hochzeit gefeiert wurde, und so wurde ihre Qual noch größer.«

»Und starb sie dann?«

»Eigentlich wurde ihr ein Weg der Rettung geboten. Aus den Wellen kamen die Schwestern hervor, deren Haare geschoren waren. Du kannst dir ja vorstellen, an wen sie sich um Hilfe gewandt hatten. Sie hatten ihr Haar verkauft, um die kleine Schwester zu retten, aber die Hexe hatte auch jetzt wieder harte Bedingungen gestellt. Die kleine Seejungfrau konnte nur dann weiterleben, wenn sie vor Morgengrauen dem Prinzen einen Dolch ins Herz stoßen und ihre Füße in seinem Blut baden würde. Niemand in dieser Familie wusste offenbar, dass man auch verhandeln kann.«

»Und hat sie ihn getötet?«

»Natürlich nicht, sie liebt ihn doch. Sie kommt in das Zimmer, in dem er schläft, sieht, wie er selig lächelt, beschließt zu sterben und verwandelt sich in Meeresschaum.

Ich habe mich immer gefragt, ob die Haare der Schwestern nachgewachsen sind.«

»Das ist ja alles furchtbar traurig!«

»Ja, aber du wolltest doch ein Märchen hören, in dem die Prinzessin stirbt. Am Ende gibt es ja immerhin eine Hochzeit.«

»Und wer wärst du gerne in dieser Geschichte?«

»Ich wäre wahrscheinlich am liebsten die Oma.«

Da lachten sie beide.

21

Daniele saß schon auf seinem Platz, als Rebecca in die Klasse kam. Am Wochenende hatte sie sich überlegt, was sie ihm sagen wollte, wenn er am Montag wieder in die Schule käme, und jetzt, wo er wieder da war, folgte sie nicht ihrem Instinkt, gleich zu ihm zu laufen und ihn zu begrüßen, sondern blieb bei der Tür stehen und redete mit anderen Klassenkameraden. Ja, sie würde heute wieder ein wahres Märchen erzählen, versprach sie. Ja, sie könnten auch den anderen Bescheid sagen. Sie wisse erstaunliche Dinge über Schneewittchen und würde sie in der Pause verraten.

In der Schule hatte sich schon herumgesprochen, dass Rebecca wahre Märchen kannte, und alle, die jemanden in ihrer Klasse kannten, fragten, ob sie auch zuhören dürften.

Auf diese Weise lernte Rebecca neue Freunde kennen und freute sich über ihre seltsame Aufgabe. Anderen Kindern klarzumachen, dass manche Geschichten gar nicht so waren, wie die Erwachsenen sie einem erzählten, bedeutete, der Wahrheit freien Lauf zu lassen, und war so etwas wie der Aufstand der Kleinen gegen die Macht der Großen. Es war außerdem die Rache all jener Märchenfiguren, deren Geschichten durch Lügen verändert worden waren. Lügen war verboten, also durften es auch die Erwachsenen nicht beim Märchenerzählen tun.

Als die Lehrerin kam, setzte Rebecca sich endlich auf ihren Platz. Daniele zeichnete wie immer.

»Hallo.«

»Hallo«, brummte er und sah nicht von seinem Blatt auf.

Sie dachte an das, was ihr ihre Mutter gesagt hatte. Sie sollte sehr freundlich zu ihm sein und nicht vergessen, dass man ihm wehgetan hatte. Dann fiel ihr ein, was Lorenzo ihr vorgeschlagen hatte, nämlich so zu tun, als ob nichts geschehen wäre, und das schien ihr der beste Rat zu sein. Sie war immer nett zu Daniele gewesen, noch netter zu sein, kam ihr falsch vor, und er hätte es sicher auch gemerkt.

Die Lehrerin gab die korrigierten Aufsätze zurück. Rebecca hatte die beste Note bekommen, die sie je gehabt hatte.

»Sehr schön, Rebecca, mir scheint, du hast dich bei uns eingelebt und kommst sehr gut im Unterricht mit. Aber du warst sicher auch vorher schon eine gute Schülerin.«

Rebecca wurde rot, nahm ihr Heft entgegen und dankte der Lehrerin. Sie sagte, sie schreibe gerne Aufsätze und dass sie sich in der Klasse wohlfühle.

»Das freut mich, und deine Mutter wird sicher auch sehr froh darüber sein.«

Die Lehrerin lächelte, fuhr Rebecca übers Haar und ließ die Hand auf ihrer Schulter liegen. Nur einen Moment lang, ein leichter Druck und noch ein Lächeln. Rebecca strahlte.

Ja, Mama war stolz auf sie, das sagte sie ihr oft. Ob auch Danieles Mutter stolz auf ihren Sohn war? Ob sie überhaupt wusste, was für schöne Zeichnungen er machte?

Jetzt wandte sich die Lehrerin an ihren Banknachbarn. »Daniele, am Freitag warst du nicht da, du musst die Arbeit heute nachschreiben.« Sie holte ihn nach vorn und setzte ihn an ihr Pult, wo er seinen Aufsatz schreiben sollte, während sie den anderen Geschichtsunterricht gab.

So waren sie schon wieder getrennt, ohne dass Rebecca Gelegenheit gehabt hatte, so zu tun, als ob nichts gewesen wäre.

Als Daniele schließlich wieder in ihre Bank zurückkam, zog er sein Heft hervor und zeichnete weiter. Rebecca schielte hinüber und erkannte den Umhang der Gute-Nacht-Königin. »Sie hat dunkle Locken und grüne Augen«, sagte sie. »Und sie ist ziemlich dünn.«

Daniele hörte auf zu zeichnen und sah auf das Blatt. »Sind die Locken lang oder kurz?«

»Sie reichen bis auf die Schulter, so«, antwortete Rebecca und wies auf das untere Ende des Halses. Daniele nickte und malte der Frau, die Herrin des neuen Reiches war, lauter Kringel, die bis zur Schulter reichten.

»In der Pause erzähle ich dir von anderen Figuren. Da gibt es auch eine, die stirbt, das wird dir sicher gefallen.«

Und so war zwischen ihnen alles wieder wie früher.

Als es zur Pause läutete, scharte sich eine Gruppe um die Bank von Rebecca und Daniele. Die, welche in der Nähe saßen, hatten die besten Plätze ihr gegenüber ergattert. Die Übrigen, auch die aus anderen Klassen, mussten im Stehen zuhören.

Es herrschte eine gewisse Skepsis, ob ein Gürtel oder ein Kamm wirklich töten konnten. Beim zur Hälfte roten Apfel aber hatte keiner Zweifel. Dass es so geschehen war, schien glaubwürdig. Und es wurde auch deutlich, wie dumm Schneewittchen war.

Erst als sie erwachte, waren die Kinder verblüfft.

»Warum hat er sie denn nicht geküsst?«, fragte ein Mädchen aus der vierten Klasse.

»Doch nicht, als sie noch tot war«, entgegnete einer von Rebeccas Klassenkameraden, dem dieses Detail besonders gefiel.

»Warum haben die Zwerge denn nicht versucht, sie zu hauen? Wenn ich mich verschlucke, haut mir Mama immer auf den Rücken, hier«, sagte ein Junge aus der ersten Reihe und zeigte auf die Stelle. Ein Mitschüler schlug ihn darauf und sagte. »Los, spuck die Süßigkeiten aus!« Der geschlagene Junge beschwerte sich halbherzig und schlug zurück. Der andere tat, als spucke er ein Stück vergifteten Apfel aus und als küsse er seinen Gegner und halte um dessen Hand an. Alle brachen in Lachen aus.

Rebecca fand das sehr komisch und forderte dann die anderen auf, die Geschichte weiter anzuhören. »Wenn ihr wollt, erzähle ich euch auch noch, was mit der bösen Stiefmutter passiert ist.«

Sie wollten es natürlich wissen und freuten sich über ihren grausamen Tod.

»Geschieht der alten Hexe recht, die haben sie extra eingeladen, damit sie vor aller Augen stirbt«, rief einer.

»Aber war das Schneewittchens Idee, die der sieben Zwergen oder wollte es der Prinz?«, fragte ein Mädchen.

Die meisten waren der Meinung, dass die Zwerge es sich ausgedacht hatten, andere fanden, es müsse das Hochzeitsgeschenk des Prinzen an Schneewittchen sein, und einige wenige dachten, Schneewittchen habe es so gewollt.

»Seht euch mal die kleinen Babys an, die sich noch Märchen erzählen lassen!« Der Kreis der Mädchen mit dem Haarreif war vollzählig erschienen.

»Wir haben gehört, da hätte sich einer lauter unsinniges Zeug ausgedacht, und ihr glaubt auch noch daran«, setzte Fiorenza hinzu.

Ein Junge sagte, es sei ganz anders, und er würde es ihnen erklären. »Rebecca erzählt uns nämlich die *wahren* Märchen.«

»Aha, aha, und woher will sie die *wahren* Märchen kennen, von denen sonst keiner was weiß?«

»Die Gute-Nacht-Frau erzählt sie ihr«, rief ein Mädchen.

Die Mädchen von der Haarreifen-Clique lachten schallend. »Und wer soll die Gute-Nacht-Frau sein?«

Alle sahen Rebecca erwartungsvoll an.

»Das könnt ihr nicht wissen, die kenne nur ich.«

»Natürlich«, sagte Fiorenza, »nur du kennst sie, weil es sie gar nicht gibt. Und ihr glaubt auch noch den Blödsinn, den sie euch erzählt.«

Rebecca spürte, wie die Wut ihr die Röte in die Wangen trieb.

»Ich erzähle keine Lügen, die Gute-Nacht-Frau gibt es.«

»Ach wirklich? Dann beweis es uns.«

Wenn es wahr sei, dann brauche man keine Beweise, befanden die, die keinen Grund zu zweifeln hatten. Die anderen kicherten oder gingen weg.

Rebecca wusste nicht, wie sie es hätte beweisen sollte. Giulia würde sicher niemals hierher in die Schule kommen, und selbst wenn sie es getan hätte, Rebecca konnte nicht zulassen, dass ihre Mutter jemals von den heimlichen nächtlichen Treffen erfuhr.

»Siehst du«, sagte Fiorenza, »jetzt sagst du nichts mehr, weil klar ist, dass du das alles nur erfunden hast. Es gibt keine Gute-Nacht-Frau, und du erzählst deine blöden Märchen nur, um dich wichtig zu machen. Weil du genauso blöd bist wie dein Banknachbar.«

Einige Kinder blickten betreten zu Boden, andere sahen Rebecca erwartungsvoll an.

Diese sprang plötzlich auf und sagte völlig unüberlegt: »Es gibt sie doch, kommt zu mir nach Hause, und ich stelle sie euch vor!«

Die Mädchen mit den Haarreifen sahen Fiorenza an. Nie und nimmer würde eine von ihnen aus welchem Grund auch immer ins Haus einer Feindin gehen.

Fiorenza sah Rebecca tief in die Augen: »Wenn es sie gibt, dann bring sie her!«

Rebecca dachte an Giulia und hielt dem Blick stand. »Sie kommt nicht hierher. Wenn ihr sie sehen wollt, dann müsst ihr schon zu mir kommen.«

Elisabetta unterbrach das Schweigen. »Ich gehe hin.«

»Ich komme mit«, sagte Daniele, der gerade eine neue Stiefschwester fertig gezeichnet hatte, neben einer Hexe mit verkrüppelten Füßen.

Rebecca wandte sich ihren beiden Freunden zu. Sie lächelten sie an. Jetzt musste sie sich etwas überlegen.

22

Giulia beschäftigte sich schon seit über einer Stunde mit dem E-Reader.

Sie kannte sich mit neuen Technologien aus, und neue Möglichkeiten zu entdecken war für sie so schön wie für ein Kind ein Ausflug ins Disneyland.

»Welches soll ich nehmen?«, fragte sie Lorenzo und hielt ihm alle Fotos unter die Nase, die sie von sich mit der eingebauten Digitalkamera gemacht hatte.

»Wozu?«

»Für den virtuellen Bibliotheksausweis«, erklärte Giulia. Sie hatte diese Plattform entdeckt, als sie das Hauptmenü öffnete, und sich mit Amelia angefreundet, der Online-Bibliothekarin. Mit ihr konnte sie chatten, und sie antwortete immer freundlich und kompetent. Giulia hatte beschlossen, sich anzumelden, um sich E-Books auszuleihen, die sie nicht kaufen wollte. Sie kosteten nichts, wenn man sie innerhalb eines Monats zurückgab.

»Wie gibst du denn ein virtuelles Buch zurück?«

»Du gibst den Code zurück, mit dem du es geöffnet hast. Sonst wird es dir in Rechnung gestellt und das Buch gehört dir.«

Lorenzo schnaufte ärgerlich.

»Giulia, wie lange gedenkst du noch mit Coso herumzuspielen? Wir müssen uns auf die Arbeit konzentrieren.«

Coso war der provisorische Name für den E-Reader, bis jemand nach endlosen Brainstormings mit Textern und Marketing-Leuten schließlich den perfekten Namen ausspucken würde, der auf dem Markt den Sieg davontragen sollte.

»Aber ich arbeite ja, ich mache mich mit Coso vertraut. Ich richte mir gerade meine Bücherecke in englischem Stil ein – mit einem bequemen Sofa und Blick in den Garten.«

Coso beschränkte sich nicht auf die Lektüre digitaler Bücher. Er schien eher ein Kind der Videospiel-Industrie zu sein und ermöglichte dem User, ob er nun ein begeisterter Leser war oder nur gelegentlich las, durch Straßen spazieren zu gehen oder in einer Buchhandlung an den Regalen entlangzuschlendern, sich ein Zimmer einzurichten, um zu lesen oder auch nur, um dort Tee zu trinken.

»Kann man auch Freunde einladen?«, fragte Lorenzo.

Ja, das konnte man. Im Chat konnte man Meinungen über Bücher, Zeitschriften, aber auch Filme oder Musik austauschen. Man musste nur online sein, ein Diskussionsthema suchen oder vorschlagen, und wenn sich jemand fand, konnte man mit einem Unbekannten plaudern, vielleicht einem Argentinier oder Schweden und dabei gemütlich auf seinem englischen Sofa sitzen.

Ein Buch auf dem Reader zu lesen, hatte Giulia bisher noch nicht versucht.

»Ich weiß nicht, aber so ein digitales Ding reizt mich nicht, ich muss das Papier in den Fingern spüren, am Umschlag riechen, ein Straßenbahnticket als Lesezeichen verwenden können und sehen, wie dick das Buch ist oder wie viele Seiten es noch bis zum Schluss sind.«

Dies konnte ein Problem sein, denn die Hauptfunktion von Coso war ja, Bücher damit zu lesen. Elektronische zwar, aber immerhin Bücher.

»Wenn du dich wirklich mit Coso vertraut machen willst, musst du irgendwas darauf lesen. Einen Roman von Anfang bis Ende, zum Beispiel, wäre nicht schlecht«, meinte Lorenzo.

Giulia schüttelte den Kopf und stellte den E-Reader auf den Schreibtisch. »Ich hab's gestern Abend probiert und fand es blöd.«

»Das Buch oder das Lesen mit dem Coso?«

»Das Buch. Aber ich habe eine Theorie aufgestellt, von der ich ziemlich überzeugt bin. Die Bücher, die man auf Coso liest, kommen einem blöd vor. Wenn ich sie auf Papier gedruckt lesen würde, würden sie mir eher gefallen.«

Lorenzo wusste nicht, ob das ein Witz sein sollte, aber nichts schien diese Annahme zu bestätigen. Giulia hatte ganz ernsthaft gesprochen und schien einigermaßen besorgt.

»Wie viele digitale Bücher hast du denn schon gelesen?«

»Eins, und zwar gestern Abend.«

»Was für ein Buch war das?«

»Ach, irgendeins, das ich zufällig in einer virtuellen Buchhandlung gefunden habe.«

»Du solltest vielleicht ein Buch aussuchen, das dich interessiert.«

Giulia zog eine kleine Grimasse. Dann nahm sie Coso wieder zur Hand, ging in einen Online-Buchshop und kaufte sich einen Roman, den sie sich immer wieder aufgespart hatte, für Zeiten, in denen sie ein gutes Buch brauchte.

»Ich glaube, auch Bücherliebhaber müssten darauf verzichten können, in einem Buch zu blättern, sie können es ja einfach auf dem Bildschirm lesen«, brummte sie und schob ihren Roman in das Bücherregal aus virtuellem, in Elfenbeinweiß gestrichenem Holz, das sie vielleicht in ein graues umtauschen sollte.

»Ja, und zwei ausgezeichneten Werbefachleuten müsste es gelingen, auch eingefleischte Buchliebhaber zu überzeugen. Häng deinen Widerstand an den Nagel und such Gründe dafür, den Coso besser zu finden als einen Wälzer von vierhundert Seiten, der dir die Handtasche ausbeult und von dem du nicht weißt, wo du ihn noch hinstellen sollst, weil in deinem Regal alle Bücher schon in doppelter Reihe stehen.«

»Ich kann sie immer noch einer Bibliothek schenken.«

»Das fände Amelia aber gar nicht gut.«

Sie senkten die Köpfe und konzentrierten sich wieder auf die Projekte, die dringender waren, und so wurde es acht Uhr abends, ohne dass sie sich mit dem spannenden Dilemma noch einmal beschäftigt hätten. Bei der Arbeitsplanung waren sie völlig leidenschaftslos, nur hinsichtlich der Fristen hatten sie einige Zweifel. Leider konnten sie sich keine Terminüberschreitungen leisten.

Giulia wandte sich vom Computer ab, lehnte sich zurück und rieb sich die Augen. »Ich schaff es nicht länger, ich brauch' was zu essen und ein Sofa.«

Lorenzo legte den Kopf in den Nacken und strich sich

mit beiden Händen durchs Haar. »Lass uns aufhören für heute. Gehen wir zu dir und tauen etwas auf?«

Giulia nickte resigniert. »Ich brauche ein richtiges Leben, bei dem ich abends auch mal ausgehen kann. Nicht immer, nur ab und zu. Und ein freies Wochenende dann und wann wäre auch ganz nett.«

Sie wäre aber doch gerade erst ausgegangen, hätte Lorenzo am liebsten erwidert. Doch er schwieg. Er hatte sich vorgenommen, auf jede Anspielung zu verzichten und keine Diskussionen anzuzetteln, jedenfalls so lange, bis er sich selbst darüber im Klaren war, was er eigentlich wollte. Er war in Giulia verliebt, das wusste er jetzt. Aber sie waren vor allem auch gute Freunde und Arbeitskollegen, das machte ihre Stärke aus, und das wollte er auf keinen Fall gefährden.

Giulia jedenfalls schien nicht in ihn verliebt zu sein. Nie hatte er, während er sie heimlich beobachtete, jenes Lächeln über ihr Gesicht huschen sehen, mit dem manche ihre Zuneigung ausdrücken, bevor sie sich wieder unter Kontrolle haben, niemals hatte sie ihn absichtslos berührt, wie man es manchmal bei jemandem macht, der einem am Herzen liegt.

Nein, Giulia führte ihr eigenes Leben und verhielt sich anderen Menschen gegenüber sehr unterschiedlich, wie in konzentrischen Kreisen. Es gab Menschen, die ihr näher standen, und andere gehörten nur zum Außenkreis. Sie war durchaus aufgeschlossen und vielleicht sogar bereit, sich in jemanden zu verlieben, aber Lorenzo hatte noch nicht herausgefunden, wie er sie dazu bringen konnte, ein Auge auf ihn zu werfen.

»Wenn wir mit den Projekten fertig sind, machen wir erst mal Ferien«, sagte er. »Vielleicht in einer Suchtklinik für Workaholics«, setzte er grinsend hinzu. Dann stand er auf, zog seine Jacke an und half ihr in den Mantel.

Eine halbe Stunde später suchten sie sich ein Fertiggericht aus: Koteletts in Marsala mit Kartoffelkroketten. Sie aßen beim Arbeiten und hörten dazu den Soundtrack des Films *Die wunderbare Welt der Amélie*. Mit der Zeit hatten sie verschiedene Musikarten ausprobiert und wie Musik ihre Arbeit förderte. Je nach Zeit und Produkt konnte Musik Einfluss auf den Erfolg ihrer Arbeit haben. Zum Beispiel war am Nachmittag Rock 'n' Roll perfekt, wenn es um ein Produkt für Jugendliche ging. Ein Montagabend mit dem Thema Tiefkühlkost brauchte einen Sound mit Klavier im Hintergrund, wenig Worte und Walzerrhythmus.

»Giulia, ich glaube, da hat jemand geklopft«, sagte Lorenzo, der auf dem Boden saß, den Rücken ans Sofa gelehnt, mit Dutzenden Fotos von Speisen auf dem Teppich vor sich.

Giulia, die neben ihm saß, sah von ihren Bleistiftnotizen auf, sah ihn an und fragte. »Wo?«

Auf diese Frage war er nicht vorbereitet. »Ich weiß es nicht, ich habe nicht darauf geachtet. Wo könnte denn jemand klopfen?«

Sie hob eine Hand, und Lorenzo schwieg. Wieder das Klopfen. An der Wand.

»Dreimal. Ich geh mal eben hin. Seltsam, wieso an einem Montag?«, sagte Giulia, und er verstand nicht, was sie meinte. Sie stand auf und klopfte ebenfalls dreimal.

»Ist das Rebecca?«, fragte er.

»Ja, ich bin in einer halben Stunde wieder da.«

»Ist dieses Mädchen denn immer allein?«

Giulia hielt einen Moment inne, als dächte sie zum ersten Mal über diese Frage nach.

»Nein, nicht immer. Zwei oder drei Abende in der Woche, glaube ich.«

»Kennst du eigentlich ihre Eltern?«

»Ich kenne die Mutter, aber sie hält nicht viel von mir. Unsere erste Begegnung war ein Desaster. Besser, sie erfährt nicht, dass ihre Tochter und ich Freundinnen sind.«

Lorenzo grinste. Rebecca hatte auch gesagt, sie seien Freundinnen.

»Interessiert es dich denn nicht, warum ihre Mutter sie nachts immer allein lässt?«

»Das geht mich nichts an. Rebecca ist ein wohl erzogenes Kind, intelligent, sie geht zur Schule, und in der Wohnung riecht es sauber und nach ordentlichem Essen. Ich bleibe immer bei ihr, bis sie eingeschlafen ist.«

Mehr sagte Giulia nicht, und Lorenzo fragte nicht weiter nach. Vielleicht sah sie die Sache ja genau richtig.

23

An diesem Abend wollte Rebecca von Giulia wissen, ob es Märchen gäbe, in denen Mütter ihre Kinder im Stich lassen.

»Klar gibt es die, aber das ist noch längst nicht alles. Kindern im Märchen passiert alles Mögliche. Sie landen im Wald, können gefressen werden, wenn sie jemanden umbringen, bestraft sie keiner, oft werden sie eingesperrt, aber sie schaffen es immer wieder nach Hause. Manchmal sterben sie, nichts kann sie überraschen, wenn sie arm weggehen, kommen sie reich zurück, und die Mädchen werden von zufällig vorbeikommenden Prinzen geheiratet. Sie sind ungehorsam, stehlen, lügen und schlagen.«

Rebecca zählte mit dem Zeigefinger die Enten auf ihrer Bettdecke. »Wenn aber die Märchen doch eigentlich für Kinder sind, warum müssen sie dann immer so leiden?«

Giulia schaute auf die Enten und suchte nach der richtigen Antwort.

»Früher waren die Märchen dazu gedacht, Kindern etwas über das Leben zu erzählen, um sie darauf vorzubereiten.«

Rebecca nickte und beschloss, später in Ruhe darüber nachzudenken.

»Dann kann es also auch im Märchen Mütter geben, die ihre Kinder im Stich lassen«, fragte sie noch einmal.

Giulia fühlte sich plötzlich auf rutschigem Terrain. Warum war ihr diese Frage so wichtig? Sie musterte die Kleine besorgt. Sie musste aufpassen, was sie sagte.

»Warum willst du unbedingt ein Märchen mit im Stich gelassenen Kindern hören?«

Rebecca zuckte die Achseln und sah auf den Plüschhund. »Die Mutter von meinem Schulfreund hat den kleinen Bruder behalten und ihn selbst beim Vater zurückgelassen.«

Das hörte sich an wie der üble Scherz eines betrunkenen Richters, und Rebecca fragte sich, ob es möglich war, Kinder unter sich aufzuteilen wie Schokoladentafeln, aber sie wollte sich gegenüber ihrer neunjährigen Freundin nicht in juristischen Details verlieren.

»Ich kenne eine Geschichte, in der Eltern sieben Kinder auf einmal im Stich lassen. Willst du sie hören?«

Rebecca sagte ja.

Giulia erzählte ihr von zwei Holzfällern, sieben Kindern, einer Hungersnot, dem Problem, für alle Nahrung zu finden, dem Aussetzen im Wald, den weißen Steinchen von Pollicino, der Rückkehr nach Hause, dem erneuten Hunger, dem zweiten Aussetzen und den von den Vögeln gefressenen Brotstückchen.

Rebecca fand es keine gute Idee, sieben Kinder im Wald zurückzulassen, nur weil man Angst hatte, dass sie vor Hunger sterben könnten. Giulia war ganz ihrer Meinung, versicherte ihr aber, dass am Ende alle gerettet würden, nicht ohne einige Opfer allerdings.

»Gibt es Tote?«

»Ja, viele.«

Dieses Märchen würde Daniele gefallen, dachte Rebecca.

»Und dann klopften die sieben Kinder an die Tür einer Menschenfresserin mit Haaren wie Schnüre, Zähnen wie Korkenziehern, Augen wie Lampen«, erzählte Giulia weiter. »Sie war nicht schön, aber freundlich. Das war immer noch besser als eine Nacht im Wald.« Giulia machte eine kleine Pause und warf Rebecca einen bedeutsamen Blick zu.

»Daran sieht man, dass sie selbst auch Mutter ist«, fuhr sie dann fort. »Die Menschenfresserin versteckt Pollicino und seine Geschwister unter dem Bett, um sie vor ihrem Mann, dem Menschenfresser, zu schützen. Er ist zwar ein freundlicher Kerl, aber Kinder isst er besonders gern. Kaum kommt er nach Hause, da riecht er das junge Fleisch, er hat nämlich einen sehr feinen Geruchsinn. Er findet die sieben Kinder, das Wasser läuft ihm im Mund zusammen, er nimmt ein Messer, und während er auf sie zukommt, stellt er sie sich schon gebraten vor. Die Frau überredet ihn, bis zum nächsten Tag zu warten, abends würde Kinderbraten ihm zu schwer im Magen liegen. Dann rettet sie die Menschenkinder und bringt sie zu ihren eigenen Kindern in deren Kinderzimmer. Als alle schlafen, stellt Pollicino fest, dass die sieben kleinen Menschenfresser goldene Kronen tragen. Er nimmt sie ihnen ab, setzt sich selbst eine auf und die anderen seinen Geschwistern. Das erweist sich als eine großartige Idee, denn um Mitternacht dringt der Menschenfresser heimlich in die Kammer ein, tastet die Köpfe aller Kinder ab und verschont nur die mit dem Krönchen auf dem Kopf; die anderen sticht er ab. Dann legt er sich wieder schlafen und träumt vom Essen.«

»Sticht er auch die Mädchen ab?«

»Ja, aber er macht es nicht extra. Pollicino hat das Blutbad gesehen, weckt seine Geschwister und flieht mit ihnen in den Wald. Am nächsten Morgen zieht der Menschenfresser, der ganz verzweifelt ist, seine Siebenmeilenstiefel an und sucht die kleinen Ausreißer, die nur noch hundert Schritte vom Haus ihrer Eltern entfernt sind. Sie verstecken sich in einer Felsenhöhle. Der Menschenfresser ist erschöpft und schläft auf genau diesem Felsen ein. Pollicino sagt seinen Geschwistern, sie sollen nach Hause laufen und sich um ihn keine Sorgen machen. Dann stiehlt er die Zauberstiefel, geht zur Menschenfresserin und sagt ihr, ihr Mann sei von einer Räuberbande überfallen worden, die für seine Freilassung ihren gesamten Besitz haben wolle. Die arme Frau, die schon ein böses Erwachen hinter sich hat, glaubt ihm und gibt ihm alles, was sie hat: Juwelen, Geld, Brillanten. Dann kehrt Pollicino zu seinen Eltern zurück, nachdem er eine ganze Familie vernichtet hat.«

»Aber das ist ja schrecklich!«

»Findest du? Ich finde das auch. Ich nehme an, dass in den Gute-Nacht-Geschichten der Menschenfressereltern von schrecklichen Monstern die Rede ist, die sich Kinder nennen.«

Rebecca lächelte. Sie musste mit Giulia noch über das sprechen, was in der Schule passiert war, auch wenn sie nicht so richtig wusste, wie sie es sagen sollte.

»Weißt du«, begann sie zögernd und traktierte dabei die Ohren ihres Plüschhunds, »ich habe den anderen in der Schule die Märchen so erzählt wie du.«

»Und, hat es ihnen gefallen?«

»Sehr. Aber sie sagen, dass sie nicht wahr sind und dass ich lüge.«

»So ein Unsinn! Das sind doch die wahren Märchen.«

»Ja. Ich habe ihnen gesagt, dass du sie mir erzählt hast, aber sie glauben nicht, dass es dich gibt.«

Giulia musste lachen. »Das wäre ja lustig, wenn sie Recht hätten. Lass sie doch glauben, was sie wollen.«

Rebecca starrte auf ihren Plüschhund. »Das hab ich probiert, aber sie wollen unbedingt, dass ich ihnen beweise, dass es dich gibt.«

»Willst du ein Foto von mir?«

»Nein, ein Foto beweist doch nicht, dass du die Gute-Nacht-Frau bist.«

»Die was?«

Rebecca hatte sich vor diesem Moment gefürchtet. Das war noch schwerer, als Giulia zu bitten, Elisabetta und Daniele zu treffen. »Na ja. Ich habe gesagt, dass du die Gute-Nacht-Frau bist«, gestand sie.

24

Als Giulia nach einer Weile mit amüsierter Miene in ihre Wohnung zurückkam, sah Lorenzo sie neugierig an und stellte den Laptop auf den Boden. »Ich dachte schon, du wärst verloren gegangen.«

»Die Gute-Nacht-Frau hat ihren eigenen Zeitplan.«

»Die was?«

Giulia ließ sich mit einem Seufzer in das Sofa sinken. Dann erzählte sie Lorenzo von den »wahren Märchen«, die Rebecca in der Pause zum Besten gegeben hatte, um ihre Klassenkameraden zu beeindrucken, von den Mädchen aus der Haarreifen-Clique, dem geforderten Beweis, von Elisabetta und Daniele, die sie nun treffen wollten. Giulia hatte es nicht übers Herz gebracht, Rebecca mit dem ganzen Schlamassel, den sie angerichtet hatte, allein zu lassen. Wenn das Mädchen ein paar unangenehme Dinge über Schneewittchen weitererzählt hatte, dann war das auch ihre Schuld. Sie würde sich zwar keinen langen blauen Umhang mit Sternen anziehen und wie eine alte bucklige Märchentante mit knarziger Stimme sprechen, aber sie hatte zugesagt, Rebeccas Mitschülern eins von den wahren Märchen zu erzählen, um der Kleinen aus der Patsche zu helfen.

»Eine von ihnen wird sicher einen großen Wirbel machen und Zwietracht säen«, sagte Giulia und rutschte auf den Teppich neben Lorenzo. Ihre Arme berührten sich unmerklich.

»Diese Kinder sind erst neun, Giulia, du darfst sie nicht mit deinen Horrorgeschichten traumatisieren.«

Noch nie sei irgendein Kind jemals durch ein Märchen traumatisiert worden, da sei sie sich ganz sicher, entgegnete Giulia. Die wahren Monster seien die im wirklichen Leben, die da draußen herumliefen und so täten, als seien sie ganz normal.

Sie war plötzlich ganz nah, nur wenige Zentimeter von ihm entfernt, und Lorenzo warf ihr einen verstohlenen Blick von der Seite zu. Die braunen Locken fielen ihr ins Gesicht, während sie mit geistesabwesender Miene da saß und ihren Gedanken, Gefühlen und vielleicht auch ihren Erinnerungen nachhing. Vielleicht dachte sie aber auch gerade an eine kürzlich gelesene Statistik aus der Marktforschung. Er wartete, bis sie wieder sprach.

»Ich könnte ihre Mutter sein«, sagte sie schließlich.

»Wärst du das denn gerne?«

Nein, gar nicht. Sie fühle sich erleichtert, keine solche Verantwortung zu haben. Aber eigentlich sei ihr das gerade erst bewusst geworden, jetzt da sie sich mit dem Einschlafen eines kleinen Mädchens beschäftigte. Vielleicht sei es nicht richtig, sich darum zu kümmern, aber schön sei es auf jeden Fall.

»Findest du, ihre Mutter sollte etwas von mir wissen?« Giulia hatte sich Lorenzo ganz abrupt zugewandt, sie stützte sich mit einem Arm auf das Sofa, und ihr Gesicht schwebte plötzlich ganz dicht vor seinem. War das der Moment?

Sollte er das Risiko eingehen? Arbeit, Freundschaft, Vertrauen. All das stand auf dem Spiel, eine winzige Bewegung war alles, was sie noch trennte.

»Ja, ich glaube schon«, sagte er und richtete sich auf. »Vielleicht wäre sie sogar beruhigt, wenn sie wüsste, dass du abends bei der Kleinen bist.«

»Ich habe aber keine Lust, mich mit der Frau auseinanderzusetzen. Schließlich tue ich nichts Böses, und wenn Rebecca es will, kann sie es ja ihrer Mutter erzählen. Das ist ihre Sache.«

Lorenzo nahm wieder die Zeichnungen zur Hand. »Tu, was du für richtig hältst, aber früher oder später wird die Mutter der Gute-Nacht-Frau begegnen. Es sollte kein Gemetzel geben.«

»Ich denk drüber nach«, antwortete sie. »Am Freitag werden wir ja sowieso hier arbeiten.«

Der Plan sah folgendermaßen aus: Elisabetta und Daniele sollten am Freitagnachmittag zu Rebecca kommen. Sie würden ein Zeichen verabreden, und dann würde sie mit den beiden zu Giulia kommen, die ihnen dann ein wahres Märchen erzählte.

Lorenzo legte den Kopf in den Nacken und schloss die Augen. »Warum musst du dich bloß immer in so unmögliche Situationen bringen, Giulia?«

Giulia überlegte. »Wahrscheinlich ist es aus purer Langeweile«, meinte sie dann. Die Langeweile sei ein gefährlicher Feind, der hinter jeder Ecke lauere, in jeder Beziehung zu anderen mitmische und warte, dass sie eine

Weile Ruhe hätte und durchatme, um dann erst recht gegen sie vorzugehen und den ruhigen Ablauf des Alltags zu durchbrechen. Aus der Langeweile entspringe die krankhafte Neugier, sehen zu wollen, welche Wirkung manche verrückten Ideen hätten.

Giulias Telefon klingelte. »Hier haben wir ein Beispiel«, sagte sie, als sie den Namen auf dem Display las. Ja, sie seien noch bei der Arbeit, wären aber jetzt fertig, erklärte sie.

Diesen Anruf mitanzuhören gehörte nicht gerade zu den Dingen, die sich Lorenzo am meisten wünschte. Doch trotz der Versuchung nachzufragen, wie es denn nun zwischen Giulia und dem Ingenieur stand, und sich damit möglicherweise selbst wehzutun, spielte er den verständnisvollen Freund, ordnete die Unterlagen, zog seine Jacke an, winkte zum Abschied und ging.

Giulia lächelte ihm zu, ohne ihn aufzuhalten.

25

Rebecca nahm die grüne Schüssel, die sie bei Ikea gekauft hatten, vom Ablagebrett in der Küche. »Mama, was sollen wir denn damit? Wir können die Chips doch auch aus der Tüte essen.«

Ihre Mutter wollte offenbar eine Partyatmosphäre, dabei brachte Rebecca doch nur zwei Kinder zum Aufgabenmachen mit nach Hause. Zum ersten Mal hatte sie in der neuen Stadt andere Kinder in ihre Wohnung eingeladen. Zum ersten Mal hatten sie, seit sie hier wohnten, überhaupt Gäste.

»Chips sehen in der Schüssel aber besser aus«, meinte die Mutter und stellte die Pappbecher neben die kleinen Servietten. Sie waren gelb und mit buntem Konfetti bedruckt. Bald war Karnevalszeit, und in den Läden war schon alles darauf eingestimmt. Um einfache unifarbene Servietten zu bekommen, hätte man die Verkäuferinnen schon bedrohen oder anflehen müssen, und Rebeccas Mutter kannte die in den Läden ihres Viertels noch nicht gut genug. Sie nahm die Backform mit dem Salzgebäck aus dem Ofen und verteilte es vorsichtig auf einer Platte. Es war schön knusprig geworden.

Rebecca sah sich den Tisch an. Da waren sogar Lakritzschnecken und Nusswaffeln und im Kühlschrank stand Limonade. So etwas hatte es bisher nur an ihrem Geburtstag gegeben. Elisabetta und Daniele würde es sicher peinlich sein.

»Mama, es kommen doch nur zwei Kinder aus meiner Klasse.«

Aber diese beiden Klassenkameraden fänden es doch sicher schön, wenn es ein bisschen was zu knabbern gäbe, entgegnete die Mutter.

Zwei Klassenkameraden, dachte Rebecca und stibitzte eine Lakritzschnecke. Sie wusste nicht, wie sie überhaupt mit den beiden in Giulias Apartment kommen sollte, wenn ihre Mutter dauernd durch die Wohnung lief wie ein wild gewordenes Wiesel und Kissen und Polster glättete und herumliegende Zeitschriften aufeinanderstapelte. Normalerweise schlief sie am Freitagnachmittag, bis sie das Abendessen kochte, aber heute hatte sie offenbar nicht vor, in ihrem Schlafzimmer zu verschwinden.

»Mama, keine Sorge, wir schaffen das schon allein. Jetzt geh dich mal ausruhen.«

Ihre Mutter drehte sich um, die Hände in die Hüften gestemmt, sah sie ernst an und sagte: »Was ist denn das für ein Benehmen, Rebecca? Ich bin deine Mutter, und wenn Besuch kommt, empfange ich ihn selbstverständlich und kümmere mich um alles.«

Rebecca hätte sich fast an der Lakritzschnecke verschluckt. Wenn ihre Mutter nicht schlafen ging, würde sie es nie schaffen, mit den beiden Freunden in die Nachbarwohnung zu gehen.

»Aber Mama, du kannst doch nicht bei uns bleiben, während wir Hausaufgaben machen!«

»Das will ich auch gar nicht. Aber ich möchte in der Nähe sein, wenn ihr etwas braucht.«

Damit war die Sache klar, und es gab keine weitere Diskussion. Das Unternehmen »Gute-Nacht-Frau« schien zum Scheitern verurteilt.

In diesem Moment klingelten die Gäste. Elisabettas Mutter hatte beide Kinder begleitet, Danieles Vater sollte sie wieder abholen.

Die beiden Mütter bedankten sich wechselseitig und unterhielten sich kurz auf dem Treppenabsatz, während die drei Kinder in Rebeccas Zimmer verschwanden.

Noch bevor sie ihre Mäntel ausgezogen hatten, besprachen sie die Lage.

»Meine Mutter legt sich nicht hin«, flüsterte Rebecca.

»Und die Gute-Nacht-Frau?«, fragte Elisabetta.

»Wir können nicht zu ihr gehen, wenn meine Mutter es mitkriegt.«

Das war ein echtes Problem.

In diesem Moment schaute Rebeccas Mutter durch die Tür. »Was macht ihr denn hier drin? Kommt doch ins Esszimmer, da habt ihr mehr Platz!«

Die drei folgten ihr wie Gefangene. In zweieinhalb Stunden würde Danieles Vater kommen, um sie abzuholen, das heißt, sie hatten nicht mehr viel Zeit, um ihren Plan auszuführen, die Gute-Nacht-Frau zu treffen, ein Märchen anzuhören und wieder in die Wohnung zu kommen, als sei nichts gewesen. Der Nachmittag wurde spannender als gedacht.

Rebeccas Mutter goss ihnen Orangensaft ein und bot Gebäck an.

In der ersten Stunde beschäftigten sie sich mit der Geographie Italiens, suchten die Alpen, den Appenin, die Po-Ebene, die wichtigsten Flüsse und größten Seen und warfen sich hin und wieder verschwörerische und verzweifelte Blicke zu.

Die Rettung kam aus dem Kühlschrank. Rebeccas Mutter stand vor dem geöffneten Eisfach und rief laut, das am Morgen gekaufte Eis sei verschwunden, bis sie sich erinnerte, dass sie die Packung auf der Theke der Eisdiele vergessen hatte.

Ja, sagte die Bedienung in der Eisdiele am Telefon, sie habe das Päckchen stehen lassen, man hätte es aber in die Tiefkühltruhe getan und sie könne es jederzeit abholen.

»So was Blödes!« Bekümmert sah sie die drei Kinder an, und diese erwiderten ihren Blick vertrauensvoll.

»Gut, wir holen es. Aber ich muss das Auto nehmen, und um diese Zeit gibt es viel Verkehr. Ich kann euch nicht allein lassen, also kommt mit!«

Die Verhandlungen waren zäher als ein Wettkampf im Tauziehen. Sie wollten aber nicht mitfahren, erklärten sie, sie hätten heute Nachmittag noch zu viele Aufgaben zu machen. Dann müssten sie leider auf das Eis verzichten, entgegnete sie. Das sei aber schade, sie hätten sich so sehr darauf gefreut, meinten sie.

Am Ende gab Rebeccas Mutter nach. »Also gut, wir machen es so. Wenn die Nachbarin zu Hause ist, bitte ich sie, ein Auge auf euch zu haben. Wenn sie das macht, fahre ich eben allein los und lasse euch hier.«

Ja, das mache die Nachbarin bestimmt, Rebecca war sich ganz sicher, das wäre doch die perfekte Lösung. Giulia aber hatte drei Kinder erwartet und nicht eine Delegation von Schutzbedürftigen in Form einer nervösen Mutter.

26

Als es an der Tür klingelte, hatten Giulia und Lorenzo gerade eine zweite Tasse Kräutertee getrunken und beschlossen, sich mit gekochtem Reis zu beschäftigen. Dazu Püree mit lombardischem Käse und Hühnchen.

»Also los, Gute-Nacht-Frau, dein Auftritt«, sagte Lorenzo und hob seine leere Tasse Richtung Tür. Giulia stand erstaunt auf. Sie hatte gar nicht das vereinbarte Klopfzeichen an der Wand gehört, normalerweise klingelte Rebecca nicht bei bei ihr.

»Vielleicht gelten tagsüber andere Gesetze«, meinte Lorenzo und lehnte sich im Sofa zurück. »Aber wer weiß – vielleicht ist es ja auch die gute Fee, die vorbeischwebt, oder ein Staubsaugervertreter. Versuch, ihnen ein Kilo Lasagne anzudrehen, vielleicht schenken sie uns dann einen Zauberstab oder einen Klopfsauger.«

Giulia nahm ein Kissen vom Sofa und warf es ihm an den Kopf, dann ging sie zur Tür, zog sie auf und blieb erstaunt stehen.

»Hallo, ich bin Anna, Ihre Nachbarin. Wir haben uns ja schon kurz kennengelernt …«

Die Frau vor der Tür schaute leicht verlegen. Sie war etwa so alt wie sie selbst, stellte Giulia fest. Das war ihr bei der ersten unglückseligen Begegnung gar nicht so aufgefallen. Sie schenkte ihr ein professionelles Lächeln.

»Und ich bin Giulia«, sagte sie, streckte ihr die Hand entgegen und kümmerte sich nicht um das Kissen, das dicht an ihrem Kopf vorbeiflog und fast in Annas Gesicht gelandet wäre.

»Als wir uns das letzte Mal getroffen haben, war ich ziemlich aufgeregt …«

»Na ja – ich bin normalerweise auch besser in Form.«

Anna war gleich entspannter. »Ich auch.«

Lorenzo hustete.

»Verzeihen Sie, ich möchte nicht stören, Sie haben Besuch …«

»Nein, nein, Sie stören nicht, das ist nur ein Kollege.«

Lorenzo ging zur Tür und reichte Anna die Hand. »Hallo, ich bin Lorenzo, nur ein Kollege. Das ist weniger als Besuch, machen Sie sich also keine Sorgen. Tun Sie einfach, als ob ich gar nicht da wäre.«

Giulia verdrehte die Augen, und Anna lachte.

»Tja, also, eigentlich wollte ich Sie fragen, ob Sie kurz ein Auge auf die Kinder haben könnten, aber wenn Sie arbeiten, geht das wohl nicht. Ich muss etwas abholen, aber dann müssen sie eben mitfahren.«

Die drei Kinder lugten durch den Spalt der Wohnungstür. Lorenzo winkte ihnen zu. »Kommt mal her, und helft uns. Wir machen gerade eine Werbung.«

Die Tür öffnete sich und zeigte drei neugierige Kindergesichter. »Werbung wie im Fernsehen?«

»Ja, genau«, sagte Lorenzo.

Rebecca, Elisabetta und Daniele kamen auf den Flur

und umringten Rebeccas Mutter. »Dürfen wir?«, riefen sie bittend im Chor.

»Aber ihr habt doch noch so viele Aufgaben zu machen«, sagte Anna.

»Die sind für Montag, wir können sie auch morgen machen«, entgegnete ihre Tochter, und die beiden anderen nickten.

Anna sah Giulia an, die lächelte und mit den Achseln zuckte. »Von mir aus dürfen sie.«

»Also gut. Aber benehmt euch bitte. Ich bin so schnell wie möglich zurück.«

Die beiden Frauen verabschiedeten sich, und Lorenzo ging mit den Kindern in die Wohnung. Jetzt waren sie nicht nur bei der Gute-Nacht-Frau, sondern lernten auch noch die Welt der Werbung kennen.

Daniele blieb interessiert vor den Skizzen mit der Tiefkühlkost stehen.

»Gefallen sie dir?«, fragte Lorenzo.

Der Junge nickte schweigend und starrte weiter auf eine Zeichnung mit einem Ofen und einem Koch mit Kochmütze, der dem Publikum einen Teller lächelnder Spaghetti entgegenhielt.

»Da habe ich mir einen kleinen Spaß erlaubt, in der Werbung wird die Pasta ganz ernst sein.«

Daniele versuchte, sich die Spaghetti mit ernster Miene vorzustellen, schien aber nicht überzeugt. »Ich finde es besser, wenn sie lächeln.«

»Leider gehst du nicht einkaufen.«

»In den Mathe-Textaufgaben müssen wir ständig einkaufen«, erklärte er, und man konnte ihm ansehen, dass er die Produktauswahl für nicht sehr gelungen hielt. »Wir kaufen vor allem Tomaten, Milch, Ölflaschen und sehr viel Fleisch«, fügte er hinzu und grinste schief.

Lorenzo verstand das Problem sofort. »Was würdest du denn gerne kaufen?«

Daniele hätte viel lieber Chips, Orangensaft und Schokoladenkekse gekauft. Da es ja sowieso nur ein theoretischer Einkauf sei, könne es ihm wohl nicht schaden, erklärte er.

Lorenzo gab ihm Recht. »Offenbar geht ihr auf eine recht kreative Schule.«

Darauf war Daniele noch nie gekommen. Er dachte, alle Schulen wären gleich, nur die Lehrer wären andere. »Sie heißt Rodari-Schule, und man hat uns erzählt, dieser Rodari sei ein kreativer Mann gewesen. Vielleicht spielen wir deshalb immer Einkaufen.«

Lorenzo musste sich das Lachen verbeißen. »Rodari war wirklich ziemlich kreativ. Er hätte euch sicher auch lieber Chips, Orangensaft und Schokoladenkekse einkaufen lassen. Und wahrscheinlich hätte er sie auch mit euch gegessen.«

»Dann finde ich ihn nett«, erklärte Daniele.

Elisabetta war näher an Giulia herangetreten: »Und du bist die Gute-Nacht-Frau?«

Rebecca hätte nie gedacht, dass ihre Freundin so direkt war. Sie hätte sich sehr überwinden müssen, um an Giulias Tür zu klopfen und sie zu duzen, aber Elisabetta schien das alles leicht zu fallen, sie war spontan, und alles schien für sie selbstverständlich. Vielleicht war es keine gute Idee gewesen, sie mit hierherzubringen.

»Ehrlich gesagt hat mich Rebecca zur Gute-Nacht-Frau gemacht. Früher war ich nur eine Werbefachfrau.«

Giulia konnte sich nicht vorstellen, wie gut diese Antwort ihrer jungen Freundin tat, die sie jetzt fragte: »Erzählst du uns ein wahres Märchen?«

Lorenzo zeigte auf das Sofa. »Ja, erzähl uns ein wahres Märchen, Giulia. Er und ich zeichnen es.« Er forderte Daniele auf, sich an den Tisch zu setzen, gab ihm Papier und Stifte und setzte sich neben ihn.

»Jemand hat mir erzählt, dass du gut zeichnen kannst«, sagte er leise zu ihm. Daniele wurde vor Freude und Verlegenheit ganz rot im Gesicht.

Giulia setzte sich aufs Sofa zwischen die beiden Mädchen.

»Kennt ihr die Geschichte von dem Frosch, der ein Prinz wird?«

Natürlich kannten sie die Geschichte. Alle Mädchen auf der Welt wussten, dass in jedem Frosch ein Prinz stecken konnte.

»Dann glaubt bloß nicht, dass Küssen die richtige Art ist, ihn zu verwandeln.«

Elisabetta und Rebecca kicherten. Jemanden zu küssen war für sie noch eine seltsame Idee. Nur Prinzessinnen in Märchen und Schauspielerinnen in Filmen taten das. Für Daniele war Küssen etwas, von dem einem übler wurde als vom Spinatessen. Er war sich ziemlich sicher, dass er es nicht mal tun würde, wenn er groß wäre. Lorenzo zeichnete inzwischen einen Brunnen, und Giulia begann mit ihrer Geschichte.

»Wir haben es mit der üblichen Prinzessin zu tun, die

keine Ambitionen hat, Mitglied der Akademie der Wissenschaften zu werden.«

Lorenzo hielt die Bleistiftspitze aufs Papier, sah Giulia an und neigte den Kopf zur Seite. »Akademie der Wissenschaften?«

Giulia seufzte tief. »Diese Akademie ist etwas für sehr, sehr intelligente Leute«, erklärte sie den Kindern. Lorenzo grinste und zeichnete wieder.

»Unsere Prinzessin hingegen«, fuhr Giulia fort, »hält sich lieber im Wald auf, in der Nähe eines tiefen Brunnens und wirft ihre goldene Kugel in die Luft. Was will man machen? Es ist nun mal ihr Lieblingsspiel. Man muss die Märchenfiguren nehmen, wie sie sind.«

Die Kinder lachten nachsichtig.

»Eines Tages fällt die Kugel in den Brunnen, sie glaubt, dass sie für immer verloren ist, und weint bitterlich. Da kommt ein Frosch an die Wasseroberfläche und fragt, was um Himmels willen denn passiert sei. Das Mädchen erzählt es ihm, und er bietet ihr an, das Spielzeug heraufzuholen, aber dafür will er eine ganze Liste von Sachen haben: Zuneigung, Freundschaft, dass sie seine Spielkameradin wird, mit ihm bei Tisch sitzt, er möchte von ihrem Teller essen, aus ihrem Becher trinken, in ihrem Bett schlafen. Also eine Unmenge von Forderungen, er will sofort alles, was er kriegen kann.«

»Und sie?«, fragte Elisabetta.

»Sie nimmt ihn nicht ernst. Sie denkt sich, er ist ja nur ein Frosch, er gehört zu den anderen Quakern und hat nichts bei den Menschen verloren. So tut sie, als sei sie zu allem bereit, nur damit sie ihre goldene Kugel wiederbekommt. Er taucht danach und bringt sie ihr, und sie geht ins Schloss zurück, ohne ihn weiter zu beachten.«

»Aber das ist nicht richtig!«, rief Rebecca. »Sie hat es immerhin versprochen.«

Lorenzo schüttelte den Kopf. »Ja, die Frauen …«

Daniele schielte auf Lorenzos Blatt und begann den Frosch abzuzeichnen.

Giulia machte eine kurze Pause, dann fuhr sie fort. »Am nächsten Tag jedenfalls hört die Prinzessin, während sie mit ihrer Familie zu Mittag isst, wie jemand nach ihr ruft. Sie geht zur Tür und öffnet. Als sie den Frosch vor dem Speisezimmer hocken sieht, schlägt sie ihm die Tür vor der Nase zu und kommt tief erschrocken an den Esstisch zurück. Der König verlangt eine Erklärung, und nachdem er ihre Geschichte gehört hat, zwingt er seine Tochter, Wort zu halten und den glitschigen Gast hereinzulassen.«

»So lernt sie es«, sagte Daniele und zeichnete einen zweiten Frosch.

»Bis hierher sind wir alle auf der Seite des armen Froschs. Aber jetzt ändert sich die Lage, das versichere ich euch. Sobald er nämlich einmal im Schloss ist, fängt er an, das Mädchen zu belästigen, und erteilt ihr haufenweise Befehle. Er lässt sich auf den Tisch heben, fordert, vom selben Teller wie die Prinzessin zu essen, dann will er sich sogar zu ihr ins Bett legen.«

»Und macht die Prinzessin, was er will?«, fragte Elisabetta.

»Nein, sie möchte es natürlich nicht, dieses glitschige grüne Tier widert sie an, aber der König zwingt sie, ihm seinen Willen zu tun, da er ihr im Augenblick der Not geholfen hat.«

»So ist es richtig«, erklärte Lorenzo.

»Ja, im Prinzip«, fuhr Giulia fort. »Aber Sinn für das richtige Maß wäre auch eine Tugend. Jedenfalls packt die arme Prinzessin den Frosch mit zwei Fingern, trägt ihn in ihr Schlafzimmer, setzt ihn in eine Ecke und legt sich hin. Aber der maßlose Frosch kommt ans Bett gehüpft und verlangt, nach oben gehoben zu werden, um bei ihr zu schlafen, und droht, er werde es dem König sagen, wenn sie sich weigere. Er will sogar, dass sie ihn küsst. Da wird die Prinzessin wütend, hebt den Frosch hoch und schleudert ihn mit aller Kraft gegen die Wand und schreit ihn an, er solle ein für alle Mal ruhig sein.«

Alle vier sahen Giulia jetzt erstaunt an.

»Ich schwöre es, sie wirft das Vieh gegen die Wand, mit aller Kraft.«

»Bravo!«, rief Daniele.

»Wirklich?«, fragte Giulia.

»Und er?«, fragte Elisabetta.

»Er verwandelt sich in einen schönen Prinz und heiratet sie«, antwortete Giulia.

Elisabetta riss die Augen auf, Rebecca lachte, Lorenzo legte eine Hand an die Stirn, Daniele begann, einen zerquetschten Frosch zu zeichnen.

Und Giulia erzählte weiter. »Natürlich erzählt er ihr die übliche Geschichte. Er sei von einer bösen Zauberin verhext worden, und im Grunde ist er gar nicht so unerträglich. Das ist aber nicht der Punkt. Es geht um etwas anderes. Glaubt ihr, sie hätte ihn geküsst, um ihn zu verwandeln?«

»Nein«, antworteten sie im Chor.

»Genau. Deshalb, ihr Mädchen, wenn ihr groß seid und einem unerträglichen Kerl begegnet, der vielleicht sogar noch hässlich und überheblich ist, seid bloß nicht nett zu ihm, weil ihr hofft, dass er sich ändert. Werft ihn mit aller Kraft gegen eine Wand. Wenn er sich dann nicht bessert, hat sich auch das nicht gelohnt.« Sie nickte zufrieden. »Und das, ihr Lieben, ist die Wahrheit.«

»Jetzt verstehe ich, warum manche Frauen so unausstehlich zu ihren Männern sind«, spottete Lorenzo. »Sie hoffen auf den Zauber. Frauen sind seltsame Geschöpfe, Daniele, das wirst du noch merken.«

Daniele zuckte die Achseln und zeichnete weiter Eingeweide, die aus dem Bauch des zerschmetterten Frosches drangen. »Mich interessiert das nicht, ich will sowieso nicht geküsst werden. Ich werde später mal ein Superheld.«

»Und wer ist dein Lieblingssuperheld?«, fragte Lorenzo.

»Captain Inchiostro. Papa kauft ihn mir jeden Monat, und wir lesen ihn zusammen. Captain Inchiostro zeichnet magische Figuren, die gegen die Bösen kämpfen. Er kann mit seinem Bleistift machen, was er will.«

»Wenn ich mich erinnere, ist Trato Nero sein Feind, richtig?«, fragte Lorenzo lächelnd.

Lorenzo wusste sogar, wer ihn erfunden hatte. Es war ein Freund von ihm, sie hatten zusammen studiert.

Dies war ganz offensichtlich ein magischer Nachmittag.

Als die Türklingel ging, waren alle enttäuscht. Die Wirklichkeit nahm wieder Einzug, und mit ihr das Eis, die Schulaufgaben, die neun Jahre. Und etwas Wahres, was sie geheim halten mussten.

27

Gerade hatten sie ihren Vorschlag für den Weingummi-Spot eingereicht.

Normalerweise feierten Giulia und Lorenzo solche Ereignisse mit einem halben freien Tag, einem kleinen Besäufnis und einer Shopping-Tour. In dieser Reihenfolge. Beim letzten Mal hatte Lorenzo das Exemplar einer limitierten Auflage der Statue von Lynda Carter in den Kleidern von Wonder Woman gekauft. Seit seiner Jugend ein erotischer Traum von ihm. Er hatte dafür so viel ausgegeben wie für drei Monate Fitnesscenter, und jetzt stand das Ding auf dem Regal hinter ihm, und er erinnerte sich kaum noch daran. Zu Füßen der amerikanischen Heldin stand in Giulias Handschrift ein Kärtchen mit der Mahnung »Nie mehr Wodka«, das an den roten Stiefeln lehnte.

Doch an diesem Tag erlaubten sie sich nicht mehr, als eine Minute mit geschlossenen Augen auf ihrem Stuhl zu sitzen, mit Orangensaft und Ingwertee anzustoßen und zu schauen, ob es im Kalender der nächsten Wochen ein paar weiße Stellen gab.

»Jetzt haben wir denen von der Marketing-Abteilung schon ein Geschenk zum Valentinstag gemacht.«

»So ein Zufall! Ich hab gar nicht mitbekommen, dass schon Valentinstag ist. Dabei hätte mich die Dekoration in den Läden wirklich darauf bringen können«, entgegnete Giulia.

Lorenzo lächelte. Er hatte schon seit ein paar Tagen an den Valentinstag gedacht. Obwohl er solche Gedenktage nicht besonders mochte, hatte er die Wohnung saubergemacht, eingekauft und beim Blumenhändler unten im Bürohaus eine rote Rose bestellt. Für den 14. Februar musste man rote Rosen vorbestellen. Nicht ohne innere Anspannung hatte er dem heutigen Tag entgegengesehen.

Er war sich nicht sicher, ob er es wirklich tun sollte, aber die Idee reizte ihn. Er sah zu Giulia hinüber, die den Coso eingeschaltet hatte und mit einer künstlichen Intelligenz in Gestalt eines Buchhändlers plauderte.

»Wirklich bedauerlich. Er hat nicht mal ein Buch von Eduardo Mendoza und behauptet außerdem, er sei nicht ins Italienische übersetzt. Ich hab seit fünfzehn Jahren Bücher von ihm, natürlich gibt es die.«

Lorenzo stützte die Ellbogen auf den Schreibtisch und ließ den Kopf in beide Hände sinken. »Dein Buchhändler kennt keine Bücher aus Papier, und vor fünfzehn Jahren gab es noch keine E-Books.«

»Sie sollten sich darum kümmern. Wenn die virtuelle Buchhandlung es nicht als E-Book hat, könnte ein User, der bei Coso registriert ist, seine Buchausgabe gegen etwas anderes tauschen«, antwortete Giulia ernst.

In der virtuellen Welt von Coso gab es einen Ort, an dem man Bücher tauschen konnte. In einer normalen

Buchhandlung war das undenkbar, höchstens in einer öffentlichen Bibliothek vielleicht. Doch ein Laden mit Büchern, die per Post verschickt werden mussten, hätte die Signora Amelia in Schwierigkeiten gebracht, da sie keine Möglichkeit hatte, ihren Platz zu verlassen.

»Wusstest du, dass man mit dem Coso auch ins Kino oder Theater gehen kann?«, fragte sie dann.

Ihr virtuelles Leben machte ihr großen Spaß. Sie konnte in dem alternativen Universum herumspazieren, konnte so aussehen, wie sie wollte, und sich mit den Leuten, die sie traf, unterhalten. Sie freute sich sehr darüber, dass die Hersteller nicht der 3D-Mode gefolgt waren und eine Bildanimation genutzt hatten, sondern lebhafte Farben und ein einfaches Programm, so dass die User sich wie in einem Comic als sie selbst oder als Opossum mit Weste bewegen konnten, wenn es ihnen Spaß machte.

»Wenn du dir einen Avatar zulegst, können wir uns auf der Piazza treffen oder zusammen ins Kino gehen«, schlug sie vor.

Dies schien der richtige Moment zu sein. »Das können wir auch in der realen Welt machen.«

Giulia lächelte, ohne den Blick zu heben, und ging weiter die imaginären Wege einer Parallelexistenz. »Was redest du da? In der realen Welt machen wir es doch schon.«

»Willst du jetzt auch noch virtuell essen oder stellst du den Coso bald mal aus, um dich mit echten Speisen zu ernähren?«

Giulia sah ihn überrascht an. »Hast du schon Hunger? Wir haben doch vor einer Stunde erst zu Mittag gegessen.«

»Jetzt nicht, aber heute Abend hab ich Hunger. Wollen wir bei mir was essen?«, fragte er beiläufig.

Jetzt war es heraus.

Giulia spielte weiter mit dem E-Reader. »Okay.«

Kein einvernehmliches Zwinkern, kein liebevoller Blick, kein Lächeln. Nur ein Okay, wie sie es schon seit Jahren sagte.

Den Rest des Nachmittags beschäftigten sie sich mit den Gleitmitteln. Abgabetermin war der kommende Freitag. Sie hatten also noch vier Tage Zeit, sich mit Zweifeln zu plagen und mit verschiedenen Lösungen zu spielen. Vor allem die Lösungen waren wichtig.

Gegen sieben sah Lorenzo von seinem Computer auf und reckte sich. »Schaffst du es morgen allein?«

Giulia hörte auf, mit den Fingern auf der Tastatur zu tippen. »Bist du morgen nicht da?«

Nein, morgen sei er nicht da, erklärte er, denn als sie das Los gezogen hätten, wer von ihnen beiden das Casting für die neuen Höschenwindeln machen dürfe, habe es ihn getroffen. Einen ganzen Tag würde er damit verbringen, sich krabbelnde Babys anzusehen, zu prüfen, wie fotogen ihre dicken Beinchen und die süßen Grübchen in ihren Patschhändchen waren, über die die Mamas vor Freude strahlten. Lieber würde er sich ohne Betäubung zwei Zähne ziehen lassen, als sich in diese Hölle von Babygeschrei und Windelgestank zu begeben, aber er habe nun mal den Kürzeren gezogen, und Giulia sei doch selig gewesen, der Gefahr entronnen zu sein.

Sie musste lachen.

»Beklag dich nicht. Ein paar Stunden mit Babys und

ihren Müttern zu verbringen ist das beste Verhütungsmittel, das es auf dem Markt gibt.«

»Hört, hört! Da redet die Frau, die sich in die Wohnung der Nachbarin schleicht, um einer Neunjährigen Märchen zu erzählen«, entgegnete Lorenzo.

»Was hat das damit zu tun? Sie geht allein aufs Klo.«

Giulias Telefon läutete, und während sie anfing zu reden, stellte Lorenzo seinen Computer aus und erklärte, für heute sei die Arbeit beendet und er würde schon mal vorgehen.

Der Blumenhändler machte in einer Viertelstunde zu, und er wollte noch die Rose für Giulia abholen.

»Danke, ich bin noch im Büro. Heute Abend? Gerne. Aber ich muss erst noch zu Hause vorbei. Gut. Dann bis nachher, ciao!«

Lorenzo war stehen geblieben. Er wartete, bis sie aufgelegt hatte.

»Giulia, heute Abend isst du bei mir.«

Sie zog ihren Mantel an und stellte den Computer aus.

»Tut mir leid, wir müssen es verschieben. Es ist eine Überraschung wegen dem Valentinstag, ich habe nichts davon gewusst.«

Er stand da wie erstarrt. Was war er für ein Idiot! Er hatte die Wohnung geputzt, Sekt kalt gestellt, die Rose bestellt. Schmetterlinge im Bauch, das Verlangen, sie wiederzusehen, das er jeden Morgen hatte, die Angst davor, sie einzuladen, was für ein Dummkopf er doch war! Dass er immer noch daran glaubte, an sie dachte, hoffte, dass aus ihnen etwas würde. Er war so ein Idiot! Wie sollte er jetzt reagieren? Er wusste nicht, was er sagen oder machen sollte.

Schließlich knallte er seinen Stuhl gegen den Schreibtisch, ging mit wütenden Schritten zur Tür und wünschte einen schönen Abend.

Dann kam er zurück, nahm ihr Gesicht in beide Hände, küsste sie, sah ihr in die Augen und sagte noch einmal »Schönen Abend«.

Und dann ging er.

28

An jenem Morgen zog eine Schar maskierter Kinder in die Schule, die das Treppenhaus mit Konfetti und Sternschnuppen schmückten. Es war Karnevalsdienstag, und statt Unterricht wurde gefeiert, es war der Tag der Spiele und der Verkleidungen.

In der Aula, dem Saal für besondere Anlässe, in dem zum Jahresende immer ein Theaterstück aufgeführt wurde und die Zeugnisausgabe stattfand, war alles für den Karneval vorbereitet. An der Decke hingen Girlanden, und die Tische waren an die Wand geschoben worden, um Platz für die Spiele zu schaffen. An einer Seite war ein langes Buffet aufgebaut, vollgestellt mit Leckereien, die die Eltern den Kindern mitgegeben hatten, genügend Zucker und Fett für den Rest des Tages.

Rebecca sah Elisabetta in einem orangefarbenen Kimono, sie sprach mit Batman und einem Geschöpf aus lauter Blumen. Sie schob ihren Schultergurt zurecht und ging zu den anderen.

Die Freundin lächelte sie an und legte den Kopf schief. »Bist du vielleicht Robin Hood?«

Rebecca hatte weder Pfeil noch Bogen und hätte es nie geschafft, eine Schar Rebellen in einem englischen Wald zu bändigen. Sie war als Jägerin verkleidet. Das jedenfalls war die Deutung ihrer Mutter, als sie sie in dem langen Pullover mit dem Schultergurt, der engen Hose, den hohen Stiefeln und der Ledertasche mit dem breiten Riemen sah.

»Ich bin eine Prinzenfängerin«, erklärte Rebecca, »aber Daniele muss mir die Prinzen noch bringen.« Sie sah zum Eingang hinüber.

»Steckst du sie dann in diese Tasche?«, fragte das Betttuch voller Blumen mit zwei Augenschlitzen.

»Ja, ich nehme sie, wenn sie Frösche sind, und beobachte, ob sie zu Prinzen werden.«

Ein Ninja-Krieger, der inzwischen auch bei ihnen stand, sah eine Möglichkeit der Zusammenarbeit. »Und wenn sie es werden, kann ich dann gegen sie kämpfen und sie töten?«

Rebecca fand die Idee verführerisch, aber schwer umsetzbar. Keiner der Frösche aus ihrer Sammlung würde ein Prinz werden, man müsste einen Freiwilligen finden. Der Ninja sollte sich lieber die Kinder in Blau mit der langen weißen Feder im Haar aussuchen. Bestimmt würde kein Junge gern Märchenprinz werden, das war eine Sache für Mädchen.

Schließlich betrat Daniele mit dem Umhang und der Maske von Captain Inchiostro und einer Tasche voller Papier die Aula.

»Es sind zwanzig, und ich weiß auch, wie man sie an die Wand kriegen kann.«

Daniele zog einen Papierfrosch aus der Tasche, der sorgfältig gezeichnet und ausgeschnitten war, auf der Rückseite war ein bunter Pingpongball befestigt.

Er war stolz auf sein Werk und forderte Rebecca auf, den Frosch an die Wand zu werfen. »Probier's mal aus. Schmettere ihn gegen die Wand. Er bleibt garantiert hängen.«

Rebecca warf einen der Papierfrösche gegen eine Stuhllehne. Der Frosch blieb hängen, seine Augen traten hervor, die vier Füße blieben ausgestreckt, und er füllte die ganze Rückenlehne aus. Die Jägerin betrachtete begeistert ihre zwanzig Froschkönige und dankte ihrem Freund, während die anderen sich zu ihnen drängten.

»Musst du ihn denn nicht küssen?«, fragte eine Biene aus der 3 A.

Daniele, Rebecca und Elisabetta zwinkerten sich zu und lachten über diese dumme Bemerkung. So erging es den Kindern, die die wahren Märchen nicht kannten, sie wurden durch falsche Geschichten getäuscht.

»Wenn du einen Frosch in einen Prinzen verwandeln willst, dann darfst du ihn nicht küssen. Du musst ihn mit aller Kraft gegen die Wand werfen«, erklärte Rebecca hoheitsvoll.

Die anderen Kinder sahen sich an, diese neue Erkenntnis musste so schnell wie möglich in Umlauf gebracht werden.

Der Vormittag verging mit Schatzsuche, Ratespielen, Sackhüpfen und Luftballons, von denen immer mehr zerplatzten. In den Kleidern von Captain Inchiostro spielte auch Daniele wieder mit den anderen und amüsierte sich prächtig. Rebecca spazierte in der Aula umher und warf hin und wieder einen Frosch an die Wand.

Vier Prinzessinnen mit Plastikdiadem und einem Buch in der Hand traten zu ihr. »Wirfst du sie weg, weil du weißt, dass keiner von ihnen dich je küssen wird?«, fragten sie Rebecca.

»Ihr lauft doch rum und wollt Kröten küssen. Ich brauche das nicht«, entgegnete sie.

Es war ein schönes Fest. Ihre Mannschaft hatte jede Menge Punkte gewonnen, und jetzt fehlte nur noch das Topfschlagen. Vier dumme Prinzessinnen konnten ihr das Karnevalsfest nicht verderben. Sie nahm einen Frosch und warf ihn unweit von ihnen gegen die Wand.

Fiorenza, die als Rapunzel verkleidet war, sah sie scharf an.

»Du lässt dich sicher nur vom Captain Schwachkopf küssen!«

Alle lachten, nur Rebecca und Daniele nicht, sie wurden rot.

»Immer noch besser, als sich schwängern zu lassen, bevor man verheiratet ist.«

Es wurde still um sie herum.

Fiorenza warf ihr einen eiskalten Blick zu. »Das sage ich der Lehrerin.«

Rebecca verteidigte sich, anstatt aufzugeben. »Ist doch wahr! Du verkleidest dich als Rapunzel und kennst nicht mal ihre Geschichte.«

»Ach, ist das auch so ein Quatsch, den deine Gute-Nacht-Frau erzählt?«, rief die Prinzessin mit den Muscheln auf dem Kleid.

Plötzlich stand ein Kreis gespannt wartender Kinder um die Streithähne herum. In der Mitte vier Prinzessinnen gegen eine Prinzensammlerin und einen Captain Inchiostro.

»Die Gute-Nacht-Frau gibt es, und sie erzählt wahre Märchen«, erklärte Daniele.

»Klar, und du bist ein armer Irrer und brauchst einen Umhang, damit du überhaupt den Mut hast, etwas zu sagen.«

Daniele blickte zu Boden, und Rebecca zerknüllte den Froschkönig, den sie in der Hand hielt.

»Wenn du wirklich die kleine Meerjungfrau sein willst, musst du sterben, während dein Prinz eine andere heiratet. Und du, Dornröschen, hast hundert Jahre gewartet, bis ein Mann mit dir geschlafen hat, und dann gleich am ersten Tag. Und du, Schneewittchen, du lachst über meinen Freund, aber du bist eine der dümmsten Märchenprinzessinnen überhaupt, und damit du aufwachst, muss man dir ein Brechmittel geben. Eure Prinzen sind übrigens noch dümmer als ihr.«

Nach dieser letzten Äußerung war Rebeccas Ausbruch zu Ende. »Und natürlich gibt es die Gute-Nacht-Frau.«

Die vier Prinzessinnen öffneten das bebilderte Märchenbuch, das eine von ihnen mitgebracht hatte.

»Ach wirklich?«, sagte Fiorenza. »Hier steht es aber ganz anders. Die Meerjungfrau heiratet, Schneewittchen wird von einem Kuss geweckt, Dornröschen tanzt mit dem Prinzen, und Rapunzel tut nichts von dem, was du da behauptest. Und wenn man einen Frosch in einen Prinzen verwandeln will, muss man ihn küssen.«

Die Bilder gaben Fiorenza Recht.

Die Kinder warteten darauf, dass Rebecca reagierte, aber sie sagte nichts.

»Jetzt sagst du nichts mehr, siehst du? Warum gibst du

nicht zu, dass du das alles erfunden hast und es die Gute-Nacht-Frau nie gegeben hat?«

»Wir haben sie aber kennengelernt«, sagte Daniele leise. Wie sehr hätte er sich gewünscht, dass Rebeccas Nachbarin jetzt erschiene. Sie hätte diese Mädchen zum Schweigen gebracht, sie hätte bewiesen, dass sie wirklich existierte, und hätte von den wahren Märchen gesprochen. Wenn sie wahr waren.

»Ihr beiden, du Schwachkopf? Ihr beide zählt doch gar nicht.«

Rebecca suchte mit den Augen nach Elisabetta. Sie stand auch in dem Kreis, hinter den vier Mädchen mit den langen Haaren. Einen Moment trafen sich ihre Blicke, dann sah ihre Freundin konzentriert auf ihren Fächer.

Jemand fing an zu lachen, und schließlich lachten alle Rebecca aus. Sie hatte alles erfunden, und nichts davon war wahr. Der Kreis zerstreute sich und wurde zu einem Archipel kleiner Grüppchen.

Fiorenza klappte das Buch triumphierend zu und hielt es Rebecca hin. »Hier, lies mal, vielleicht lernst du dann was. Du kannst es behalten.«

Die vier Prinzessinnen gaben sich ein Zeichen und gingen. Eine von ihnen riss einen Frosch von der Wand und warf ihn zu Boden.

29

Ein Abendessen am Valentinstag diente einem besonderen Zweck, jedenfalls wenn man Filmen, TV-Serien und Werbespots für Schmuck und Konfekt glauben wollte. Dazu gehörten bestimmte unzweideutige Signale, kommerziell befeuerte Romantik und alle möglichen Klischees: Blumen, Kerzen, leichte Musik im Hintergrund, Champagner. Bei einem Abendessen am Valentinstag konnte alles vorkommen, was es an Gefühlen gab, es gab Geschenke und die Freude darüber, man aß edle Dinge wie Meeresfrüchte und Erdbeermousse mit Schokolade.

Giulia musste es zugeben: Für sie war das Abendessen zu Sankt Valentin ziemlich untypisch gewesen und vermutlich auch für den Ingenieur.

Sie streckte sich auf dem Sofa aus, deckte sich mit einer Decke zu und streckte die Hand nach einer Tasse heißem Kräutertee aus. Im Hintergrund hörte man Elvis Presley mit *My Way*. Es war seine Version vom Live-Konzert in Honolulu, die ihr am besten gefiel. Schon als junges Mädchen hatte sie Elvis gern gemocht, er war vielleicht sogar ihr einziges richtiges Idol, mit ihm hingen ihre wenigen Erlebnisse aus der Jugend zusammen, die einer Erinnerung wert waren.

Sie dachte an den vergangenen Abend, an das Valentins-Essen. Sie dachte an Lorenzos Kuss im Büro. Sie dachte an den Gesichtsausdruck von Fabio, als sie ihm für den schönen Abend gedankt hatte und ihm an der Tür gesagt hatte, dass sie sich besser nicht wiedersehen sollten.

Es schien ihr unpassend, ihm den Grund für ihre Entscheidung zu nennen, und sie beschränkte sich darauf, sie ihm nur mitzuteilen. Eigentlich war es ihr selbst nicht ganz klar. Nur allmählich waren ihr Bedenken gekommen. Auf dem Nachhauseweg vom Büro, dann vor dem Spiegel, während sie sich schminkte, als sie aussuchte, was sie anziehen sollte, als sie hoffte, irgend etwas würde passieren, was sie am Ausgehen hinderte. Während des ganzen Essens waren diese Bedenken da gewesen.

Sie hatte sich den Ingenieur an diesem Abend lange angesehen. Seine Hände, seine Lippen, sein Lächeln, seine Augen. Sein gestreiftes Sakko, den perfekten Krawattenknoten, die gepflegten Fingernägel. Seine breiten Schultern, die elegante Art, die Sicherheit, die er ausstrahlte. Dieser Mann hatte ihr Teddybärchen, Pantomimen, Luftballons und Bücher geschickt. Dieser Mann hatte ihr den Hof gemacht, sie begehrt, sie haben wollen. Dieser Mann ging ihr auf die Nerven.

Es war ihr schon oft so gegangen, aber das war nie ein Problem gewesen. Sie liebte ihr eigenes Leben, die eigene Arbeit und ihre Freunde, an Anregung, Lachen und Fröhlichkeit mangelte es ihr nicht. Ihre Freizeit mit einem Mann zu teilen, war ihr nie besonders wichtig gewesen, es genügte ihr, sich mit ihnen zu vergnügen. Dieser Mann war ein angenehmer Mensch, kein Zweifel, auch die mit ihm verbrachte Zeit war angenehm gewesen. Aber das genügte ihr nicht.

Diese Gedanken kamen ihr, während sie vor dem Nachtisch noch einmal anstießen, beim Klang der Gläser, und sie war selbst überrascht. Noch bevor sie ihre Erdbeermousse aufgegessen hatte, wurde aus ihrer Überraschung Überzeugung.

»Das war ein schöner Abend, vielen Dank, aber ich glaube, es ist besser, wenn wir uns nicht mehr sehen.«

So hatte sie es zu ihm gesagt, während er ihr die Tür aufhielt und hoffte, dass sie ihn mit nach oben nahm. Er sah sie an und fragte, ob das ein Witz sei. Seine Lippen zuckten. Nein, das sei kein Scherz, entgegnete sie.

Dummerweise gab sich Fabio mit diesen Worten nicht zufrieden und verlangte eine genauere Erklärung, hier vor der Tür, in der mitternächtlichen Kälte, im Licht der Straßenlaterne und mit weißen Atemwolken vor dem Mund.

Nein, er habe nichts falsch gemacht, sie finde ihn in Ordnung so wie er sei, und jede Frau würde sich sicher glücklich schätzen, seine Freundin zu sein. Dies machte ihn nur wütend, und er fragte Giulia aufgebracht, warum sie dann überhaupt mit ihm essen gegangen sei, das hätte sie ihm doch auch gleich am Telefon sagen können, dann hätte er den Abend anders verbringen können, käme sich jetzt nicht vor wie ein Idiot und stünde nicht vor dieser bescheuerten Haustür, wo eine Frau ihm den Laufpass gebe, nachdem sie mit ihm Champagner getrunken habe.

Giulia fand, dass dieser Auftritt ein ziemlicher Stilbruch war. Immerhin hatte dieser Mann ihr vor kurzem noch ein Bärchen mit Herz am Hals und einen Pantomimen geschickt.

Sie sagte, dass es ihr leidtäte, und hoffte, dass das genügte, um jetzt ins Warme gehen zu können, anstatt hier draußen tief in ihren Schal gewickelt vor Kälte zu zittern.

»Du hast einen anderen, stimmt's?!«, stieß er hervor.

Das war immer die einfachste Erklärung für Leute in seiner Lage.

Giulia schwieg eine Weile, denn sie wollte ehrlich antworten. Den ganzen Abend hatte sie diesen Gedanken beiseitegeschoben, aber sie wusste, er würde wieder auftauchen, sobald sie allein wäre.

»Ich weiß es noch nicht«, sagte sie schließlich. Auch wenn Fabio dies in seiner Erregung nicht hatte würdigen können, war es doch die ehrlichste Antwort, die sie ihm geben konnte.

Sie trank einen Schluck Tee.

So war das Valentins-Essen zu Ende gegangen, und als sie in ihre Wohnung kam, sagte sie sich, für diesen Abend habe sie genug gegrübelt. Sie würde duschen, schlafen gehen und am nächsten Tag an der Gleitmittel-Werbung arbeiten. Sie war allen Babys dankbar dafür, dass sie und Lorenzo einen Tag haben würden, an dem sie sich nicht sahen und die Lage sich entspannen konnte.

Als sie es klopfen hörte, sang Elvis gerade *Suspicious Minds*.

Sie stellte die Tasse auf den Tisch, ließ das Plaid zwischen Sofa und Teppich fallen und auf den wenigen Metern bis zur Tür dachte sie, es sei Lorenzo. Sie wünschte sich, dass es Lorenzo wäre, doch zugleich fürchtete sie es.

Vor der Tür stand Rebecca und hielt ein Buch vor der Brust.

»Nichts ist wahr, es waren lauter Lügen«, sagte sie. Man sah ihr die Verzweiflung an, doch wegen ihrer starren Haltung wirkte sie zugleich hochmütig.

»Rebecca! Aber wovon redest du?«, fragte Giulia und beugte sich zu ihr hinunter, doch das Mädchen machte eine abwehrende Bewegung.

»Davon«, sagte Rebecca und hielt ihr das Buch entgegen. »Alles, was du mir erzählt hast, war gelogen!« Die Leere, die sie in sich spürte, übertrug sich auf Giulia.

Sie sah sich das Buch an. Eins von den vielen üblichen Märchenbüchern, mit denen die Mädchen der letzten Generationen aufgewachsen waren, auch sie selbst, immer mit glücklichem Ende und freundlichen Menschen; die Prinzessinnen waren schön, die Prinzen mutig, die Feen gut, und Küsse bewirkten wahre Wunder.

»Rebecca, willst du nicht reinkommen? Du erkältest dich noch hier auf dem kalten Flur.«

Das Mädchen schüttelte den Kopf.

»Soll ich zu dir rüberkommen, und wir sprechen darüber?«

Das Mädchen schüttelte erneut den Kopf. Sie vertraue ihr nicht mehr, sagte sie. Sie habe ihr geglaubt, und jetzt machten sich alle in der Schule über sie lustig.

Giulia bat sie, einen Moment zu warten. Sie ließ die Tür offen und holte die Märchensammlung, die ihr der Ingenieur geschenkt hatte.

»Hier, nimm das«, sagte sie und hielt ihr das Buch hin. »Lies das hier mal. Es sind die Märchen der Brüder

Grimm. Die Originalmärchen. Ein paar davon habe ich dir schon erzählt.«

Rebecca war fast an der eigenen Tür, jetzt drehte sie sich um und blickte auf das, was Giulia in Händen hielt. Zögernd nahm sie das Buch und ging zurück in ihre Wohnung.

»Ich bin hier, wann immer du willst.«

Rebecca gab keine Antwort und machte die Tür zu.

30

Die Etage der Verrückten sah am frühen Morgen aus wie ein Ort, den am Vortag Leute in großer Panik verlassen hatten. Die Schreibtische waren unter Bergen von Papieren kaum zu sehen, Tassen mit flüssigem Inhalt jeglicher Art standen zwischen Modellen, Verpackungen und irgendwelchen Objekten. Nur die ausgestellten Computer deuteten auf den Willen hin, die Arbeit eine Weile zu unterbrechen und bei nächster Gelegenheit wieder aufzunehmen.

Die Reinigungskräfte waren dies gewöhnt. Sie wussten, dass sie nur die freien Flächen saubermachen durften, aber manchmal taten sie Dinge auch aus Mitleid. Sie kamen und hatten die Vorschriften im Kopf, sie wussten, was ihre Aufgabe war und was keiner von ihnen verlangen durfte. Wenn sie aber ein paar Wochen lang bei den Kreativen gearbeitet hatten, nahmen sie sich ihrer an. Manchmal wuschen sie ein paar Tassen ab oder machten eine Keksdose zu, ihre fürsorgliche Seite kam zum Tragen.

Es war ganz einfach. Zwischen der Arroganz der Chefs und den Neurosen der Untergebenen war der Flur der Verrückten der einzige Ort, an dem die Leute lächelten und man mit Namen begrüßt wurde.

Giulia las ein Post-it, das ihr Mariuccia hinterlassen hatte. Ich habe den Kocher mit Essig entkalkt. Einmal Wasser kochen lassen und wegschütten, wegen des Geruchs.

Sie schaute in den Wasserkocher hinein und sah, wie er glänzte. Tatsächlich waren ihre Getränke in letzter Zeit voller weißer Rückstände gewesen. Das war Kalk, jetzt wusste sie es. Essig war der Feind des Kalks.

Sie machte sich einen Nescafé, stellte den Computer an und suchte nach einem Webradio, das nur Musik sendete. Um diese Zeit konnte sie die Musik noch ohne Kopfhörer hören und ohne auf die Lautstärke zu achten, sie war die Einzige auf der Etage. Vor zehn würde kein anderer kommen.

Sie war frühmorgens aufgewacht und fand sich wenig später auf der Straße wieder, ohne es eigentlich gewollt zu haben. Sie hätte zu Hause ordentlich frühstücken, das Wohnzimmer aufräumen oder sich im Fernsehen die neuesten Nachrichten ansehen können. Trotzdem war sie aufgestanden, hatte sich angezogen und war nach draußen gegangen, als noch nicht mal die Sonne aufgegangen war.

Sie hatte noch viel zu tun und war unter Zeitdruck. Sie dachte über die Gleitmittel nach, bis der Aufzug, als sie sich oben etwas zu essen kaufen wollte, auch nach mehreren Versuchen nicht aufging, weil oben so viele Kollegen erst aussteigen mussten. Jetzt wurde er hell, kam herunter und sammelte Neuankömmlinge ein, fuhr wieder hoch, hielt ein paar Mal.

Er hielt auf jedem Stockwerk. Jeder Halt ein Warten.

Jeder Kollege ein Hintergrundgeräusch. Ihr wurde leicht übel.

Lorenzo kam erst gegen elf. Giulia hatte sich auferlegt, nur alle zehn Minuten nach dem Aufzug zu sehen und sich nicht selbst zu betrügen.

Er sagte ihr guten Tag, zog sein Sakko aus und setzte sich an den Schreibtisch, als ob nichts gewesen wäre. Während er darauf wartete, dass sein Computer hochfuhr, informierte er Giulia über das Casting vom vergangenen Tag.

»Wir haben zwei Jungen und ein Mädchen ausgesucht. Nächste Woche wird gedreht. Bist du mit den Gleitmitteln weitergekommen?«

Er hatte einen Ton, den Giulia noch gar nicht kannte, sehr sachlich. Im Grunde war ihr das nur recht, jedenfalls so lange, bis die Verwirrung der Gefühle, die ihr seit zwei Tagen auf den Magen schlug, sich aufgelöst hatte.

Der Vorwand, arbeiten zu müssen, war wie eine Ruhepause auf dem Sofa, ein Moment, in dem alle Gedanken und Probleme ausgeklammert werden konnten, und die Stunden gingen schnell vorüber. Sie redeten nur über berufliche Dinge. Beide waren bemüht, das Projekt schnell abzuschließen, nichts war wichtiger als dieser Werbespot und alles, was damit zu tun hatte, schien spannend und interessant. Ihre Blicke begegneten sich nicht ein einziges Mal, und kein Lachen durchbrach die angespannte Atmosphäre. Am späten Nachmittag waren sie bereits fertig, noch vor dem offiziellen Abgabetermin.

»Sehr gut«, sagte Lorenzo und machte den Computer aus. »Morgen nehme ich mir einen Tag frei.«

Giulia legte die verstreuten Papiere zusammen und spielte nervös mit dem Kabel des Telefons, das mit einem Mal das geordnete Chaos auf ihrem Schreibtisch zu stören schien. Dann sah sie Lorenzo an.

»Du kannst es wohl kaum erwarten, hier wegzukommen.«

Er wandte ihr den Rücken zu, während er seine Jacke anzog.

»Wieso, du etwa nicht?«

Doch, sie auch, sagte sie, aber vorher würde sie gern mit ihm über etwas sprechen.

»Es gibt nichts mehr zu reden, Giulia«, erklärte Lorenzo.

Doch, es gab da etwas. Es war zwar noch unbestimmt, hatte noch keine endgültige Form, aber es war da.

»Vorgestern hast du mich geküsst.«

Er lachte und sah ihr flüchtig in die Augen. »Nun übertreib mal nicht.«

»Ich meine aber, das war ein Kuss.«

»Da sieht man, dass du noch nie ordentlich geküsst worden bist.«

Giulia zog eine Augenbraue hoch. »Was war es dann?«

Lorenzo blickte einen Moment forschend zur Decke, holte tief Luft und sah sie wieder an. »Es war … nichts. Ich wollte dir nur den Abend ein bisschen verderben.«

»Na prima, das hast du geschafft. Und jetzt?«

Er knöpfte seine Jacke zu. »Jetzt machst du, was du willst, Giulia, und wir sehen uns am Freitag im Büro.«

Doch was sie wollte, war ihr immer weniger klar, dachte Giulia, während sich die Aufzugtür hinter Lorenzo schloss.

31

Es würde schwer sein, die Schule zu betreten, erst durch das große Tor, dann den Blicken auszuweichen, zu ihrem Platz zu gehen und sich zu setzen. Sie wusste noch nicht, ob es jeden Morgen so schwer sein würde, aber heute war es unerträglich.

Rebecca sagte ihrer Mutter auf Wiedersehen, stieg aus dem Auto, blickte starr auf den Gehweg vor sich und ging schnell auf den Eingang zu. Sie hörte, wie sie jemand rief, doch sie beschleunigte ihre Schritte und drehte sich nicht um. Vielleicht sahen sie jetzt alle als Lügnerin an oder sie waren auf ihrer Seite. Das wollte sie im Moment gar nicht wissen. Sie wollte nur ihre Klasse erreichen und hoffte, dass die Lehrerin bald mit dem Unterricht begann.

In ihrer Tasche hatte sie das Buch aus der Schulbibliothek und die Sammlung von Grimms Märchen. Darin hatte sie ein paar Geschichten gefunden, die ihr Giulia erzählt hatte: *Aschenputtel*, *Schneewittchen*, *Rapunzel* und *Der Froschkönig* waren wirklich so, wie Giulia gesagt hatte. Sie war nicht betrogen worden.

Als sie in die Klasse kam, sah sie Daniele schon an seinem Platz sitzen und atmete erleichtert auf. Ein Freund, ihr einziger Freund.

»Hallo.«
»Hallo.«

Sie brauchten nicht viele Worte, um sich zu verstehen.

Auf dem Tisch kaum noch freier Patz, das Blatt, Danieles Zeichnungen, das Heft, das Federmäppchen und das Aufgabenheft füllten alles aus.

Nachdem es zur Stunde geläutet hatte, kündigte die Lehrerin überraschend eine Klassenarbeit an.

»Ich habe gehört«, begann sie, »dass es gestern auf unserem Schulfest Probleme gegeben hat. Es gab Streit, und es wurden sehr schlimme Dinge gesagt.«

Die Klasse hüllte sich in Schweigen.

Sie hatten sie eine Lügnerin genannt, hatten sie vor allen gedemütigt, sogar behauptet, dass sie und Daniele sich küssten. Das war in der Tat schlimm. Aber woher wusste die Lehrerin davon? Rebecca sah Daniele an, der ebenso erstaunt dreinblickte.

»Ich habe gehört«, fuhr die Lehrerin fort, »dass es Streit über Märchen gab, und deshalb schreibt ihr hier heute alle einen Aufsatz darüber. Jeder von euch schreibt etwas darüber, was ihn an einem Märchen seiner Wahl besonders berührt hat.«

Die Kinder nahmen ihre Aufsatzhefte, und man hörte Stühlerücken und Geflüster.

Das Problem waren die Märchen. Nicht die Mädchen mit dem Haarreif, sondern die wahren Märchen. Rebecca war leicht übel, sie fühlte sich ungerecht behandelt.

Sie schlug ihr Heft auf und dachte an das Märchen, das sie gestern Abend in Giulias Buch gelesen hatte. Es hatte sie beeindruckt, weil es so grausam war, und sie hatte sich beim Einschlafen vorgestellt, dass die Hauptperson Fiorenza war und nicht irgendein Kind.

Sie nahm den Füllfederhalter und begann zu schreiben.

Mir hat ein Märchen besonders gefallen. Ich habe es in einem Buch gelesen, das zwei Brüder geschrieben haben, die sich Grimm nennen. Ich habe entdeckt, dass es in Märchen Kinder gibt, die so unangenehm und unerträglich sind, dass sich alle ihren Tod wünschen.

Das Märchen, das ich entdeckt habe, heißt Die abgeschlagene Hand, *und da kommt tatsächlich ein Kind vor, das niemals tut, was seine Mutter ihm sagt. Ich glaube, es ist sehr schlimm, wenn man böse und schlecht ist.*

Da dieses Kind tatsächlich böse ist, beschließt Gott, es sterben zu lassen. Da Gott beschlossen hat, es sterben zu lassen, kann ihm kein Arzt helfen und es stirbt.

Es wird begraben, aber nach einiger Zeit schaut sein Arm aus dem Grab heraus. Die Menschen, die das sehen, versuchen, es besser zu beerdigen und den Arm mit neuer Erde zuzudecken, aber der Arm wächst immer wieder heraus.

Als ich dieses Märchen gelesen hatte, habe ich gedacht, dass das Kind vielleicht gar nicht richtig tot war, die Leute darauf aber nicht gekommen sind. Oder sie haben es schon gedacht, aber nicht nachgeprüft.

Da der Arm immer wieder aus der Erde kommt, sagen sie der Mutter Bescheid. Diese nimmt einen Stock, geht zum Grab und schlägt so lange auf den Arm, bis er in der Erde verschwindet und nie mehr nach oben kommt. Da sind sich alle sicher, dass das Kind jetzt wirklich tot ist, und das Märchen ist zu Ende.

Mich hat berührt, dass so viele nette Kinder sterben und dieses Kind es geschafft hat, sogar Gott zu verärgern. Der hat, wie ich finde, schon genug anderes zu tun, und mich hat auch berührt, dass keiner um das Kind geweint hat, nicht mal seine Mutter. Vielleicht will dieses Märchen uns sagen, dass auch Kinder so böse sein können, dass sie den Tod verdient haben.

Rebecca las den Aufsatz noch einmal durch, klappte das Heft dann zu und gab es ab.

Als sie sah, dass die Lehrerin anfing zu lesen, aufstand und aus der Klasse ging, lächelte sie. Bestimmt hatte sie nun verstanden, dass dies die wahren Märchen waren und dass sie keine Lügen erzählte. Die Mädchen aus der Haarreifen-Clique würden bestraft werden, weil sie so gemein zu ihr gewesen waren. Zu töten brauchte man sie nicht unbedingt, es würde ihr schon reichen, wenn die Lehrerin vor der Klasse sagte, dass sie sich scheußlich benommen hätten, im Unrecht wären und Rebecca keine Lügnerin sei.

Sie konnte nicht umhin, zufrieden zu lächeln, auch während der Pause, die sie mit Lesen eines anderen Märchens im Klassenraum verbrachte. Wäre jemand zu ihr gekommen, hätte sie das Buch zeigen und alle, die sie als Lügnerin beschuldigten, zum Schweigen bringen können. Aber nur Elisabetta kam zu ihr. Die Einzige, die außer Daniele die Wahrheit wusste, aber geschwiegen hatte.

»Hallo, Rebecca«, sagte sie.

»Hallo.«

»Was machst du da?«

»Ich lese.«

»Ich habe im Aufsatz etwas über den Froschkönig geschrieben.«

Daniele unterbrach das Zeichnen zerschmetterter Frösche. »Ich habe auch über den Froschkönig geschrieben.«

Elisabetta deutete ein Lächeln an und sah auf Rebecca, die konzentriert las.

»Bist du mir böse?«

Rebecca sah sie an. »Warum hast du gestern nicht gesagt, dass es die Gute-Nacht-Frau wirklich gibt?«

»Ja, warum hast du das nicht getan?«, fragte Daniele.

Elisabetta zuckte die Achseln. »Ich habe mit euren Streitereien nichts zu tun.«

Auch sie habe nichts damit zu tun, erklärte Rebecca. Sie habe niemanden angegriffen. Die Mädchen mit dem Haarreif hätten angefangen und vor allen gesagt, sie habe irgendwelche Märchen erfunden.

»Du wusstest, dass ich Recht hatte, Elisabetta, und hast geschwiegen.«

»Du weißt doch selbst, dass du Recht hast, was kümmern dich also die anderen?«, entgegnete Elisabetta.

Gleich danach läutete es, und alle kehrten auf ihre Plätze zurück.

Als die Lehrerin wiederkam, überließ sie die Klasse einer Kollegin und bat Rebecca, ihr zu folgen.

32

Noch nie war Rebecca im Dienstzimmer der Direktorin gewesen, auch nicht in ihrer früheren Schule. Es war ein geheimnisvoller Ort, den nicht einmal Eltern betreten durften, und er war von einer so strengen Aura umgeben, dass man davor manchmal mehr Angst hatte als vor der Höhle eines Ungeheuers. Man stand zwar nicht oft vor einer solchen Wahl, aber ein Kind hätte lieber die Behausung eines Menschenfressers betreten als das Büro des Direktors. Bei Menschenfressern konnte man immer noch hoffen, dass sie einen nicht bemerkten, aber kein Schuldirektor der Welt würde je einen von ihm herbeizitierten Schüler übersehen.

In diesem Büro landeten nur die Schüler, die etwas Schlimmes ausgefressen hatten, und das haftete einem mindestens bis zum Ende des Schuljahres an.

Rebecca hatte nichts Böses getan, das hatte die Rektorin an diesem Morgen zu ihr gesagt. Sie habe nichts Böses getan und brauche sich keine Sorgen zu machen, hatte sie lächelnd zu ihr gesagt. Sie hatte sie gebeten, sich vor den riesigen Schreibtisch zu setzen, neben ihre Lehrerin, und hatte angefangen, ihr seltsame Fragen über ihre Mutter zu stellen.

Zum Glück hatte sie nicht gefragt, ob sie nachts allein war. Es wäre schwer gewesen, die Direktorin anzulügen, auch wenn sie der Mutter versprochen hatte, es niemandem zu sagen. Aber sie hatte herausgefunden, dass es viel einfacher war, Dinge nicht zu sagen, als zu lügen.

Sie waren freundlich und liebevoll gewesen, aber sie schienen davon überzeugt zu sein, dass ihre Mutter sie schlug, und versuchten sie dazu zu bringen, es ihnen zu verraten. Sie stellten immer wieder dieselbe Frage mit verschiedenen Worten. Nein, ihre Mutter schlüge sie nicht, und sie drohe ihr auch nicht. Sie kämen sehr gut miteinander aus, und nie hätte sie geglaubt, sie verdiene den Tod, weil sie so böse sei.

Auch als sie nach ihrem Vater fragten, hatte sie die Wahrheit sagen können, ohne zu lügen. Er sei gestorben, als sie noch ganz klein gewesen sei. Und sie könne sich deshalb nicht an ihn erinnern, es wären ja nur wenige Monate gewesen. Da sahen die Frauen sie an, wie es manchmal ihre Großmutter getan hatte, voller Zuneigung, aber zugleich besorgt und überzeugt, etwas zu wissen, was sie nicht wusste oder nicht verstehen konnte. So als hieße klein zu sein automatisch, dass man dumm wäre.

Dann erklärten sie ihr, sie seien sehr erschrocken über ihren Aufsatz gewesen, und wollten wissen, wo sie dieses Märchen gelesen habe. Rebecca war erstaunt, dass sie das Märchen nicht kannten, denn sie war der Überzeugung gewesen, dass Lehrer alles wüssten, doch das sagte sie ihnen nicht. Sie erzählte von dem Buch der Brüder Grimm, von den wahren Märchen und von den Mädchen mit dem Haarreif, die nicht glaubten, dass es sie gäbe. Sie fand es richtig, über all diese Dinge zu reden, aber obwohl sie ehrlich gewesen war, beschlossen die Lehrerinnen, ihre Mutter anzurufen und sie in die Schule zu bestellen.

Manchmal fand Rebecca die Gedankengänge der Erwachsenen wirklich kompliziert. Es war fast, als wollten sie nicht, dass die Dinge einen Sinn hatten. Lieber stellten sie eine Unmenge seltsamer Überlegungen an.

Als Rebecca wieder in die Klasse kam, hatte es schon geläutet, und alle waren nach draußen gegangen. Sie packte ihre Schultasche und setzte sich ins Sekretariat, während ihre Mutter, die inzwischen atemlos herbeigeeilt war, drinnen mit der Direktorin im Gespräch saß.

Rebecca wartete schweigend, dachte über alles nach, was passiert war, und warf ab und zu der Signorina aus dem Sekretariat einen schrägen Blick zu. Die Kinder mussten sie alle Signorina nennen, und Rebecca fand es schon sehr lächerlich, dass sie eine Frau mit Falten und grauem Haar Signorina nennen sollte, aber man hatte ihr erklärt, wenn eine Frau nicht heirate, bleibe sie eben eine Signorina. Also waren Männer dazu da, dass man zur Signora wurde? Erwachsene waren manchmal seltsam.

Sie nahm das Märchenbuch der Schule aus ihrer Tasche und blätterte darin. Da waren all die Märchen, die sie von früher kannte, erst seit einem guten Monat war das anders. Da dieses Buch aus der Bibliothek stammte, schien es die richtigen Märchen zu enthalten. Aber jetzt, wo sie die Wahrheit wusste, fiel es ihr nicht mehr so leicht, sich darüber zu freuen, dass immer alles so gut und glücklich endete. Sie mochte es nicht, dass man sich über sie lustig machte und sie wie ein kleines Mädchen behandelte.

Warum bloß hatten die wahren Märchen zu solchen Problemen geführt?

Sie gab der Signorina das Buch aus der Bibliothek zurück und setzte sich wieder.

Als die Mutter aus dem Büro der Direktorin kam, sah sie sehr ärgerlich aus. Sie nahm Rebecca stumm bei der Hand und ging mit ihr bis zum Auto. Erst als der Wagen sich in Bewegung setzte, kam auch sie in Fahrt und begann zu reden.

»Rebecca, was ist das für eine Geschichte mit den wahren Märchen? Ich habe gehört, du erzählst deinen Klassenkameraden seltsame Geschichten über Prinzessinnen, die auf grausame Art sterben oder vor der Hochzeit schwanger sind. Dann redest du noch von Tieren, die Mädchen die Augen ausstechen, und Karneval hast du Frösche an die Wand geworfen und gesagt, es seien Prinzen. Und mir hast du erzählt, du willst dich als Jägerin verkleiden, das war eine Lüge! Deine Lehrerin hat mir deinen Aufsatz von heute Morgen zu lesen gegeben. Ich habe dir doch nie solche Märchen erzählt. Warum denkst du dir so furchtbare Geschichten aus?«

»Das waren nicht einfach nur Mädchen, es waren Stiefschwestern, denen die Tauben die Augen ausgepickt haben. Böse Stiefschwestern, die es verdient haben.«

Anna bremste abrupt. »Die es verdient haben? Sag mal, spinnst du? Seit wann haben es Stiefschwestern verdient, dass man ihnen die Augen auskratzt, und Frösche, dass man sie an die Wand wirft, und Kinder, dass man sie lebendig begräbt und dann totschlägt? Seit wann ist Gewalt gerecht?« Anna schrie beinahe. Sie schien das Hupen der

Autos, die hinter ihr in der Schlange standen, nicht zu hören. Rebecca wurde angst und bange. Sie ertrug es nicht, wenn ihre Mutter so schrie, sie konnte überhaupt keine Schreierei ertragen.

»Ich habe nicht gelogen«, antwortete sie schluchzend. »Ich war wirklich als Jägerin verkleidet, als Prinzenjägerin. Und im Märchen küsst die Prinzessin den Frosch nicht, sondern wirft ihn gegen die Wand. Das ist wahr, und ich habe es nicht erfunden.«

Anna fuhr weiter. »Sie haben gesagt, du hättest ein Buch von den Brüdern Grimm, und darin hättest du diese entsetzlichen Märchen gelesen. Wo hast du es her? Das kannst du mir ruhig sagen. Du kannst auch ruhig sagen, ob du es gestohlen hast oder gefunden, das ist mir gleich, aber ich will wissen, wo es herkommt. Und ich will auch wissen, was das für eine Geschichte mit dieser Gute-Nacht-Frau ist. Ein paar Mädchen haben deiner Lehrerin davon erzählt. Sie haben gesagt, gestern auf dem Schulfest hättet ihr euch deswegen gestritten.«

Rebecca schwieg.

Wie konnte sie ihrer Mutter nur erklären, dass Giulia ihr in den Nächten, in denen sie allein war, Gesellschaft leistete und ihr die wahren Märchen erzählte? Sie wollte nicht lügen, aber die Wahrheit sagen konnte sie auch nicht. Vielleicht konnte sie versuchen, nur einen Teil der Wahrheit preiszugeben, in der Hoffnung, dass es genügte.

»Das Buch gehört unserer Nachbarin«, sagte sie leise.

Anna parkte den Wagen vor dem Haus und sah ihre Tochter streng an. »Hast du es gestohlen?«

Das Mädchen schüttelte den Kopf. »Sie hat es mir gegeben.«

»Wann?«

»Neulich.«

»Als ihr bei ihr wart und ich das Eis geholt habe?«

Rebecca gab keine Antwort. Wenn sie nichts sagte, musste sie auch nicht lügen.

»Und warum hat sie es dir gegeben?«

»Weil da die wahren Märchen drinstehen.«

Sie stiegen aus dem Auto und betraten das Haus.

»Und warum hast du dir die Gute-Nacht-Frau ausgedacht?«, fragte Anna auf der Treppe.

Rebecca zuckte stumm mit den Schultern.

»Wie jetzt? Einfach nur so? Seit wann geht das schon so mit der Geschichte von der Gute-Nacht-Frau? Und wie konntest du den anderen eigentlich diese schrecklichen Geschichten erzählen, als du das Buch noch gar nicht hattest?«

Da gab es eine etwas problematische Zeitverschiebung, das war Rebecca jetzt klar. Das ließ sich nicht ändern, und ihre Mutter war ja nicht blöd.

Als sie auf ihrem Flur angekommen waren, klingelte Anna an Giulias Wohnungstür, bevor Rebecca realisierte, was sie vorhatte.

»Bitte, Mama! Sie hat damit nichts zu tun. Wirklich nicht!«

Anna klingelte Sturm. »Vielleicht hat sie nichts damit zu tun, aber sie soll wenigstens das verdammte Buch zurücknehmen. Durch ihre Schuld musstest du heute zur Direktorin, und ich obendrein!«

Rebecca hätte gern gesagt, dass Giulia um diese Zeit nicht zu Hause war. Aber das konnte sie nicht. Als Leone die Tür aufriss, tat er das so heftig, dass seine schöne Haartolle zerzauste.

»Warum schon wieder dieser unerträgliche Lärm vor meiner Bleibe? Wollt ihr mich in den Wahnsinn treiben? Welche verdammten Teufel hetzten euch gegen mich auf, sogar im Licht der Sonne?«

Anna zuckte zusammen, und Rebecca drückte sich an die Wand.

Leone sah Anna durchdringend an und runzelte die Stirn. »Aha, die Mutter unseres kleinen Nachtgeschöpfs! Haben sie sie jetzt sogar schon im Reich des Tages mit Macht ausgestattet?«

»Mama, lass uns besser in die Wohnung gehen!«, sagte Rebecca leise.

Aber ihre Mutter schien entschlossen, sich mit einem Nachbarn zu unterhalten, wenigstens mit dem einen. »Wer ist denn das kleine Nachtgeschöpf?«, fragte sie misstrauisch.

»Mama, bitte, lass uns reingehen!«, flehte Rebecca.

Leone freute sich über den Schrecken im Gesicht des Mädchens und wies auf sie wie ein König auf einen Vasallen, der zum Galgen geführt werden soll. »Die da ist das Nachtgeschöpf. Inzwischen poltert sie auch noch tagsüber herum, wie es scheint.«

Anna hatte das deutliche Gefühl, dass hier etwas vor sich ging, was man vor ihr geheim hielt. Sie sah Rebecca durchdringend an und fragte:

»Rebecca, was tust du in der Nacht?«

Rebecca schwieg, und Leone nutzte den Moment, um an ihrer Stelle zu antworten.

»Sie treibt sich hier auf dem Flur herum, das macht sie. Sie hüpft, singt und klopft. Vor allem klopfen. Immer wieder klopft sie hier, immer nachts, immer hier«, erklärte er und zeigte auf Giulias Tür.

So ein Lügner, dachte Rebecca. So oft, wie er behauptete, war es gar nicht passiert.

»Ist das wahr?«, fragte ihre Mutter.

Sie schüttelte den Kopf. »Nur ein paar Mal.«

»Was nur ein paar Mal?«

Wieder redete Leone an Rebeccas Stelle, die sich am liebsten die Ohren zugehalten hätte. »Fast jeden Abend gibt es hier ein unermüdliches Hin und Her auf unserem Territorium. Türen gehen auf, schließen sich wieder, öffnen sich erneut. Und das ohne jede Rücksicht auf meinen Schlaf.«

Anna sah Leone an. »Zwischen meiner Wohnung und der von Giulia?«

Leone nickte. Er war zufrieden, dass er mitspielen konnte, aber er hätte sich einen erhabeneren Dialog gewünscht, erlesenere Worte und mehr Ausdrucksstärke und Pathos. Doch diese Frau erwies sich als ziemlich pragmatisch. Was für eine Verarmung der Seelen gab es in dieser neuen, vereinsamten Generation!

Die Frau dankte ihm, nahm ihre Tochter an der Hand und verschwand in ihrer Wohnung. Er lächelte zufrieden. Vielleicht würde er künftig doch etwas mehr Ruhe haben.

33

Giulia ging gern zu Fuß. Zwar ordnete sie dabei nicht ihre Gedanken, aber sie konnte sich ablenken. Wenn sie mit ihrem energischen Gang den Weg zwischen Wohnung und Firma zurücklegte, ließ sie ihren Gedanken freien Lauf, und sie schweiften in alle Richtungen ab. Der Geschmack des Griesbreis, den sie als kleines Mädchen gegessen hatte, die letzte Erklärung des Premierministers, der verstopfte Abfluss der Dusche, das Rezept für das Frikassee, ein neuer Haarschnitt, der Name des Ladens, in dem sie die Stiefel gekauft hatte, der Blick der alten Frau, die gerade an ihr vorübergegangen war, die Erhöhung der Preise für die Straßenbahntickets, ein Film, den sie sehen wollte, die Tasche, die sie reparieren lassen musste, der Mantel, der in die Reinigung sollte, die Wut der gering verdienenden Arbeiter, das Verfallsdatum des Pandoro, der noch von Weihnachten übrig war.

In ihr war es nie still, am wenigsten, wenn sie zu Fuß ging. An jenem Abend tat es ihr fast leid, dass sie schon zu Hause ankam. Der Weg war zu kurz, zu wenig Zeit zum Nachdenken. Dieses eine Mal hätte sie gern einen weiteren Weg gehabt.

Sie zog Mantel, Schal, Handschuhe und Schuhe aus,

stellte das Radio an und freute sich auf ein warmes Bad. In der Badewanne schossen ihr nicht mehr so viele Gedanken durch den Kopf. Alles wurde ruhiger, in der Wanne und bei Fernsehserien konnte sie abschalten.

Sie drehte das Wasser auf, gab einen Badezusatz mit Verbenenöl hinein, wartete. Doch noch bevor sie in die Wanne steigen konnte, klingelte es an der Wohnungstür. Anna stand davor, Grimms Märchenbuch in der Hand, die Augen zusammengekniffen. Hinter ihr Rebecca.

»Haben Sie eigentlich eine Ahnung, was für Probleme meine Tochter wegen dieser Märchen hat?«, begann sie ohne Überleitung.

Giulia verstand nicht, wieso Märchen zu Problemen führen konnten, aber offensichtlich war es so. Das Mädchen war enttäuscht von ihr, und die Mutter stand schon wieder aufgebracht vor ihrer Tür.

»Was ist denn passiert?«, fragte sie und nahm das Buch entgegen.

Anna warf ihr eine Kurzfassung der Ereignisse an den Kopf. »Meine Tochter musste zur Direktorin, ihre Klassenkameraden machen sich über sie lustig, und ich musste erklären, warum sie so grausame Märchen kennt. Geschichten, die ich ihr nie erzählt habe.«

Giulia musste lächeln, und Rebecca lächelte auch.

»Ach, das amüsiert Sie?«, sagte Anna. »Nun Sie haben sich ja offenbar auch den Spaß erlaubt, in meine Wohnung einzudringen und die Gute-Nacht-Frau zu spielen – und das bei einem neunjährigen Mädchen?«

Giulia sah Rebecca an und las in ihrem Gesicht Folgendes: Tut mir leid, ich habe es ihr nicht gesagt. Ich wollte nicht, dass sie es erfährt. Aber ich bin dir nicht mehr böse.

Das Letzte war am wichtigsten.

»Ich dachte nicht, dass ich damit etwas Unrechtes tue.«

»Was Sie denken, ist mir völlig egal. Dies ist meine Tochter, dies ist meine Wohnung, und Sie haben sich nicht in unser Leben einzumischen. Ohne meine Erlaubnis hatten Sie kein Recht dazu. Haben Sie das verstanden? In unserem Leben haben Sie nichts verloren. Sie sind weder eine Verwandte noch eine Freundin, sondern nur eine Nachbarin. Und nicht mal eine, die ich besonders gut kenne. Sie mögen ja eine gute Werbefachfrau sein und alle Leute begeistern, die Sie begeistern wollen, aber wenn Ihnen das nicht reicht, wenn Sie sich allein fühlen, weil Sie keine Kinder haben und Ihnen abends auch sonst keiner Gesellschaft leistet, dann missbrauchen Sie nicht meine Tochter, damit Sie sich wohler fühlen. Ist das klar?«

Giulia schwieg, und Rebecca liefen die Tränen übers Gesicht.

»Mama …«

Anna wandte sich wieder ihrer Tochter zu. »Du bist noch ein Kind, Rebecca, und manche Dinge begreifst du nicht, du musst mir einfach glauben. Diese Frau hat dir Schlimmes angetan, sie hat dir Probleme bereitet, und das hat sie heimlich getan, weil sie wusste, dass sie es nicht darf. Solchen Menschen darf man nicht vertrauen, hörst du? Du darfst sie nie mehr treffen, nie wieder.«

Rebecca blickte zu Boden und schüttelte den Kopf. Das war nicht wahr und nicht gerecht.

Anna warf Giulia einen zornigen Blick zu. »Da sehen Sie, was Sie angerichtet haben. Sie haben alles getan, dass das Mädchen Sie mag und Ihnen vertraut, dass sie Ihnen glaubt und ihre eigene Mutter belügt. Rebecca hatte früher nie Probleme in der Schule. Nur einen Monat haben Sie gebraucht, und schon hat sie welche.«

Anna befahl Rebecca, in die Wohnung zu gehen, und sagte dann zu Giulia:

»Ich warne Sie, wenn Sie sich meiner Tochter noch ein einziges Mal nähern, zeige ich Sie an. Versuchen Sie ja nicht, noch einmal zu Rebecca zu gehen.« Mit diesen Worten schlug sie die Tür zu.

Giulia blieb ein paar Sekunden auf der Türschwelle stehen, das Buch mit den wahren Märchen in der Hand. Dann schloss sie leise die Tür, legte das Märchenbuch beiseite und stieg in das heiße Wasser, das inzwischen bis zum Wannenrand reichte.

Stille, nichts als Wasser und Verbenengeruch.

Abends war niemand bei ihr, das traf zu. Aber sie saß nicht an Rebeccas Bett und erzählte Märchen, weil sie selbst traurig und frustriert war, es war Rebecca zuliebe geschehen.

Vielleicht bedeutete sie dem Mädchen ja auch gar nichts. Und auch Lorenzos Kuss hatte keinerlei Bedeutung. Giulia schloss die Augen, ließ sich in die Wärme, den Dampf und den Schaum gleiten, und ihre Gedanken verflüchtigten sich.

34

Als Rebecca in die Klasse kam, wich sie den Blicken ihrer Kameraden aus. Sie war am letzten Vormittag mit der Lehrerin verschwunden, und danach hatten sie sie nicht mehr gesehen. Viele erwarteten, da war sich Rebecca sicher, auf ihrem Gesicht den Ausdruck von Angst, Reue und Scham zu sehen.

Um ihnen diese Genugtuung nicht zu bieten, hatte Rebecca ihren Drachen in die Schultasche gesteckt, und als sie in die Klasse ging, stellte sie sich vor, er flöge hinter ihr und spucke Feuer, vor dem alle zurückwichen. Mit einem Lächeln setzte sie sich in die letzte Bank.

Daniele, der Einzige, der von den erdachten Flammen verschont worden war, wartete schon auf sie. Er hatte nicht mal sein Zeichenheft bereitgelegt. Gestern war er auf seinem Platz geblieben, bis sein Vater gekommen war, um ihn abzuholen, und er hatte ihn gebeten, noch eine Weile zu warten, vielleicht käme Rebecca ja gleich wieder. Da sie ihre Sachen hatte liegen lassen, würde sie sicher bald da sein.

Sein Vater hatte sich auf Rebeccas Platz gesetzt und gefragt, was passiert sei. Es war nicht einfach gewesen, es ihm zu erklären, Daniele wusste ja selbst nicht genau, worum es ging. »Papa, kennst du die wahren Märchen?«

Nein, er kenne sie nicht, gab er zu und lachte sehr, als Daniele ihm ein paar dieser Märchen zusammenfasste.

»Warum erzählt man uns Kindern andere Märchen?«, fragte Daniele ihn danach ernst.

Sein Vater brauchte eine Weile, bis er antwortete.

»Vielleicht weil wir meinen, ihr hättet vor manchen Dingen zu große Angst. Erwachsene wollen ihre Kinder immer vor allem, was schlimm sein könnte, schützen.«

Daniele überlegte einen Augenblick, dann sagte er: »Ich verstehe, aber wir mögen die wahren Märchen lieber.«

Sein Vater lächelte. »Weißt du, was wir machen? Wir gehen jetzt, essen etwas zu Mittag und kaufen danach in der Buchhandlung einen Band mit wahren Märchen. Aber das bleibt unser Geheimnis.«

Daniele sah ihn erschrocken an. »Aber Rebecca können wir es doch sagen.«

Ja, Rebecca könne er es erzählen, meinte der Vater, und wenn sie morgen nicht zur Schule käme, würden sie bei ihr vorbeigehen, um zu erfahren, wie es ihr ging.

Als Daniele Rebecca hereinkommen sah, hatte er den Eindruck, dass sie im Schneckentempo ging. Sie brauchte ewig, bis sie endlich an ihrem Platz saß, und er hatte Zweifel, ob er es noch lange aushielt, für sich zu behalten, was er ihr zu erzählen hatte. Kaum saß sie da, strömte es nur so aus ihm heraus.

Er habe am letzten Abend mit seinem Vater in einem gemeinsam gekauften Buch ganz entsetzliche Märchen gelesen. Das habe ihnen einen Riesenspaß gemacht, und sein Vater glaube jetzt auch an die Gute-Nacht-Frau.

Rebeccas Augen füllten sich mit Tränen. Damit hatte Daniele eigentlich nicht gerechnet. »Meine Mutter hat auch von der Gute-Nacht-Frau erfahren. Ich darf sie nicht mehr sehen. Wahrscheinlich wegen dem, was ihr die Lehrerin und die Direktorin gesagt haben.«

»Haben sie sich wegen der wahren Märchen aufgeregt?«

Rebecca zuckte mit den Schultern. »Ich hab nicht verstanden, warum, aber wahrscheinlich ist es so. Zuerst haben sie mich über meine Mutter ausgefragt, dann musste auch sie herkommen, und als sie aus dem Büro der Direktorin rauskam, wusste sie alles über die Gute-Nacht-Frau, die wahren Märchen und die Mädchen von der Haarreifen-Clique.«

»Hat sie dich denn nicht verteidigt?«

»Nein, sie war furchtbar wütend. Sie hat gesagt, Giulia darf ohne ihre Erlaubnis nicht in unsere Wohnung, dass ich ihr nicht mehr vertrauen darf und dass die wahren Märchen schlecht für Kinder sind.«

Daniele war persönlich beleidigt. »Sie halten uns tatsächlich für blöd. Mein Vater sagt, diese Märchen wären für Kinder, aber für die Kinder von früher. Aber wir seien ja Kinder wie sie.«

Rebecca nickte traurig. Daniele fühlte sich ein bisschen schuldig, weil er jetzt jemanden hatte, der ihm die wahren Märchen erzählte, aber Rebecca nicht mehr.

»Haben die Lehrerin und die Direktorin dich ausgeschimpft?«

Rebecca schüttelte den Kopf. »Nein, sie waren sehr freundlich.«

»Alle glauben, sie hätten dich angeschrien.«

Sie richtete sich gerade auf. »Das ist mir ganz egal«, sagte sie und legte ihre Bücher auf den Tisch. Daniele bewunderte sie. Sie war das stärkste und mutigste Mädchen, das er je kennengelernt hatte. Kaum zu glauben, dass es auch solche Mädchen gab.

Als es zur Pause läutete, mussten alle auf den Hof gehen. Es sei schönes Wetter, hatte die Lehrerin gesagt, und sie sollten nach den Wochen mit Regen und Schnee ein bisschen an die frische Luft.

Draußen wurde Rebecca von den Schulkameradinnen umringt. Ein Märchen, ein Streit, ein Besuch bei der Rektorin, so wenig, und schon interessierten sich alle für sie. Sie wollten wissen, was tags zuvor passiert war, und erhofften sich irgendwelche aufregenden Geschichten. Rebecca spürte, dass sie ein wenig enttäuscht waren, als sie sagte, man sei freundlich zu ihr gewesen, und sie habe ein Zitronenbonbon mit Brause im Zimmer der Direktorin bekommen. Vielleicht hatten sie sich etwas vorgestellt, das aus den Märchen stammte, die sie erzählte, erbarmungslos und schrecklich, aber diesen Gefallen tat sie ihnen nicht.

Elisabetta hielt sich fern. Sie lächelte ihr zu, aber Rebecca lächelte nicht zurück. Nicht heute, vielleicht später. Fiorenza kam mit ihren Anhängerinnen, alle im Gleichschritt, mit dem gleichen Blick und dem gleichen Lächeln.

»Na, haben der Rektorin deine blöden Märchen nicht gefallen?«

Rebecca antwortete nicht.

»Was ist, haben sie dir die Zunge abgeschnitten?«

Rebecca prustete los. »Habt ihr nichts Besseres zu tun? Bin ich euch so wichtig?«

Daniele lachte, manche Kinder lachten mit. Fiorenza sah ihn an:

»Was gibt es da zu lachen, Schwachkopf?«

Die meisten hörten auf zu lachen, Daniele ärgerte sich.

»Du bist eine wirkliche Prinzessin, Fiorenza«, sagte Rebecca. »Du verstehst etwas von Haaren, aber nichts davon, wie man mit anderen Menschen umgeht.«

Es folgte Schweigen. Ein Punkt für Rebecca.

»Und du bist lächerlich, wenn du glaubst, du wärst uns wichtig. Du bist gar nichts, verstanden? Du hast dir einen Haufen Dummheiten ausgedacht, um dich interessant zu machen, und am Ende musstest du sogar zur Direktorin. Alle wissen, dass du gelogen hast. Auch die Lehrerin hat das gesagt.« Dann fragte Fiorenza die anderen. »Ist hier noch einer, der an die Gute-Nacht-Frau glaubt?«

Die Klassenkameraden sagten nein, blickten zu Boden und gingen. Rebecca schwieg, Fiorenza grinste, und die Pause war vorüber.

An seinem Platz senkte Daniele den Kopf auf ein weißes Blatt und legte den Arm schützend davor. Wenn er Captain Inchiostro wäre, wüsste er jetzt, was er tun könnte. Dann hätte er auch die Mädchen mit dem Haarreif besiegt.

Als der Unterricht zu Ende war, hob er den Kopf und legte den Bleistift beiseite. Rebecca näherte sich, sah die Zeichnung und fing an zu lachen. Erst da merkte Daniele, wie leicht sich Zorn in Spaß verwandeln ließ. Sie lachten gemeinsam, bis ihnen die Tränen kamen, und konnten gar nicht mehr aufhören.

Auf dem Papier lagen zerquetschte Prinzessinnen, die ein riesiger Frosch an die Wand geworfen hatte, der aus einer Ecke des Blattes hervorkam.

35

Es war ihr ganz seltsam vorgekommen, an einem Donnerstag aufzuwachen und nichts zu tun zu haben. Giulia wäre gern spät aufgestanden, aber schon war sie wieder auf den Beinen. Gern hätte sie sich ein Frühstück mit lauter gesunden Sachen zubereitet, aber nach einem Kaffee und einem Vanillekeks, den sie im Stehen vor dem Spülbecken gegessen hatte, fand sie, sie habe genug zu sich genommen. Sie hätte in dem Buch weiterlesen können, das seit Monaten auf der Kommode lag, aber es kam ihr unmöglich vor, an einem freien Tag mitten in der Woche zu lesen. Schließlich war sie nicht krank. Sie hätte auch in die Stadt gehen können, um sich abzulenken, aber sie war nicht in der richtigen Stimmung.

Sie sah auf ihre Haushaltskarten und wählte die für den heutigen Tag aus. Sie benutzte sie als Hinweise für Talib, einen jungen Mann aus Malaysia, der zweimal pro Woche ihre Wohnung aufräumte.

Sie hatte vor einem Jahr im Büro am Kaffeeautomaten von ihm gehört. Carla, eine der neuen Art-Direktorinnen, die früher in einer humanitären Organisation aktiv gewesen war und in ihrer Freizeit noch immer die Welt retten wollte, hatte einen heißen Kakao gewählt, während Giulia sich die vierte Dosis Koffein dieses Tages zubereitete. Dass sie seit zwei Monaten niemanden mehr hatte, der bei ihr saubermachte, ließ sie an nichts anderes mehr denken, und während sie viel zu viel Zucker in ihren Kaffee löffelte, erzählte sie Carla davon.

»Ich hätte vielleicht jemanden für dich. Er ist gerade erst nach Italien gekommen, kann nicht mal Englisch, aber du kannst ihm voll vertrauen«, versicherte Carla ihr.

Giulia goss den Kaffee weg, der scheußlich schmeckte, und schwor sich, nie mehr Zucker zu nehmen, und dachte an den Zustand ihrer Wohnung, seit das Mädchen, das ihren Haushalt gemacht hatte, nach Ecuador zurückgegangen war, wo sie eine bessere Arbeit gefunden hatte. »Klingt gut«, sagte sie zu Carla und wählte Tee mit Zitrone.

Am nächsten Tag kam Carla mit einem zwanzigjährigen Malaysier an ihren Schreibtisch. »Hier ist deine neue Haushaltshilfe.«

Talib lächelte, bedankte sich und verbeugte sich leicht in ihre Richtung. Giulia wurde erst in diesem Moment bewusst, dass sie offenbar gerade einen Arbeitsvertrag abgeschlossen hatte, und Lorenzo unterbrach einen Telefonanruf, um die Szene besser genießen zu können.

Sie wusste nichts über ihn, außer dass er arbeiten wollte und nur den Dialekt seiner Heimat sprach, mit dem er sich nirgendwo sonst in der Welt verständigen konnte.

»Hast du mal wieder jemand gerettet, ohne es zu merken?«, sagte Lorenzo.

Sie zog eine kleine Grimasse, schrieb ihre Adresse auf einen Zettel und reichte ihn Carla. »Am ersten Arbeitstag bleibst du mit ihm da und erklärst ihm alles, auch wie man die Fugen von Kacheln saubermacht.«

Die junge Art-Direktorin wollte etwas einwenden, aber Giulias sah sie so entschlossen an, dass sie stumm nickte. Am nächsten Tag kam Lorenzo mit einem Wasserkocher und einem Packen Karteikarten. »Hier, damit du unabhängig wirst und dir dein Gebräu selbst machen kannst und nicht mehr in die Verlegenheit kommst, vor der Kaffeemaschine Leute zu engagieren. Und mit denen hier kannst du mit jedermann kommunizieren, egal welche Sprache er spricht.«

Er hatte die Karten selbst gezeichnet, jede für eine bestimmte Arbeit im Haushalt. Lustige Strichmännchen leerten die Spülmaschine, bezogen Betten, hängten Wäsche auf, falteten Betttücher, bügelten, kochten, staubten ab, putzten Fenster, das Bad, den Boden, polierten Griffe oder Besteck. Und sie waren immer fröhlich.

Giulia hatte sich amüsiert. »Was ist denn das?«, fragte sie dann und zeigte auf die Zeichnung, auf der das Männchen auf einem Fragezeichen sitzt.

»Das bedeutet, wenn er Zeit übrig hat, muss er selbst entscheiden, was er noch in der Wohnung tun kann.«

»Das ist ein schwer zu erklärendes Konzept.«

»Das schaffst du schon«, versicherte ihr Lorenzo. »Hier ist übrigens noch die Freudenkarte. Siehst du, wie das Männchen froh in die Luft springt? Das heißt, wenn er früher fertig ist, kann er gehen.«

»Sehr gut, ich nehme an, das versteht er besser.«

Seither heftete Giulia zweimal pro Woche die Haushaltskarten an den Kühlschrank, mit bunten Magneten, die sie extra dafür gekauft hatte. Wenn Talib mit einer Sache fertig war, legte er die entsprechende Karte wieder in den Stapel zurück. Wenn bestimmte Arbeiten nicht fertig wurden, ließ er die Karten für das nächste Mal am Kühlschrank hängen. Nach einem Jahr und ein paar erlernten Wörtern war Giulia der einzige Mensch, mit dem Talib keine Verständigungsprobleme hatte.

Sie sah auf die Freudenkarte und musste an Lorenzo denken. Sie waren früher mit ihrem Auftrag fertig geworden, und er hatte sich einen Tag frei genommen. Was er wohl heute machte?

Sie ging auf den Balkon, um frische Luft zu schnappen. Sie hatte irgendwo gelesen, dass Kälte die Aktivität der Synapsen anregt, aber vermutlich war das frei erfunden.

Hinter ihrem Wohnhaus, das von vorn sehr elegant wirkte, verbarg sich ein Hof, in dem Fahrräder abgestellt wurden und den die Kinder als Bolzplatz nutzten. Auf den Balkonen aufgehängte Bettwäsche störte das Dekor des Gebäudes nicht, darin waren sich alle einig. Die Balkone sahen alle gleich aus und waren ohne architektonische Raffinesse, sie waren nur durch sehr dünne Wände voneinander abgetrennt und erstreckten sich auf jedem Stockwerk horizontal über die Fassade.

Rebeccas Zimmer lag gleich nebenan, sie hätte sich nur ein wenig vorzubeugen brauchen, um an ihr Fenster zu klopfen. Nicht um diese Zeit, jetzt waren die Kinder ja in der Schule, aber vielleicht am Abend. Oder vielleicht auch besser nicht. Sie durfte sich dem Mädchen nicht mehr nähern, nie mehr. Das hatte ihre Mutter deutlich gesagt.

Giulia ging wieder in die Wohnung und beschloss, das nächste Projekt anzugehen. Sie musste aus den tiefgefrorenen Fertiggerichten so etwas wie traditionelle Familienessen zaubern, und wenn sie sich auf das Tiefkühlkostprojekt konzentrierte, half ihr das, auf andere Gedanken zu kommen.

Als Lorenzo am nächsten Tag frühmorgens in die Agentur kam, fand er eine E-Mail von Giulia mit fünfzehn verschiedenen Ideen vor, aus denen er etwas machen sollte. Gut, dann hatten sie ja genug zu tun.

Er machte sich an die Arbeit, noch bevor Giulia im Büro erschien, und mitten am Vormittag legte er ihr drei Entwürfe auf den Schreibtisch.

Sie nahm die Blätter und sah sie sich ein paar Minuten lang an. »Das hier ist interessant«, sagte sie und zeigte auf eins der Bilder.

Lorenzo warf einen flüchtigen Blick darauf und arbeitete weiter am Computer. »Also – das finde ich am wenigsten interessant.«

Das meinte er natürlich nicht wirklich, eigentlich war er ihrer Meinung, und dieser Vorschlag gefiel auch ihm am besten, aber er hatte das Bedürfnis, Giulia zu widersprechen, sie an die Wand zu drücken, zu entwaffnen und sie spüren zu lassen, wie es war, wenn sie auf ihn verzichten musste. Er hatte das Bedürfnis, die Atmosphäre zu erschüttern und Funken sprühen zu sehen. Er war nicht mehr ihr bester Freund und Spielgefährte, ihr fester Halt in jeder Lage, das sollte sie merken.

Zur Mittagszeit legte er ihr ein paar Ausdrucke auf den Tisch. Er hatte nicht mit Papier und Bleistift, sondern am

Bildschirm gearbeitet. Das war aseptischer, distanzierter. Ohne darauf zu warten, dass sie die Entwürfe anschaute, nahm er seine Jacke und ging in die Mittagspause.

Als er zurückkam, hatte er das Gefühl, dass Giulia sich nicht von der Stelle gerührt hatte. Er sah ein paar Krümel von Crackern und eine leere Tasse neben ihrer Tastatur und schloss daraus, dass sie aufs Mittagessen verzichtet hatte. Er hätte sie gern gefragt, ob es ihr gut ging, und hasste sich dafür.

Sie hatte die Blätter zur Seite gelegt und schrieb etwas. Kein Kommentar, kein Meinungsaustausch, keine weitere Absprache. Besser so. Lorenzo setzte sich an den Computer und sah konzentriert auf den Bildschirm.

Giulia beobachtete ihn von der Seite, bereit, den Blick sofort abzuwenden, falls er herüberschaute. Sie hätte ihm gern von Rebecca erzählt, hätte sich gewünscht, dass er sie zum Lachen brachte, und hätte gern ein paar neue Haushaltskarten gehabt, die jedermann verstehen konnte. Aber sie musste ihn in Ruhe lassen, das war das Einzige, was sie tun konnte.

Ein paar Stunden arbeiteten sie schweigend, dann druckte Lorenzo neue Blätter aus und gab sie Giulia. Das sei genug für heute, erklärte er. Sie legte alle Bilder auf dem Schreibtisch aus, wie sie es immer machten, wenn sie welche aussuchten.

Da sah er das Blatt mit dem bräunlichen Kreis darauf. Er hatte sich den ganzen Tag über beherrscht, aber jetzt lief ihm die Galle über. Der kreisförmige Abdruck auf der Zeichnung machte ihm plötzlich klar, was er für Giulia war. Ein Kollege, mehr nicht, er bedeutete ihr nichts.

Lorenzo sprang auf, zerknüllte das befleckte Blatt und warf es in den Papierkorb. »Verdammt, Giulia! Kannst du nicht mal aufpassen, wo du deine verfluchte Tasse hinstellst? Kannst du es nicht einmal schaffen, meine Zeichnungen nicht zu versauen?!«

Giulia sah einen Moment auf das zerknüllte Blatt. Dann stand sie langsam auf und nahm ihren Mantel. »Ich gehe wohl besser.«

Lorenzo stand schweigend da, während sie ihren Computer ausstellte. Dann holte er tief Luft und sah ihr in die Augen.

Sie zog den Mantel enger um sich und lächelte zaghaft. »Ich mache ja wohl alles falsch.«

Er wartete. Sie blickte zur Decke, auf den Schreibtisch, aus dem Fenster, und dann erzählte sie von Rebecca, Anna, der Schuldirektorin, dem Verbot, das Mädchen wiederzusehen. Lorenzo hörte einfach zu. Er unterbrach sie nicht, machte keinen Scherz, um sie aufzuheitern, kam ihr nicht näher. Er nahm einen Bleistift und kritzelte etwas auf die Rückseite eines Papiers. Einen Schritt vor, einen Schritt zurück, es war nur ein Schritt, der sie trennte. »Du hast es dir selbst eingebrockt«, sagte er schließlich.

Giulia nickte. Ja, sie hatte es sich selbst eingebrockt. Sie nahm ihre Handtasche und ging. Für heute reichte es ihr.

36

Daniele erkannte ihn, bevor sein Vater das Auto vor der Schule parkte. »Papa, da ist der Freund von Captain Inchiostro, der von der Werbeagentur!«

Sein Vater stellte sich in die zweite Reihe, um zu vermeiden, dass sein Sohn aus dem fahrenden Auto sprang.

Lorenzo stand vor der Schule mit einer Tasche quer über die Schulter. Sein Blick irrte suchend durch die Schar der Schüler, die in das Gebäude strömten. Als er sah, wie Daniele ihm entgegenlief, seufzte er erleichtert auf.

»Ciao, Lorenzo! Das ist mein Papa.«

Die beiden Männer gaben sich die Hand.

»Ist etwas mit Rebecca passiert?«, fragte der Junge aufgeregt.

Lorenzo beruhigte ihn. Er brauche nur seine Hilfe, um Rebecca etwas zu schicken, etwas Geheimes, wenn das für seinen Vater in Ordnung wäre.

Daniele wurde rot vor Freude und sah erwartungsvoll zu seinem Vater hinüber.

Der Mann sah Lorenzo an und lachte. »Wenn es nicht gegen das Gesetz verstößt …«

Lorenzo hob die Hand zum Schwur. »Ich schwöre. Absolut legal. Geheim, aber legal.«

»Dann ist ja alles in Ordnung.«

Lorenzo reichte Daniele einen Beutel. »Sag ihr, sie darf es niemandem zeigen und soll den Anweisungen folgen, die drinstehen.«

Daniele bekreuzigte sich ehrfürchtig, sagte auf Wiedersehen und rannte zum Schuleingang. Dann blieb er plötzlich vor dem Tor stehen, drehte sich um und kam zurückgelaufen.

Außer Atem meinte er zu Lorenzo: »Wenn ich dir einen Gefallen tue, dann könntest du mir doch auch einen tun, oder?«

»Daniele!«, rief sein Vater. »Wenn man seinen Freunden einen Gefallen tun kann, soll man nicht gleich etwas dafür verlangen.«

»Aber Papa, es ist wirklich sehr, sehr wichtig!«

»Na klar. Ich freue mich, wenn ich dir helfen kann«, meinte Lorenzo, »vor allem wenn es sehr, sehr wichtig ist.«

Daniele flüsterte ihm etwas ins Ohr. Lorenzo hörte zu und gab ihm die Hand, um den Pakt zu schließen. Wie unter Erwachsenen. Und sie wollten sich an einem Nachmittag treffen, um alles zu organisieren.

Als Daniele auf das Schultor zuging, begleiteten ihn die Blicke der beiden Männer bis zum Eingang.

»Ihr Sohn ist etwas ganz Besonderes.«

»Ja, er ist ein netter Junge. Und seit Rebecca da ist, lacht er auch wieder.«

Lorenzo sah Danieles Vater überrascht an. »Hat er denn vorher nicht gelacht?«

Der Mann starrte weiter auf das Schultor, obwohl Daniele wahrscheinlich schon in der Klasse in seiner Bank saß. »Er hat aufgehört zu lachen. Als meine Frau beschloss, mit einem anderen ein Kind zu bekommen, und ich entdeckt habe, dass ich offenbar weniger sportlich bin, als ich dachte. Ich wollte eine Trennung und das Sorgerecht und habe beides bekommen.«

»Gratuliere.«

»Danke.«

Viel mehr gab es nicht zu sagen. Die Männer verabschiedeten sich und gingen ihrer Wege.

Als Lorenzo ins Büro kam, hatte sich Giulia schon den ersten Kräutertee gemacht. Etwa ein Dutzend Untersetzer waren über den gesamten Schreibtisch verteilt. »Ich habe nach einem gesucht, der automatisch dem Becher folgt und sich darunterschiebt, sobald ich ihn auf den Tisch stelle, aber man sagte mir, das gäbe es noch nicht.«

Er zog seine Jacke aus, setzte sich, nahm einen Untersetzer, der die Form einer Maus hatte, und drehte ihn in den Händen. »Du könntest ja einen an dem Becher festmachen.«

Sie überlegte einen Moment. »Man müsste ihn umdrehen können, damit man den Becher spülen kann, ohne dass der Untersetzer nass wird.«

»Oder er müsste abwaschbar sein«, antwortete Lorenzo und stellte den Mausuntersetzer auf einen Stapel Zeitschriften.

Giulia trank einen Schluck Kräutertee und sah Lorenzo an. Er hatte ihr gefehlt und fehlte ihr noch.

Lorenzo lächelte ihr zu und sagte nicht, dass sie ihren Becher schon wieder auf eine seiner Zeichnungen gestellt hatte. Das war schon in Ordnung.

»Ich habe das Wochenende in meiner Coso-Bibliothek verbracht und Bücher gelesen«, erzählte sie. »Ich besitze jetzt schon hundert E-Books und habe beschlossen, sie der Bibliothek zu schenken, nachdem ich sie gelesen habe. Amelia wird sich freuen. Gestern Abend bin ich sogar ins virtuelle Kino gegangen. Es ist so einfach, dass sogar einer der älteren Generation es kann.«

Sie sahen sich schweigend an, in der Art von Schweigen, bei dem eine gemeinsame Idee entsteht. Ja, auch ein älterer Mensch konnte Coso benutzen, einer von denen, die in der Welt der Werbung als Zielgruppe für Prothesenhaftpulver und Sanitätsartikel galten. Coso war einfach zu bedienen, das war das Entscheidende.

Aus den Statistiken ging eines deutlich hervor: In Italien gab es eine große Anzahl von Rentnern, und der größte Teil der Leute, die Zeit für Kultur hatten, waren Angehörige des Dritten oder sogar des Vierten Alters.

Man brauchte sich nur anschauen, wer ins Theater ging – die Hälfte der Abonnenten war über siebzig. Man konnte den Coso dieser Zielgruppe zuordnen, damit werben, wie leicht er zu bedienen sei, und noch andere Käufer hinzugewinnen. Wenn das alte Leute konnten, dann auch die Hausfrau in der Provinz.

Riskant, verrückt, gegen den Strom. Auf diese absurde Art und Weise konnte es funktionieren.

»Hast du wenigstens probiert, mal ein anderes Buch auf dem Coso zu lesen?«, fragte Lorenzo.

Sie nickte. »Ja, ich bin dem Papier untreu geworden.«

»Oho!«

»Ja, es ist wie ein echtes Buch. Du hörst das Geräusch

der Seite, wenn du umblätterst, du kannst Sätze unterstreichen, die Bedeutung von unbekannten Wörtern nachschauen, wenn du mit dem Finger darauf klopfst. Wenn man sich einmal daran gewöhnt hat, läuft es super.«

Lorenzo stellte seinen Coso an. »Heute mache ich mir meinen Avatar und fange an, durch die Straßen von Cosolandia zu fahren.«

»Wir müssen den Marketing-Leuten einen Namen vorschlagen, der funktioniert.«

Abends hatten sie die Liste ihrer Fragen an den Kunden zusammengestellt und den verblüfften Kollegen von der oberen Etage versichert, dies seien die richtigen Fragen, nein, es liege kein Fehler vor. Kaum etwas machte ihnen so viel Spaß, wie die Vertriebsleute zu verunsichern.

Als sie wieder im Büro waren, sah Giulia auf den Kalender. »Gut, wir haben diese Woche keinen Abgabetermin mehr, für heute können wir Schluss machen.«

Lorenzo streckte die Arme in die Höhe und reckte sich.

»Sehr gut.«

Giulia schloss ihren Kalender mit ungewohnter Langsamkeit, sie legte die verstreuten Blätter zusammen und sah zu Lorenzo hinüber, der jetzt auch aufgestanden war. Dann bewegte sie sich wieder in ihrem normalen Tempo, zog ihren Mantel an, und während sie in ihrer Handtasche herumkramte, tat sie so unbefangen wie eh und je.

»Pizza?«

»Heute Abend nicht«, entgegnete Lorenzo.

Giulia hängte sich ihre Tasche um und lächelte bemüht. Dann ging sie schnellen Schrittes zum Aufzug.

Manchmal wäre es nützlich, wenn der Aufzug schon oben wäre oder es eine Maschine gäbe, die einen dematerialisiert, schoss es ihr durch den Kopf. Jetzt aber musste sie warten, bis die Kabine so gnädig war, ihrem Ruf zu folgen.

Lorenzo war neben sie getreten. »Giulia?«

Sie konzentrierte sich weiter auf die Metalltür, die irgendwann aufgehen musste.

»Was ist?«, fragte sie so höflich, als hätte sie ein ausländischer Tourist nach dem Weg gefragt.

Er reichte ihr einen Beutel. »Hier.«

Giulia nahm ihn entgegen, während sich die neonhelle Kabine öffnete. »Was ist das?«

»Ein Beutel«, sagte er grinsend. Dann wies er auf den Aufzug. »Er ist da.«

Sie ging hinein, er nicht. »Fährst du nicht nach unten?«, fragte sie ihn, bemerkte aber dann, dass Lorenzo seine Jacke noch nicht angezogen hatte.

»Ich hab noch was zu tun«, sagte er, während sich die Aufzugtüren schlossen. »Schönen Abend.«

37

Sie hatte den Beutel gleich nach dem Mittagessen aufgemacht, sobald sich ihre Mutter hingelegt hatte. Seit Stunden lag er unten in ihrer Schultasche, seit Daniele ihn ihr heute Morgen unter der Bank zugesteckt hatte. Es käme von Captain Inchiostros Freund, hatte er ihr zugeflüstert.

Es war schwer gewesen durchzuhalten, während des Unterrichts, in der Pause, auf dem Nachhauseweg und beim Essen, das eine Ewigkeit zu dauern schien. Aber Daniele hatte ihr eingeschärft, sie dürfe kein Risiko eingehen und keinem etwas davon sagen, es sei absolut geheim.

Als sie sich endlich in ihrem Zimmer eingeschlossen hatte, leerte sie den Beutel auf dem Bett aus. Ein viermal gefaltetes Blatt Papier und eine Schachtel kamen zum Vorschein.

Sie entfaltete das Blatt auf dem Boden, es war ein Comic. Ein Mädchen, das ihr ähnlich sah. Sie machte die Schachtel auf, fand darin eine Art Radio und fragte sich, was das sein könnte. In der Zeichnung daneben schaute sie auf eine Uhr, die zehn Uhr anzeigte, zehn Uhr abends, denn das Mädchen, das ihr ähnlich sah, lag unter ihrer Decke und durchs Fenster sah man Sterne. Dann machte sie das Radio an. Im nächsten Kasten, dem letzten, sprach das Mädchen in das Radio und war auf einmal sehr glücklich. Auf der anderen Seite des Radios war eine Frau abgebildet, die aussah wie Giulia.

Giulia stand um zehn Uhr abends an der Theke ihrer Küche und hatte in einer Hand ein Sende- und Empfangsgerät und in der anderen ein Blatt. Auf der Theke lagen Käsereste, eine leere Schachtel Cracker und der leere Beutel.

So sah Lorenzo sie also. Mit spitzer Nase und strubbeligem Haar. Dem Comic zufolge hätte sie das Walkie-Talkie jetzt einschalten müssen. Auf der anderen Seite sah man ein Mädchen, das wie Rebecca aussah. Sie lächelte. Er hatte ganz eigenmächtig ein Rendezvous für sie eingefädelt. Vielleicht hatte er deswegen die Einladung zum Pizza-Essen abgelehnt.

Sie hatte keine Ahnung, wie es Lorenzo geschafft hatte, Rebecca das Walkie-Talkie zukommen zu lassen. Ob es ihm überhaupt gelungen war? Auf jeden Fall war es jetzt zehn, und ausprobieren konnte sie das Gerät in jedem Fall.

Sie stellte den Sender an, doch nichts passierte. Schließlich schüttelte sie das Gerät so lange, bis sie das für Übertragungen typische Rauschen hörte. Seltsam, dass alle Funksprüche immer durch so ein nerviges Geräusch gestört werden mussten.

»Rebecca?«, fragte sie und hörte ein Räuspern.

Sie war es. Ja, sie war dran.

Beide schwiegen einen Moment, hatten das Gerät dicht an der Wange und lächelten, genau wie auf der Zeichnung.

Giulia setzte sich im Schneidersitz auf dem Sofa zurecht. Sie drückte auf den Knopf. »Geht's dir gut?« Sie ließ den Knopf wieder los.

Schweigen, Drücken, Reden, Loslassen. Drücken, Reden, Loslassen, so funktionierte es.

»Ja, und dir?«

Es war seltsam, dass ein Mädchen sie so etwas fragte.

»Mir geht's auch gut. Wie ist es in der Schule?«

Rebecca aber hatte keine Lust, über die Schule zu reden. Jetzt war Zeit für die Gute-Nacht-Frau. Sie drückte auf den Knopf.

»Na ja. Ich erzähle keine wahren Märchen mehr, und die anderen lassen mich in Ruhe.«

»Wie blöd.«

»Ja, sehr blöd.«

Rauschen.

»Welches Märchen hattest du denn erzählt, als du zur Direktorin musstest?«

»*Die abgeschlagene Hand*. Das war in deinem Märchenbuch.«

Giulia musste lachen. Aber das hörte Rebecca nicht, da sie nicht auf den Knopf gedrückt hatte.

»Die Geschichte, in der die Mutter das böse Kind auf die Hand schlägt, damit es endlich im Grab bleibt?«

»Ja.«

»Da waren sie ganz schön aufgebracht, was?«

»Ja.«

Rauschen.

»Giulia?«

»Ja, was ist?«

»Gibt es noch andere Märchen, in denen Kinder sterben?«

»Ja klar.«

»Erzählst du mir eins?«

»Willst du nicht lieber ein lustiges Märchen hören?«

»Nein. Die Erwachsenen wollen einem immer nur falsche Märchen erzählen.«

»In Ordnung. Wenn ich Pausen mache, kannst du Fragen stellen.«

»Gut.«

»Wir befinden uns in Dänemark, am Neujahrsabend.« Rauschen. »Ein armes Mädchen geht durch die Straßen.« Rauschen. »Sie hat nackte Füße.«

»Warum denn nackte Füße?«

»Man hat ihr die Schuhe gestohlen.« Rauschen. »Und ihre Mutter ist tot.« Rauschen. »Da siehst du, wie traurig das Märchen ist.«

»Ich will es trotzdem hören.«

»Sie wird gezwungen, Streichhölzer zu verkaufen.«

»Von wem?«

»Von ihrem Vater, sonst schlägt er sie.« Rauschen. »Es ist sehr kalt, sie erfriert beinahe.« Rauschen. »Da zündet sie ein Streichholz an, um sich zu wärmen.« Rauschen. »Dann wieder ein Streichholz.« Rauschen. »Und noch eins.«

»Und hilft ihr das?«

»Es hilft ihr nur wenig. Aber sie sieht im Schein der Flamme ihre tote Oma.«

»Ist die Oma auch tot?«

»Ja.« Rauschen. »Soll ich weitererzählen?«

»Erzähl weiter!«

»Sie bittet ihre Oma, sie mit in den Himmel zu nehmen.«

»Und die Oma?«

»Die ist einverstanden.«

»Also stirbt das Mädchen?«

»Oder es steigt in den Himmel auf, wie es dir lieber ist.«

Rauschen.

»War das alles?«

»Am nächsten Morgen finden Passanten die Leiche des erfrorenen Mädchens auf dem Bürgersteig. Jetzt ist die Geschichte zu Ende.«

Rauschen.

»Giulia?«

»Ja.«

»Das ist ja furchtbar traurig!«

»Ich weiß.«

»Na, jedenfalls, danke. Ein tolles Märchen.«

Giulia lächelte. »Bitte.«

Rebecca hatte noch etwas auf dem Herzen. Ihr schien, als müsse sie sich beeilen, als laufe ihr bei dieser Art des Gesprächs die Zeit davon. Sie hatte Angst, etwas zu vergessen. Sie drückte auf den Knopf. »Es tut mir leid wegen Mama, sie hätte nicht so wütend auf dich sein dürfen.«

»Mach dir darüber keinen Kopf, deine Mutter hatte ja Recht. Wir haben uns heimlich getroffen. Das hätten wir nicht tun dürfen.«

Rebecca fand die Reaktion ihrer Mutter dennoch nicht richtig. Giulia hatte ja nichts Böses getan. »Es tut mir trotzdem leid, dass es so gekommen ist«, sagte sie.

»Mir auch, Rebecca.«

Auch eine andere schwierige Frage ging Rebecca seit Tagen durch den Kopf.

»Giulia? Wenn man etwas nicht sagt, heißt das dann automatisch, dass man lügt?«

Giulia stützte den Ellbogen auf die Sofalehne und das Kinn in die Hand. Gab es eine richtige Antwort auf diese Frage?

»Manchmal ja«, sagte sie.

»Und heißt das, dass wir jetzt lügen?«

»Wir tun etwas, von dem deine Mutter uns gesagt hat, dass wir es nicht tun dürfen, deshalb machen wir es heimlich.«

»Elisabetta hat übrigens vor den anderen nicht gesagt, dass sie dich kennengelernt hat.«

»Warum?«

»Ich weiß es nicht. Sie hat gesagt, sie hält sich aus unserem Streit raus.«

»Dem Streit zwischen dir und den Mädchen mit dem Haarreif?«

»Ja.«

»Hat es dir was ausgemacht?«

»Ja.«

»Mir hätte es auch was ausgemacht.«

Rebecca lächelte. Giulia war ihr als Freundin lieber. »Lorenzo hat mir ein Comic gezeichnet«, sagte sie dann.

Giulia sah sich ihr eigenes Comic an und stellte sich das von Rebecca vor. »Hab ich auf deinem auch eine spitze Nase und verwuscheltes Haar?«

Rebecca betrachtete das letzte Bildchen. »Ja, er hat dich sehr schön gezeichnet.«

»Ich mag mich ordentlich gekämmt aber lieber.«

»Ich glaube, er findet dich ungekämmt auch sehr schön.«

»Woher weißt du denn das?«

»Er ist in dich verliebt.«

Rauschen.

»Hat er dir das gesagt?«

»Ja.«

Giulia ließ die Hand mit dem Sender sinken, legte den Kopf auf die Sofalehne und starrte an die Decke. Dann sah sie auf die Uhr. Es war schon spät, besser, sie sagten jetzt gute Nacht. Rebecca musste schlafen, morgen war ja Schule.

Sie verabschiedeten sich. Es rauschte noch einmal, dann wurde es still.

38

Giulia war es gewöhnt, mit vielen Ideen im Kopf aufzuwachen, die sich gegenseitig den Platz wegnahmen. Es war, wie die Augen in einer Wolke von Seifenblasen zu öffnen. Manche zerplatzten bereits auf dem Weg vom Bett ins Badezimmer, andere wiederum hielten sich und stiegen nach oben. Diese behielt sie üblicherweise und trug sie mit sich herum.

Selten wachte sie mit nur einem einzigen Gedanken auf. Doch wenn das der Fall war, blieb ihr nichts anderes übrig, als diesem Gedanken freien Lauf zu lassen. Ein einziger Gedanke am frühen Morgen war genauso anspruchsvoll wie ein Neugeborenes, Zahnschmerzen oder frisches Verliebtsein.

An diesem Morgen stand Giulia mit einem einzigen Gedanken auf. Er blieb in ihrem Kopf, bis sie die Tür hinter sich zuzog, auf dem Weg zur Arbeit, im Aufzug. Er folgte ihr zum Schreibtisch und setzte sich mit ihr hin. Als sie ihren Tee trank, schien er einzuschlafen, doch als Lorenzo kam, war er wieder hellwach.

Sie begrüßte den Freund mit einem freudigen, strahlenden »Hey«.

Es war vielleicht etwas übertrieben. Giulia versuchte

seinen Blick einzufangen, doch es gelang ihr nicht. »Danke«, sagte sie schließlich.

Er zog grinsend einen Mundwinkel herunter, während er seinen Computer anstellte. Dann wandte er sich ihr endlich zu.

»Hat's Spaß gemacht?«

»*Das Mädchen mit den Schwefelhölzchen* ist sehr gut angekommen«, antwortete sie und lächelte.

Lorenzo schüttelte den Kopf und konzentrierte sich wieder auf seinen Bildschirm. »Vielleicht hat Rebeccas Mutter Recht, und es wäre besser, euch beide voneinander fernzuhalten.«

Giulia zuckte mit den Schultern und trank einen Schluck warm gewordenes Wasser.

»Sie mag gern wahre Märchen, und ich mag keine Zensur.«

»Du musst ja auch nicht zur Direktorin«, entgegnete er und öffnete die letzten Dateien.

Sie verzog das Gesicht und sah sich die Ausdrucke an, die noch von letzter Woche auf dem Schreibtisch lagen. »Trotzdem danke.«

Lorenzos Mobiltelefon vibrierte. Er sah auf die Nachricht, lächelte und tippte etwas Nettes und Bedeutungsvolles ein, jedenfalls nach seinem Gesichtsausdruck und der Schnelligkeit der Finger zu urteilen. Dann legte er es auf den Schreibtisch neben die Tastatur und sah sie freundlich an. »Giulia, lass uns drei Ideen für die Tiefkühlkost auswählen, damit ich mit meiner Arbeit anfangen kann.«

Giulia nickte. Sie würden also bleiben, was sie immer

gewesen waren: das kreative Kollegenpaar, auf das die Agentur sich seit Jahren verließ. Keine Spannungen, keine Missverständnisse, keine Unausgewogenheit. Giulia und Lorenzo, die Werbetexterin und der Zeichner, bei denen niemals persönliche Gefühle die Harmonie, den Rhythmus und die Ergebnisse der Arbeit gestört hatten.

So war es immer gewesen, so würde es bleiben.

Gegen Mittag hatten sie festgelegt, welche Ideen sie umsetzen wollten, und die folgenden Wochen gelb markiert. Diesen Nachmittag aber strich Giulia grün an.

»Der Coso«, sagte sie. »Wir dürfen den Coso nicht vergessen. Ihn vor allem bei seinem richtigen Namen nennen, er hat jetzt nämlich einen, wenn ich es recht verstanden habe.«

»Und der wäre?«, fragte Lorenzo. Er hatte sein Mails an diesem Morgen noch nicht alle aufgeklickt.

Giulia suchte in den eingegangenen Nachrichten und fand die Mail mit der frohen Botschaft. Sie machte sie auf, las sie, lehnte sich in ihrem Bürostuhl zurück und massierte sich den Nacken. »Zwei Wochen haben sie ihre Neuronen mal so richtig arbeiten lassen und haben ihn nun *Lifereader* genannt.«

Lorenzo nahm einen Bleistift und schrieb *Lifereader* auf die Rückseite eines Ausdrucks. Dann schrieb er das Wort wieder und wieder. Das ganze Blatt schrieb er mit diesem Namen voll.

»Okay«, sagte er nach ein paar Minuten. »Diese Leute hassen uns.«

Giulia legte den Kopf nach hinten und schloss die Augen.

»Sie nehmen eben keine Rücksicht auf uns, wenn sie den Namen eines Produkts auswählen.«

Mit dem Namen *Lifereader* wurde ihre Arbeit wirklich nicht einfacher. Er machte eine Erklärung notwendig, die in einen Slogan gepackt werden musste. Direkt konnte man sich darunter nichts vorstellen. Als Zeichen stummen Protestes beschlossen sie, das Gerät weiterhin Coso zu nennen.

Lorenzo sah auf die Uhr, zog seine Jacke an und ging mittagessen. Ihre Gewohnheit, gemeinsam zu essen, schien ebenso verschwunden zu sein wie die, sich alles zu erzählen. Damit alles so harmonisch blieb wie früher, mussten wohl Opfer gebracht werden.

Giulia stellte den Wasserkocher und den Coso an und bewegte sich ein paar Stunden in der virtueller Welt. Sie bestückte ein neues Regal mit Büchern aus ihrer persönlichen Buchhandlung, wo sie, da sie nun einmal hier war, die Vorhänge wechselte, mit Amelia in der Bibliothek plauderte und nachsah, was im Theater und Kino gespielt wurde. Weder sie noch ihr Avatar kamen auf die Idee, etwas zu essen.

Sie sah sich über die Pixelstraßen gehen, stellte sich vor, wie Dutzende, Hunderte, Tausende dasselbe taten, sich in eine Zeichnung verwandelten und eine Parallelexistenz führten und Unbekannte von wer weiß wo trafen.

Wie viele würden die Gelegenheit nutzen, das zu sein, was sie im richtigen Leben gern gewesen wären, wie viele, um das zu sein, was sie wirklich waren? Wer war die virtuelle Persönlichkeit? War es der, der in Coso am Leben teilnahm, oder der, der zu Hause allein auf dem Bett saß, vielleicht zu alt, um abends ins Kino zu gehen, zu dick, um sich im Kreis der Leser wohlzufühlen, zu schüchtern, um mit der Frau zu sprechen, die dasselbe Buch kaufte wie er?

Giulia setzte sich an die Tastatur und schrieb. *Life-reader*, Leben, Existenz, Lesen, ein lebendiges Buch, ein Buch leben. Etwas erleben, was man lesen kann, im Lesen existieren, etwas lesen, was existiert, etwas durch Lesen ins Leben rufen. Es erleben, indem man es liest, es lesen, indem man es erlebt.

Als Lorenzo zurückkam, hatte sie eine ganze Seite mit Ideen und Assoziationen vollgeschrieben.

»Wir müssen das Leben ins Haus der Leute bringen«, sagte sie.

Er blieb stehen und hatte die Finger an den Jackenknöpfen. »Haben sie uns ein drittes Projekt aufgebrummt?«, fragte er.

Giulia zeigte auf den Coso. »Dies hier ist ein Fenster. Ein Fenster zur Welt, die Leute können sich dort zeigen, die Welt beobachten, an ihr teilnehmen und doch zu Hause bleiben. Das heißt, wir müssen mit dem Coso das Leben in die Häuser der Leute bringen.«

Lorenzo zog schließlich doch die Jacke aus und blickte nach rechts oben. In die Ecke, in der er Ideen überprüfte.

»Da sie in Cosolandia nicht so tun, als ob sie leben, leben sie dort ernsthaft.«

»Nein, nicht ganz. Denk an das, was man mit dem Coso machen kann.«

Er setzte sich tief in den Sessel und holte Luft. »Ein Buch lesen, ins Kino oder Theater gehen, mit Leuten reden, die dasselbe tun, mit der Bibliothekarin diskutieren, sich ein Bücherregal einrichten, sich einen Sack mit Augenschlitzen über den Kopf stülpen, ohne dass einer etwas dazu sagt, sich schlanker, größer, schöner machen, als man ist, oder beschließen, ein Waschbär im Frack mit Steppschuhen zu sein.«

Giulia blieb ernst. Das sei etwas ganz anderes, meinte sie. Das Fundament, auf dem sich alles gründe, seien die drei wichtigsten Aktivitäten von Coso: Bücher, Kino, Theater. Diese drei Dinge hätten alle etwas gemeinsam. »Überleg doch mal: Wenn du einen Roman liest, einen Film oder ein Theaterstück ansiehst, erlebst du eine Geschichte, die es nicht gibt.«

Er ließ sie weiterreden und folgte ihr in das Labyrinth, dessen Ausgang sie gefunden zu haben schien.

Wenn man eine Geschichte erlebe, die es nicht gebe, könne man auf die Regeln der Logik verzichten, meinte Giulia.

»Wenn ich mich in einen weißen Walfisch hineinversetze, in eine depressive Russin oder einen Mörder, der sein Bewusstsein untersucht, wenn ich mich fühlen kann wie die Feenkönigin, ein dänischer Prinz oder ein armer Teufel, der in einen Esel verwandelt wurde, welche Bedeutung hat dann das Wo oder Wie? Muss ich dann unbedingt Seiten umdrehen, auf eine große Leinwand schauen, während mein Nachbar Popcorn isst, oder ein Taxi nehmen und mich auf einen roten Samtsessel setzen? Oder kann ich das auch zu Hause machen, im Pyjama, in der Badewanne oder beim Essen? Warum soll ich es nicht auch tun können, wenn ich achtzig bin, im Rollstuhl sitze oder noch in die Schule gehe und nicht ausgehen darf oder kein Geld für eine Fahrkarte habe?«

Sie kam der Sache näher, die Idee war zum Greifen nah. Sie wusste noch nicht, welche Form sie annehmen würde, aber sie lag schon in der Luft. Das war der magische Augenblick, dieses wunderbare Kribbeln, das den zwölf, vierzehn, achtzehn Arbeitsstunden täglich und den mit den Projekten verbrachten Abenden, dem beiseitegeschobenen Privatleben einen Sinn gab.

Giulia überlegte. Sie brauchte etwas anderes, einen anderen Zugang, eine andere Verbindung, einen anderen Mosaikstein. Lorenzo musste mit ihr gemeinsam Anlauf nehmen.

»Also ist nicht alles erfunden, oder alles kann erfunden sein«, sagte er.

Giulia stützte sich mit der Nase auf den Radiergummi ihres Bleistifts. Nein, das war eine Falltür, sie durften nicht hineinfallen, das war nicht die richtige Richtung, konnte aber ein Hinweis sein. Die Fiktion konnte die Wahrheit erzählen, da mussten sie hinkommen.

»Shakespeare sagt, die Welt sei eine Bühne und die Männer nur die Schauspieler. Das mag dir erfunden vorkommen, wenn du es von einer Seite siehst, aber wenn du die Perspektive änderst, bereifst du, dass dies unsere Wirklichkeit ist.«

Lorenzo schrieb auf ein Blatt Theater, Welt, Leben, Fiktion, Wirklichkeit. Auch er spürte, dass sie der Königsidee näherkamen.

»Also geht es gar nicht um eine erfundene, künstliche Erfahrung.«

Giulia lächelte. Nun war auch Lorenzo auf der richtigen Spur. »Nein, es ist etwas Wahres. Aus demselben Stoff wie die Träume, aber wahrer, konkreter. Wahrer als die Träume.«

Lorenzo notierte: *Lifereader. Wahrer als unsere Träume.*

Es funktionierte.

Giulia holte tief Luft und probierte den neuen Slogan aus, wiederholte ihn leise, stellte ihn sich geschrieben, aufgesagt und gesungen vor. Er funktionierte, und er schenkte ihnen den Rest dieses Dienstagnachmittags.

Inspiration war so ermüdend wie ein Orgasmus und ließ keinen Raum für anderes als Hunger und das übermächtige Verlangen nach Erholung.

Sie stellte den Computer aus und stand auf. »Es ist vier Uhr, und ich habe Lust auf Nusstorte. Wie ist es bei dir?«

Lorenzo sah auf sein Handy. »Diesmal muss ich passen«, sagte er, während er eine Nachricht tippte. »Wir sehen uns morgen.«

Giulia zog ihren Mantel an, schlang sich den Schal um den Hals, nahm ihre Handtasche, verabschiedete sich und ging zum Aufzug. Dann blieb sie stehen und drehte sich um. Sie sah ihn da stehen, einen Arm im Jackenärmel, in der anderen Hand das Telefon, auf dem er gerade offenbar eine so wichtige Nachricht las, dass er mitten im Anziehen innegehalten hatte.

Sie ging auf ihn zu, ohne zu überlegen, und küsste ihn, ohne nachzudenken. Als sie ihre Lippen von den seinen löste, sah sie ihm lächelnd in die Augen und sagte: »Ist nichts weiter, ich wollte dir nur den Abend verderben.« Dann ging sie.

39

Giulia verließ das riesige graue Gebäude und atmete die frische Luft ein. Es war Ende Februar, das spürte man am Geruch. Es war vier Uhr nachmittags an einem Dienstag, und wenn es bald Frühling würde, wären die Nachmittage länger. Sie hatte immer noch Lust auf Nusskuchen. Sie hatte den Slogan gefunden, und sie hatte Lorenzo geküsst. An etwas anderes wollte sie im Moment nicht denken.

Sie ging in die Konditorei an der Ecke, in der sie immer die Geburtstagstorten, die Essen für Arbeitsbesprechungen und ihre Pasta della vittoria bestellten. Die Krapfen, gefüllten Teigröllchen und Schokoladentrüffel waren preisgekrönt. Auf dem Flur der Verrückten mangelte es kaum an Kalorien, die Liste der Vorwände, um sie zu kaufen, war lang. Die Nusstorte war die Belohnung, die sie und Lorenzo sich im Winter gönnten. Sie sah eine kleine, frisch aus dem Ofen gekommene und beschloss, sie mitzunehmen. Sie würde sie am Nachmittag, zum Abendessen und zum Frühstück am nächsten Tag genießen.

Gut gelaunt nahm sie die Tüte und ging schnellen Schrittes nach Hause. Es war kalt, und sie freute sich auf ihre warme Wohnung. Sie war dem Unbekannten dankbar, der vergessen hatte, die Haustür zu schließen. So musste sie nicht die Handschuhe ausziehen, um ihren Schlüssel in der Handtasche zu suchen.

Als sie in den dritten Stock kam, sah sie, dass die Tür zur Nachbarwohnung nur angelehnt war. So hatte Rebecca sie immer offen gelassen, wenn sie auf Giulia wartete, damit sie ihr die Gute-Nacht-Geschichte erzählte, und erst nach dem Austausch von drei Klopfern gegen die Wand war Giulia zu ihr gegangen.

Aber es war noch gar nicht Abend, es gab keine Märchen zu erzählen, und überhaupt durfte sie nicht zu dem Mädchen hinein. Giulia blieb einen Moment vor Rebeccas Wohnung stehen und lauschte. Es war kein Laut zu hören.

»Rebecca?«. Stille. »Anna?«. Stille. Sie klopfte an. Nichts. Sie klingelte. Wieder nichts.

Vorsichtig schob sie die Tür ein Stück auf und rief noch einmal die Namen der beiden. Irgendetwas stimmte hier nicht. Es war ein sehr diffuses und doch präzises Gefühl. Das Erste, worauf ihr Blick fiel, waren zwei Fotos, die auf dem Boden lagen. Vielleicht waren sie aus einer Tasche gefallen oder vielleicht durch die Luft gewirbelt und zufällig hier gelandet. Das eine Foto lag mit dem Bild nach unten und ließ nur das Weiß der Rückseite sehen, auf dem anderen war ein Paar – ein Mann und eine Frau, die sich umarmten und glücklich aussahen.

Giulia machte die Tür weiter auf. Im Halbdunkel der Diele, in der es nach Reinigungsmitteln roch, erkannte sie Anna, die am Boden lag wie ein weggeworfener Gegenstand. Neben ihrer Hand lag ein aufgeklapptes Handy, und ihr Gesicht war von den Haaren verdeckt.

Giulia brauchte einen Moment, um wieder ruhig zu atmen und sich vorzustellen, was passiert war. Anna, Telefon, Krankenwagen. Rebecca. Wo war Rebecca? Anna, Telefon, Rebecca, Krankenwagen, wo war Rebecca?

Sie ging zu Anna hinüber, kippte ihre Handtasche auf dem Boden aus und suchte ihr Mobiltelefon. »Rebecca?!« Aber Rebecca antwortete nicht. Irgendwo musste doch das verflixte Telefon sein, in der Handtasche, Manteltasche, irgendwo war es.

»Rebecca?!«, rief sie noch einmal, aber Rebecca war nicht da, und Anna lag ganz still am Boden und rührte sich nicht, und das Telefon war irgendwo, das wusste sie, und als sie es fand, sah sie auf die Tastatur und wusste nicht, wen sie anrufen sollte, sie hatte noch nie einen Krankenwagen gerufen. Da waren drei Nummern, nur drei, die hatte sie sich aber nie gemerkt, eine für die Carabinieri, eine für die Polizei und eine für die Ambulanz. Eine davon war die richtige. Hundertzwölf, hundertdreizehn, hundertachtzehn, vielleicht war es die Hundertachtzehn, ja eins, eins, acht, das hatte ihr jemand mal irgendwann gesagt, sie wusste nicht mehr, wer, sie merkte sich unwichtige Dinge, aber so etwas nicht. Sie wählte eins, eins, acht, eine freundliche Frau stellte ihr Fragen, und Giulia antwortete, sie verlor nicht die Kontrolle, sie riss sich zusammen, das hatte sie immer geschafft, aber sie wusste nicht, was passiert war, sie sei gerade erst gekommen, in die dritte Etage des Wohnhauses in der und der Straße. Sie sollten sich beeilen.

»Rebecca!«, rief sie noch einmal, während Anna sich ein wenig bewegte und die Augen öffnete. Giulia beugte sich über sie und lächelte beruhigend. »Anna, alles ist gut, der Krankenwagen kommt gleich.«

Anna schloss die Augen wieder und fasste sich mit der Hand an die Schläfe. Sie blutete. »Wo ist Rebecca?«, stöhnte sie.

»Wir finden sie, bleiben Sie ganz ruhig!« Sie würden sie finden, sie mussten sie finden.

»Giulia!« Lorenzos Stimme. Sie blickte auf und sah ihn in der Tür stehen. Lorenzo war gekommen, er war da. Sie holte tief Luft, um den Kopf klar zu bekommen.

»Ich hab einen Krankenwagen bestellt. Wir müssen Rebecca finden«, sagte sie.

Er verstand sofort. »Ich frage den alten Nachbarn.«

Lorenzo musste mehrmals klingeln und an die Tür hämmern, bis Leone endlich aufmachte. Er dachte, es gäbe einen Großbrand oder einen feindlichen Angriff, nur das, so deklamierte er dramatisch, hätte diesen erneuten Lärm gerechtfertigt, der so infernalisch war, dass er sogar die Ohrstöpsel durchdrang, die er sich eingesteckt hatte, um endlich seine Ruhe zu haben.

Lorenzo unterbrach seinen Monolog. »Haben Sie das Mädchen gesehen?«

Leone schwieg betreten. Da war die offene Tür auf der anderen Seite des Flurs, die kniende Giulia, die entsetzt zu ihm herübersah, die Frau, die am Boden lag, der Mann, der an seine Tür gehämmert hatte. Es gab keine Feuersbrunst, keinen feindlichen Übergriff, aber etwas ähnlich Furchtbares, das spürte er bis unter die Haut.

Nein, er habe das Mädchen nicht gesehen, sagte er, und er habe auch nichts gehört. Er habe allerdings die Ohrstöpsel drin gehabt, räumte er ein. Vorsichtig näherte er sich der offenen Tür, traute sich aber nicht, hineinzugehen.

»Was ist denn passiert?«, fragte er leise.

Zwei Sanitäter mit einer Trage kamen die Treppe herauf.

»Was ist passiert?«, fragte er wieder.

Giulia stand auf, damit sie Anna auf die Trage legen konnten. »Anna ist verletzt, und Rebecca ist verschwunden, das ist passiert. Jetzt macht also keiner mehr Lärm, und Sie können endlich ruhig schlafen.«

Lorenzo legte eine Hand auf Giulias Arm. »Es ist nicht seine Schuld.«

Sie blickte zu Boden. Leone tat dasselbe und ging zurück in seine Wohnung. »Wenn es Ihnen hilft, ich bin jetzt wach«, sagte er, bevor er die Tür leise schloss.

Einer der Männer von der Rettung sah zu Giulia hinüber: »Wollen Sie mitkommen? Oder kennen Sie irgendwelche Verwandten, die man anrufen sollte?«

Nein, sie kenne niemanden. Sie müsse hierbleiben und das Mädchen suchen.

Lorenzo hob die Sachen auf, die Giulia auf dem Boden verstreut hatte, steckte sie wieder in ihre Tasche und nahm dann die Handtasche von Anna, die in der Diele auf einem Stuhl stand.

»Hier, Giulia, nimm das mit. Fahr mit ihr ins Krankenhaus, ich suche nach Rebecca. Sobald ich sie gefunden habe, rufe ich dich an.«

Giulia nickte und gab ihm die Wohnungsschlüssel. »Hier. Vielleicht kommt Rebecca ja zu mir, sie weiß, dass ich gegen Abend nach Hause komme.«

Sie folgte den Sanitätern und stieg mit ihnen in den Krankenwagen.

40

Giulia war bisher nur einmal in einem Krankenwagen gefahren. Da hatte sie eine Nierenkolik gehabt und lag festgeschnallt auf einer Trage, während die Ambulanz losraste, um sie in die Notaufnahme zu bringen. Es war nicht der bequemste Platz, aber sie hatte von der Fahrt kaum etwas mitbekommen, dafür brannte es in ihren Eingeweiden, und ein unbeschreiblicher Schmerz schien ihr den Rücken zu durchbohren. Sie hatte auf so kreative Weise geflucht und geschimpft, dass einer der Sanitäter ganz verlegen wurde und der Notarzt lachen musste.

Als gesunder Mensch, der klar bei Verstand war, erlebte sie die Fahrt im Krankenwagen jetzt eher wie in einer Berg-und-Tal-Bahn, bei jeder Kurve schlingerte der Wagen derart, dass man Todesangst bekam. Giulia wurde auf ihrem Notsitz durchgerüttelt, die Sirene dröhnte ihr in den Ohren, von dem Tempo wurde ihr ganz schwindlig, und sie gab sich alle Mühe, die Fragen zu beantworten, die auf sie einprasselten.

Wie die Frau heiße, was mit ihr passiert sei, wann sie sie gefunden habe, wie lange sie ohnmächtig gewesen sei. Anna sei ihr Name, erklärte Giulia. Mehr wisse sie nicht, sie habe eine Tochter, Rebecca, sie selbst sei nur die Nachbarin und habe Anna so vorgefunden, als sie nach Hause gekommen sei.

Anna war bei Bewusstsein, aber völlig geistesabwesend. Sie antwortete nicht, als sie gefragt wurde, was denn passiert sei, sie sagte auch nichts, als man wissen wollte, wo sie Schmerzen habe. »Ich bin wohl hingefallen«, sagte sie nur mit geschlossenen Augen und bat Giulia, nach ihrer Tochter zu suchen. Der blaue Fleck auf ihrer Wange strafte ihre Darstellung Lügen.

»Hat dich vielleicht jemand geschlagen?«, fragte Giulia.

Anna rührte sich nicht. »Nein.«

Wer sollte ihr das glauben?

Giulia hasste die Dämonen, die in dieser Frau hausten. Sie zwangen sie dazu zu schweigen, Dinge zu ertragen, vor allem aber schadeten sie Rebecca. Weiter ging die halsbrecherische Fahrt, auch das hasste Giulia.

Als sie die Notaufnahme endlich erreicht hatten, brauchte sie einen Moment, bis sie allein stehen konnte. Sie folgte der Trage langsam bis zum Behandlungsraum, in dem Anna verschwand.

Sie hatten die Tür geschlossen. Giulia wusste nicht, ob sie anklopfen und hineingehen oder draußen bleiben und warten sollte.

Schließlich fasste sie sich ein Herz, klopfte leise an und trat ein. »Ich bin mit ihr gekommen«, sagte sie.

Eine Ärztin blickte auf und musterte sie kritisch. »Sind Sie eine Verwandte?«

Nein, das sei sie nicht. Dann hätte sie auch kein Recht dazubleiben. Ausnahmen gäbe es nicht, und sie solle das Behandlungszimmer bitte verlassen.

Giulia folgte der Anweisung nicht ohne eine gewisse Erleichterung. Sie hatte kein krankhaftes Interesse an Verletzten, an Gazebeuteln, Gummihandschuhen, Baumwolltupfern, Spritzen, Infusionen und an dem Geruch von Desinfektionsmitteln oder dem leisen Quietschen der Gesundheitslatschen auf den Kunststoffböden.

Sie setzte sich im Warteraum der Notaufnahme auf einen der festgeschraubten Sitze ohne Lehnen.

»Ich habe gesehen, dass sie mit Blaulicht eingeliefert wurde«, sagte die Frau neben ihr.

»Ja, mit Blaulicht«, bestätigte Giulia und schwieg dann.

Die Frau saß schon seit zwei Stunden da, sie sei kein so dringender Fall, meinte sie vorwurfsvoll, und vor ihr seien noch zwei andere Fälle. Sie würde ja verstehen, dass jemand mit Blaulicht Vorrang habe, aber sie sei auch nicht mehr ganz jung, nach zwei Stunden Warterei hätte man sie doch auch mal untersuchen können, aber vielleicht sei die Blaulicht-Patientin ja ein besonders schwerer Fall. Ob das eine Freundin sei, und was mit ihr passiert sei, wollte sie wissen.

Giulia warf der Frau einen Blick zu. Sie war im Rentenalter, offenbar allein und ziemlich nervös. Sie trug keinen Ehering, hatte gepflegtes Haar und ein edles Brillengestell. In ihrer Handtasche steckte zusammengerollt die Lokalzeitung. Daneben eine Wochenzeitschrift mit dem Fernsehprogramm. Kein Buch. Giulia wäre ohne Weiteres in der Lage gewesen, die Frau einer bestimmten Zielgruppe zuzuordnen, und sie hätte eine Werbung für sie machen können, damit sie sich einen Geländewagen kaufte. Aber wie sie mit ihr reden sollte, wusste sie nicht.

In diesem Moment ging die Tür des Behandlungszimmers auf und Anna wurde auf der Trage herausgerollt und zu einem Aufzug geschoben. Die Ärztin sah in Giulias Richtung. »Haben Sie die Versicherungskarte der Patientin?«

Giulia stand auf und ging auf die Ärztin zu. Sie wollte nicht in Annas Handtasche herumwühlen, sie schnüffelte niemals im Leben anderer Personen herum, es sei denn, es ging um eine anonyme Zielgruppe, aber jetzt war nicht der richtige Augenblick für Skrupel. Sie fand die Versicherungskarte.

»Wie geht es ihr?«, fragte sie die Ärztin, als sie ihr die Karte gab.

Sie sei keine Verwandte, deshalb könne sie ihr keine Auskunft geben, meinte die Ärztin. Giulia nickte, die Wahrung der Privatsphäre sei ja eine schöne Sache, räumte sie ein, aber sie habe seit heute Nachmittag die Verantwortung für Anna und ihr Kind, und wo sie jetzt schon mal in dieser Situation sei und die Hausschlüssel habe, wolle sie ebenso wie Annas Tochter erfahren, wie es ihrer Nachbarin gehe, dieses Recht habe sie ja wohl noch.

Die Ärztin steckte die Hände in die Taschen ihres Kittels, musterte Giulia eine Weile und überlegte. Dann verriet sie ihr Folgendes: »Sie hat eine Kopfverletzung und ein paar Prellungen. Wir machen zur Sicherheit ein CT und einen Ultraschall, aber sie scheint keine schwereren Verletzungen zu haben und wurde auch nicht vergewaltigt. Sie konnte uns nicht erklären, was genau passiert ist, und behauptet weiterhin, sie sei gestürzt. Haben Sie sie gefunden?«

Ja, das habe sie, aber sie wisse nicht, wie lange Anna bewusstlos im Flur gelegen habe. An die Geschichte mit dem Sturz glaube sie allerdings nicht. Die Ärztin nickte zustimmend. Wenn man zu Hause hinfalle, könne man sich nicht solche Verletzungen zuziehen. Leider könnten sie aber nichts anderes tun, als herauszufinden, ob sie körperlich in Ordnung sei. Sie würden sie weiter beobachten, ein Schlag auf den Kopf und eine Ohnmacht rechtfertigten eine Nacht im Krankenhaus. Giulia könne nach den Untersuchungen zu ihr gehen, sie würden sie auf die Station ins Zimmer 12 bringen.

Giulia nickte und bedankte sich. Es war fast sechs Uhr, sie konnte nicht weg von hier und hatte noch nichts von Lorenzo gehört.

Die Krankenschwestern teilten um diese Zeit das Essen aus. Tabletts mit Fertiggerichten auf Plastiktellern, die so rochen, dass man sie nur im äußersten Notfall essen würde. Giulia hätte sich dennoch gern eins genommen.

Anna hatte die Augen geschlossen, als die Schwestern sie ins Bett legten. Sie hatten ihr die Kleider ausgezogen und ihr ein Krankenhaushemd angelegt, das auf dem Rücken geschlossen wurde. Weder bequem noch elegant.

»Ruhen Sie sich aus«, sagte eine der Schwestern laut zu Anna, als sie sie zudeckte, »Ihre Freundin ist hier bei Ihnen.«

Eine eher fragwürdige Bezeichnung, dachte Giulia, und vermutlich fand Anna das auch. Sie blickte suchend umher und runzelte die Stirn, als sie Giulia sah.

Die Schwester schaute Giulia prüfend an. »Oder ist die Patientin gar keine Freundin von Ihnen?«

Doch, doch, entgegnete Giulia, aber es sei alles etwas kompliziert.

»Sie wollte nicht, dass wir irgendwen benachrichtigen«, fügte die Schwester hinzu.

»Kein Problem, ich bin ja hier.«

Als die Schwester das Zimmer verließ, fragte Anna, die starke Schmerzmittel bekommen hatte, langsam und leicht benommen nach Rebecca.

»Lorenzo sucht nach ihr, machen Sie sich keine Sorgen.«

Anna versuchte aufzustehen. »Ich muss sie selbst suchen. Ich muss jetzt nach Hause.«

Giulia hielt sie auf. »Sie können jetzt nicht aufstehen, Anna. Bitte bleiben Sie liegen. Wenn Rebecca da ist, wird Lorenzo sie finden. Sie können jetzt gar nichts tun, dazu sind wir da.«

Sie waren da. Das begriff Giulia, das begriff auch Anna. Sie waren da, um zu helfen.

41

Lorenzo durchsuchte die Wohnung. Offenbar hatte niemand versucht, etwas zu stehlen. In Rebeccas Zimmer stand der Schulranzen neben dem Schreibtisch, und ihr Mantel lag auf dem Bett. Lorenzo öffnete die Schränke, sah unter den Betten nach, rief nach ihr. Das Mädchen war nicht in der Wohnung.

Eine Vermutung jagte die nächste. Es war besser, nicht zu viel nachzudenken. Hätte er als Kind Angst gehabt, dann hätte er sich irgendwo versteckt. Hätte er sich vor einem Verfolger gefürchtet, wäre er ganz weit weggelaufen.

Er schloss die Wohnung ab und begann im Haus nach Rebecca zu fragen. Er ging bis ganz nach oben und klingelte an allen Türen. Keiner hatte das Mädchen gesehen, viele wussten nicht einmal, wer sie war, manche wollten wissen, was passiert war. Mit Haustratsch konnte man über Jahre eingefrorene soziale Kontakte wiederbeleben, das spürte Lorenzo, aber er ließ die Neugier der Leute lieber unbefriedigt. Er bemerkte die leichte Enttäuschung in den Gesichtern der Nachbarn, aber die Angst um das Mädchen ließ ihm keine Zeit für Geschichten.

Vor Leones Tür zögerte er. Er kannte die Antwort

des alten Griesgrams schon und hatte auch lange keinen Shakespeare mehr gelesen, schließlich aber klingelte er doch.

Der alte Mann öffnete so schnell, dass Lorenzo vermutete, er habe ihn durch den Spion beobachtet. Nichts, nein, er habe die Kleine nicht gesehen. Ob man wisse, wie es der Mutter gehe. Diesmal spielte er keine Szene vor und hielt auch keine pathetischen Monologe. Lorenzo berichtete kurz, was passiert war. Anna werde noch untersucht, Giulia sei bei ihr im Krankenhaus. Dann ging er die Treppe hinunter und weiter von Tür zu Tür.

Als er unverrichteter Dinge unten angekommen war, zog er die schwere Haustür auf, trat hinaus und blickte in beide Richtungen. Die Straße kam ihm endlos lang vor, eine schmalere Parallelstraße schützte vor dem Verkehr, und entlang dem Bürgersteig reihten sich Kaffee-Bars, Geschäfte, Reinigungen und Maklerbüros. Wenn er eines Tages einen Sohn haben würde, würde er ihm ein GPS-Ortungsgerät aufnähen. Es gab sie in Autos und Mobiltelefonen, warum nicht auch an Kindern?

Er suchte den ganzen Häuserblock ab, fragte die Passanten, gab ihnen seine Nummer für den Fall, dass sie Rebecca irgendwo sahen. Er war nicht ihr Vater, auch kein Verwandter, hatte eigentlich nichts mit dem Mädchen zu tun. Vielleicht hatte er nicht mal das Recht, nach ihr zu suchen. Leonardo hoffte, dass ihn niemand so genau fragen würde.

Nach einer Weile kehrte er zurück in der Hoffnung, Rebecca wäre inzwischen vielleicht nach Hause gekommen. Er rannte in den dritten Stock hinauf. Auf dem Flur war sie nicht. Er nahm den Schlüssel und schloss Giulias

Wohnungstür auf. Leone stand sicher schon hinter seinem Spion. Und richtig, eine Sekunde später ging bei dem Nachbarn die Tür auf.

»Immer noch nichts?«, fragte er besorgt.

Lorenzo schüttelte den Kopf, und die beiden Männer grüßten sich kurz, bevor Lorenzo in die Wohnung ging.

Die Sonne stand bereits tief, und durch die Lamellen der zugezogenen Läden drangen ein paar Lichtstrahlen herein. Überall war der Geruch von Giulia.

Lorenzo machte Licht und blieb einen Moment stehen. Er war noch nie allein in Giulias Wohnung gewesen. Sonst hatte er sich hier stets bewegt wie jemand, der hier wohnte, vertraut und selbstverständlich, hatte Gläser ins Regal gestellt, Bücher in die Hand genommen und darin gelesen, er hatte gekocht, den Tisch gedeckt, sogar auf dem Sofa übernachtet, wenn sie bis spät in die Nacht gearbeitet hatten, aber jetzt, wo Giulia nicht da war, fühlte er sich wie ein Fremder. Plötzlich flößte ihm alles um ihn herum größten Respekt ein.

Er ging zum Sofa hinüber, wo noch die Spuren vom letzten Abend zu sehen waren. Das Plaid auf der Sofalehne, ein leerer Kaffeebecher auf einer seiner Zeichnungen. Wieder mal! Lorenzo hob den Becher hoch, sah den bräunlichen Kranz und lächelte.

Dann entdeckte er das Walkie-Talkie. Er nahm es in die Hand und stellte es an.

Drücken, Reden, Loslassen. Es war den Versuch wert.

»Rebecca?«

Rauschen.

Drücken, Reden, Loslassen.

»Rebecca?«

Rauschen.

»Bist du das, Lorenzo?«

Herzklopfen, schneller Atem.

»Rebecca, wo bist du?«

»Du musst mir erst sagen, ob du Lorenzo bist.«

»Ja, Rebecca, ich bin Lorenzo. Sag mir, wo du bist.«

Rauschen.

»Rebecca?«

Rauschen.

»Ich brauche einen Beweis.«

Lorenzo fuhr sich mit der Hand durch das Haar und schloss die Augen. Dann holte er tief Luft und drückte erneut auf die Taste. »Ich arbeite mit der Gute-Nacht-Frau zusammen und habe deinem Freund Daniele beigebracht, wie man zerquetschte Frösche zeichnet. Sagst du mir jetzt, wo du bist?«

»Hier draußen, mir ist kalt. Machst du auf?«

»Wo draußen?«

Sie antwortete mit leichtem Klopfen gegen den Rollladen des Balkons. Da war sie also, die ganze Zeit über war sie dort gewesen. Als sie die Schreie im Wohnungsflur gehört hatte, war sie durch das Fenster ihres Zimmers geflohen und über die Mauer geklettert, um sich auf Giulias Balkon zu verstecken. Sie hatte sich ganz klein gemacht, damit sie niemand fand, und hockte zusammengekauert in einer Ecke, um sich ein bisschen aufzuwärmen.

Lorenzo wickelte das zitternde Mädchen in das Plaid und rieb Rebeccas Arme und Beine, bis die Haut rot und warm war. »Ganz ruhig, meine Kleine, du musst keine

Angst mehr haben. Alles ist in Ordnung, hier bist du in Sicherheit.«

»Wo ist Mama?«, fragte Rebecca mit großen Augen, während ihre Anspannung nachließ.

»Es geht ihr gut. Sie ist bei Giulia im Krankenhaus. Wir rufen jetzt dort an.«

42

Nachdem Giulia aufgelegt hatte, wartete sie ganz ruhig, bis die Dinge wieder Form annahmen, ihre Gedanken sich ordneten, das Leben wieder seinen Lauf nahm. Rebecca war in Sicherheit. Jetzt war Zeit für alles andere.

Die schmutziggrünen Wände, das grelle Neonlicht und die Flanellmorgenröcke der Patienten waren mit einem Mal viel weniger deprimierend. Giulia lächelte den Leuten höflich zu und ging dann wieder in Annas Zimmer. Durch die Schmerzmittel war sie in einer Art Dämmerschlaf, doch sie öffnete mühsam die Augen, um zu erfahren, was mit ihrer Tochter passiert war.

»Lorenzo hat sie gefunden, sie war bei mir in der Wohnung auf dem Balkon. Es geht ihr gut und Lorenzo ist jetzt bei ihr.«

Anna fasste nach Giulias Hand. »Danke«, flüsterte sie leise. Dann glitt sie wieder in den Schlaf hinüber.

Giulia sah auf ihre Hand, die unter der von Anna lag. Körperliche Berührung war ihr eher fremd. Sie ließ ein paar Sekunden vergehen, dann zog sie ihre Hand vorsichtig zurück und setzte sich neben das Bett auf einen grünlichen Plastikstuhl. Sie wäre gern nach Hause gegangen, um zu duschen und ein Abendessen für sie alle drei zu bestellen, aber ein unbekanntes Pflichtgefühl hielt sie hier fest, am Bett dieser Frau, die sie kaum kannte.

Sie wusste nicht, was wirklich passiert war. Die Geschichte mit dem Sturz kam ihr seltsam vor. Man konnte daran glauben oder auch nicht. Wahrscheinlicher war, dass Anna von jemandem niedergeschlagen worden war. Vermutlich von jemandem, von dem man nichts wissen sollte, deshalb die Behauptung, sie sei hingefallen.

Nachdenklich sah sie Anna an. Es hatte Augenblicke gegeben, in denen sie ihr gern ein Buch an den Kopf geworfen hätte, andererseits hatte es in ihrem Leben auch Momente gegeben, in denen sie gern Schmuck entworfen, in einem Baumhaus gelebt oder ihrem Geschäftsführer jedes Haar einzeln ausgerissen hätte. Man konnte sich nicht alle Wünsche erfüllen.

Sie steckte ihr Mobiltelefon ein und fand die Papiertüte mit der Nusstorte. Lorenzo hatte ihr im Eifer des Gefechts auch diese noch in die Handtasche eingepackt. Sie öffnete den kleinen Karton und nahm sich ein Stückchen.

Dann musste sie an das aufgeregte Telefongespräch denken, bei dem sie und Lorenzo sich alles erzählt hatten: seine Suche nach Rebecca auf allen Stockwerken, wie er das ganze Viertel durchkämmt hatte, das Walkie-Talkie auf ihrem Sofa, der Balkon, die Fahrt im Krankenwagen, die Frau im Warteraum, die strenge Ärztin und die Geschichte mit dem Sturz. Es war ein Telefonat, in dem jede Distanz verschwunden war, mit einem Mal waren sie sich ganz nah, und schließlich hatte sie ihn gefragt:

»Lorenzo, warum bist du eigentlich zu mir gekommen?«

Er hatte einen Moment geschwiegen, und dann hatte er gesagt:

»Lass uns später darüber reden, jetzt ist nicht der richtige Moment.«

Wir reden später drüber, wir müssen reden, da ist etwas, das ich dir noch nicht gesagt habe, ich muss dir etwas sagen. Sie hasste solche Sätze. Damit verpackte man schlechte Nachrichten, die andere nicht hören wollten.

Sie aß noch ein Stückchen Kuchen.

Anna schlug die Augen auf. »Was ist das?«, fragte sie und sah auf das Kuchenpäckchen.

»Die beste Nusstorte der Stadt, möchtest du etwas?«

»Darf ich das denn essen?«

Giulia zuckte die Achseln und reichte ihr ein Stück. »Im schlimmsten Fall muss du dich übergeben.«

Anna probierte es. »Das schmeckt ja köstlich!«, sagte sie.

Der Kuchen war wirklich ausgezeichnet, und man war danach für Stunden guter Laune.

Die beiden Frauen aßen weiter.

»Du fragst mich ja gar nichts«, sagte Anna.

»Nein, aber wenn du willst, höre ich dir zu.«

Alles hatte mit einem unglückseligen Ereignis begonnen, einem banalen Ereignis auf der Autobahn. Wasser auf dem Asphalt, eine zu enge Kurve, ein Auto, das von der Fahrbahn abgekommen war, eine Mauer. Nichts, wofür man irgendjemanden verantwortlich machen konnte oder weswegen man zum Kadi rennen musste. Nur ein zu früher Tod. Mit siebenundzwanzig war Anna plötzlich Witwe, mit einem nur wenige Monate alten Kind. Sie hatte eine Wohnung, eine Familie, die sie unterstützte, eine feste Anstellung im Krankenhaus. Doch sie hatte erst wieder richtig angefangen zu leben, als der Chefarzt der Chirurgie aus ihr wieder eine liebenswerte Frau machte.

Er sah gut aus, war wohlhabend, aufmerksam und hätte jede Frau haben können, doch er wollte sie, die verwitwete Krankenschwester mit der kleinen Tochter. Zwei Jahre nach dem Unfall heirateten sie an einem sonnigen Tag. Sie waren glücklich, verliebt, eine Familie, hatten ein Zuhause.

Als es zum ersten Mal passierte, war es wohl ihre Schuld. Sie war auf den Polterabend einer Freundin gegangen und hatte nicht gewusst, dass es so spät werden würde. Aber alle hatten noch getanzt, und sie kam erst um drei Uhr morgens nach Hause. Sie hatte ihm eine Nachricht geschickt, um Bescheid zu geben, dass es später werden würde, aber sie war erst um drei Uhr nach Hause gekommen.

Er war sehr aufgebracht und hatte ihr eine Ohrfeige gegeben. Hinterher entschuldigte er sich. Er sei nicht gewalttätig, das sei er nie gewesen, er habe nur dieses eine Mal die Kontrolle verloren, versicherte er ihr reumütig. Durch seine Schuldgefühle entstand zwischen ihnen eine Situation wie unter frisch Verliebten, und so war es nicht schwer, diese heftige Ohrfeige zu vergessen.

Anna war nicht mehr mit ihren Kolleginnen tanzen gegangen, aber es war ihr nicht schwergefallen, darauf zu verzichten. Sie war dreißig Jahre alt, hatte eine Familie, eine Arbeit und ein erfülltes Leben – in die Disco zu gehen gehörte in eine andere Zeit, in ein anderes Leben.

Dann kam ihr Geburtstag. Sie hatte abends ein paar Freunde zum Essen eingeladen, es gab hinterher auch Kuchen, und jemand hielt eine kleine Rede auf sie. Er hatte ihre Freunde nie besonders gemocht, wusste aber, wie wichtig sie ihr waren, und erlaubte, dass sie sie bei besonderen Anlässen zum Essen einlud. Wenn er wollte, konnte er sehr freundlich und höflich sein. Immerhin stammte er aus einer der besten Familien der Stadt, und sich auf dem gesellschaftlichen Parkett einwandfrei zu bewegen war für ihn selbstverständlich.

Hinterher konnte sie sich nicht mehr erinnern, ob sie an diesem Abend etwas Falsches gesagt oder getan hatte. Vielleicht war sie einfach auch nur zu fröhlich gewesen, vielleicht hatte sie ein bisschen zu viel getrunken. Doch sie erinnerte sich noch genau, wie er sie mit dem Handrücken auf Wange und Schläfe geschlagen hatte, wie sie das Gleichgewicht verlor, auf den Teppich fiel und wie hasserfüllt er sie angestarrt hatte.

Kaum waren die Gäste gegangen, da verschwand sein Lächeln, er drehte sich um und schlug auf sie ein. Sie habe sich leichtfertig und unmöglich benommen, sagte er, und dass er sich für sie schäme. Wenn ihre Freunde so einen schlechten Einfluss auf sie ausübten, wäre das kein Umgang für sie.

Sie hatte Angst und weinte und bat ihn schluchzend um Verzeihung. Da umarmte er sie, drückte sie an sich und beruhigte sie. Er war auch nicht mehr wütend, es war vorüber. Er hätte sie nicht so fest schlagen dürfen, sagte er später, sie habe einen Bluterguss. So nannte er es. Er tat Eis in ein Tuch und legte es ihr aufs Gesicht. An diesem Abend war sie zum ersten Mal nach seinen Schlägen gestürzt.

Ihre Freunde traf sie nun nicht mehr. Ab und zu telefonierte sie mit ihnen, aber die Anrufe wurden seltener, sie hatte schließlich eine Familie und ihre Arbeit, und sie konnte nicht alles unter einen Hut bringen. So schien es ganz natürlich, dass sie sich nicht mehr trafen. Danach war Anna immer wieder gestürzt.

Es war unmöglich vorauszusehen, wann und wo sie über etwas stolpern würde, es konnte irgendein Satz sein, eine falsche Antwort, eine Verspätung, ein Lachen im falschen Moment, zu lange gekochte Pasta oder ein Fleck auf einem Hemd. Manchmal gab es Ohrfeigen, manchmal Schläge mit der Faust, manchmal einen Tritt in die Seite, in den Rücken oder den Bauch, manchmal packte er ihren Arm oder den Oberschenkel, dass seine Finger tief in ihr Fleisch drangen und blaue Flecken hinterließen. All das tat er nie in Gegenwart anderer, und die Verletzungen waren nie so gravierend, meistens nur blaue Flecken oder Prellungen, die nach einer Weile wieder verschwanden.

Oft überkam ihn hinterher so etwas wie Reue. Er hatte seine Wut an ihr ausgelassen, jetzt war er wieder klar im Kopf, behandelte die Verletzungen und zeigte sich besorgt. Niemand durfte das sehen oder davon erfahren, das müsse sie begreifen und ihm verzeihen. Es würde nie wieder vorkommen, beteuerte er jedes Mal. Niemand sah etwas, niemand hörte etwas davon, und sie verzieh ihm jedes Mal aufs Neue.

Auch die Leidenschaft und der Wunsch zusammenzubleiben kehrten zurück. Er machte ihr Geschenke, ein paar Ferientage in einem Luxushotel, Ausgehen am Abend in teure Restaurants.

Inzwischen arbeitete sie nicht mehr. Er hatte sie nicht gezwungen aufzuhören, hatte es ihr aber nahegelegt. Sie sei die Frau eines Chefarztes, sie brauche nicht zu arbeiten und könne sich um Haus und Tochter kümmern und mehr Zeit für sich haben. Es sei doch unsinnig, dass sie in Kittel und Gesundheitsschuhen durch die Krankenzimmer laufe, Blut abnähme und Infusionen erneuere. Das sei nicht ihre Aufgabe. Sie hatten es gemeinsam entschieden. Auf diese Weise hatte sie auch mehr Zeit für Rebecca, die größer wurde und in die Schule kam.

Er hatte sie nie in Gegenwart des Kindes geschlagen, und Anna hatte immer versucht, den Schmerz und die Schreie zu unterdrücken, wenn es passierte, damit die Kleine es nicht hörte. Dies waren Eheprobleme, und sie mussten auch innerhalb der Ehe gelöst werden. Nichts durfte aus diesem Kreis nach außen dringen.

Nach außen hin war alles perfekt. Ein schönes Haus, eine nette Familie, Umgang nur mit passenden Menschen, nie unterhalb eines hohen sozialen Niveaus. Rebecca hatte einen Vater, und sie war bestens versorgt. Sie hatte ein Zimmer voller Spielsachen, ging auf eine Privatschule und spielte mit ihren Freundinnen. Jedes Jahr kauften sie ihr eine neue Skiausrüstung für die Woche im Schnee in den Dolomiten, sie zeigten ihr fremde Städte, und in den Sommerferien durfte sie im Ferienlager Reiten und Tennisspielen lernen. Sie ahnte nichts.

Aber eines Tages war es dann doch passiert. Wieder hatte Anna irgendetwas falsch gemacht, wieder prügelte er auf sie ein. Gleich danach ging er türenknallend fort. Sie rappelte sich mühsam auf, setzte sich aufs Sofa und schlug lautlos weinend die Hände vors Gesicht. Keiner von ihnen hatte Rebecca bemerkt. Anna erschrak, als sie den Stoff eines Geschirrtuchs und die Kälte des Eises an ihrer Hand spürte.

»Hier, Mama, nimm das«, sagte ihre achtjährige Tochter.

Anna nahm das Päckchen, legte es sich an die Wange und starrte ihre Tochter an. Vor Scham brachte sie kein Wort heraus.

»Warum gehen wir nicht einfach weg?«, fragte das Mädchen.

Sie hatte nie daran gedacht wegzugehen, es war für sie undenkbar, etwas, das sie nicht durfte und wozu sie nicht in der Lage war. Für ihre Tochter hingegen schien es eine vernünftige und ganz logische Sache zu sein. Ihre Spielsachen, die Skiferien, die Sommerlager und Kleider, wie ihre Freundinnen sie hatten, waren ihr nicht wichtig. Sie wusste, dass ihre Mutter unglücklich war, hatte sie weinen hören, hatte mitbekommen, wie sie ihre Schreie unterdrückt hatte, sie hatte die blauen Flecken gesehen, aber nie miterlebt, wie sie geschlagen wurde und stürzte. Heute Abend hatte sie alles verstanden.

»Mama, komm, wir gehen. Er liebt dich nicht, sonst würde er dich nicht schlagen.«

Nur ein Kind konnte die Dinge auf eine so einfache Formel bringen. Wenn er sie schlug, liebte er sie nicht.

Anna erinnerte sich plötzlich, dass sie diese Worte schon einmal gehört hatte. Eines Abends, als sie noch in der Notaufnahme arbeitete, war ein Mädchen aus Ecuador mit lauter Schwellungen und blauen Flecken gekommen, in Begleitung ihres Verlobten, dessen Fingerknöchel ganz rot waren. Der Arzt hatte ihn gezwungen, draußen zu warten, und eine Psychologin vom Zentrum gegen Gewalt rufen lassen. »Das ist keine Liebe«, hatte die Frau zu dem Mädchen gesagt. Anna hatte alle Erklärungen der verunsicherten jungen Frau und die Ratschläge der Psychologin mit angehört, während der junge Mann draußen wütend nach seiner Verlobten fragte. Damals war sie davon überzeugt, dass die Misshandlung von Frauen ein Problem anderer Kulturen sei und nur Außenseiter und untere Schichten betreffe. Sie war keine misshandelte Frau.

Am Morgen nach der Entscheidung, ihren Mann zu verlassen und wegzugehen, rief sie im Zentrum gegen Gewalt an, um mit der Psychologin zu sprechen. Diese war sehr freundlich zu ihr. Als sie aber sagte, sie wolle alles aufgeben, riet ihr die Psychologin, nichts zu überstürzen, und gab ihr einen Termin für die kommende Woche.

Bei diesem Treffen hörte die Psychologin Anna aufmerksam zu. Dann erklärte sie, es gebe in der Stadt nur vier Unterkünfte für misshandelte Frauen, und diese seien alle voll. Sie müsse jemanden finden, am besten einen engen Verwandten, der bereit sei, sie aufzunehmen, aber es habe wenig Sinn, Hals über Kopf zu verschwinden. Um einen so gravierenden Schritt gut vorzubereiten, müsse sie mit mindestens drei Monaten rechnen.

Wegzugehen sei eine schwere und endgültige Entscheidung, und man sollte sie nicht überstürzt treffen. In der Aufregung würde man viele Fehler machen und später teuer dafür bezahlen.

»Die meisten Frauen, die in Panik oder ihren Gefühlen folgend weggehen, kommen nach wenigen Tagen zurück«, sagte die Psychologin.

In den folgenden Wochen ordnete Anna also ihre und Rebeccas Papiere, eröffnete heimlich ein Konto und beauftragte einen Anwalt mit der Vorbereitung der Scheidung. Alles, was sie mitnehmen wollte, legte sie sorgfältig beiseite: Kleider, Bücher, persönliche Erinnerungen und Schmuck. Alles war vorbereitet, aber als sie ihre Mutter in ihre Pläne einweihte und um Hilfe bat, weigerte diese sich.

»Was soll der Unsinn? Dein Mann liebt dich, und du hast es gut bei ihm, denk an Rebecca. Willst du ihr das alles wegnehmen, nur weil er dir mal eine Ohrfeige gibt? Provozier ihn nicht, dann hört das schon auf.«

So hatte ihre Mutter mit ihr geredet und hinzugefügt, auch sie habe die Schläge ihres Mannes ertragen, ihre Tochter solle nicht aus einer Maus einen Elefanten machen.

Die Psychologin hatte ihr schon gesagt, dass in den meisten Fällen die Mütter ihre Türen verschlossen hielten. Anna hatte gehofft, ihre Mutter würde anders reagieren.

Doch sie dachte an ihr kleines Mädchen, das sie nicht enttäuschen wollte, und gab nicht auf. Niemals sollte Rebecca wieder eine solche Szene miterleben müssen. Sie waren bereit für eine neue Zukunft, sie hatten ein Geheimnis, einen Plan, eine Mission. Sie hatten sich auf der Italienkarte eine große Stadt ausgesucht, in der sie gut untertauchen konnten und unter den vielen Menschen nicht auffallen würden. Übers Internet hatte sie auch eine Mietwohnung gefunden, die Kaution bezahlt und den Vertrag unterschrieben.

Der Entschluss wegzugehen setzte bei Anna ungeahnte Kräfte frei. An einem Morgen Ende Dezember, nachdem ihr Mann in die Klinik gefahren war, lud sie einen Mietwagen voll und zog mit Rebecca in die neue Wohnung. Eine Woche zuvor hatte sie ihr Auto verkauft, in der neuen Stadt einen Gebrauchtwagen erworben und wieder Arbeit als Krankenschwester gefunden. Nicht in einem Krankenhaus, denn ihr Mann war ein bekannter und angesehener Chefarzt, er hätte sie sofort ausfindig gemacht. Sie arbeitete jetzt als Pflegerin, die ins Haus kam; drei Nächte und zwei Nachmittage in der Woche betreute sie alte Menschen.

Dies sei ihre kleine Geschichte, schloss Anna, nichts Besonderes. Sie habe inzwischen gelernt, dass es sehr viele Frauen in ihrer Lage gebe.

»Aber du bist eine der wenigen, die es geschafft haben«, sagte Giulia.

»Das hatte ich auch gedacht. Aber nun hat mein Mann mich gefunden.«

Er hatte einen Privatdetektiv beauftragt, der nur zwei Monate gebraucht hatte, um sie aufzuspüren. Ihr Mann hatte an der Tür geklingelt und gelächelt, als sie geöffnet hatte.

»Ciao, meine Liebste«, sagte er, »du hast mir gefehlt.«

Es klang weder scharf noch bedrohlich, er schien es ehrlich zu meinen, wirkte sogar aufrichtig zerknirscht, also ließ sie ihn in die Wohnung.

Er stand im Eingangsflur und erklärte, er habe nun verstanden, dass er im Unrecht gewesen sei, er wolle eine Therapie machen, er bäte sie um Verzeihung und werde ihr beweisen, dass er sich ändern könne. Sie und Rebecca würden ihm fehlen, er wisse, dass er keinen Anspruch auf das Mädchen habe, nicht einmal auf sie, aber er bat sie inständig, wieder nach Hause zu kommen.

Anna zögerte, seine Worte blieben nicht ohne Wirkung. Rebecca aber durchbrach den Zauber.

»Geh bloß weg!«, sagte sie zu ihrem Stiefvater. »Mama geht es ohne dich sehr gut!«

Sie stand im Wohnzimmer, ihre Zimmertür war offen gewesen, sie hatte alles gehört.

Er kniff die Augen zusammen, ballte die Fäuste, und zum ersten Mal machte er sich über das Mädchen her. Anna schrie, Rebecca solle weglaufen, und krallte sich an seinem Rücken fest. Er drehte sich um, schlug auf sie ein und stieß sie zu Boden. Anna rief um Hilfe und tastete nach dem Telefon in ihrer Handtasche, während sie aufzustehen versuchte, doch er schlug ihr wieder hart ins Gesicht, und diesmal fiel sie gegen die Kante der Kommode, die im Flur stand. An viel mehr konnte sie sich nicht erinnern, ein Tritt in den Bauch und das knirschende Geräusch ihres Mobiltelefons unter seinem Schuh. Dann hatte sie das Bewusstsein verloren.

Giulia schwieg einen Moment. »Warum hast du ihn eigentlich nie angezeigt?«, fragte sie dann.

Anna sah sie etwas ratlos an. Wenn Frauen ihre Scham überwunden und sich endlich entschlossen hätten, ihren Mann anzuzeigen, würden sie in dem langen Verfahren entmutigt. Oft genug müssten sie sich rechtfertigen und erklären, warum ihr Mann so in Wut geraten sei, und am Ende käme nichts dabei heraus. Es gäbe auch wenig Möglichkeiten, die Frauen vor weiteren Gewalttaten zu schützen. Am wirkungsvollsten wäre noch ein Selbstmord, dadurch könne man am besten die Gewalttätigkeit von Männern an die Öffentlichkeit bringen.

Giulia ließ nicht locker. »Nun gut, aber warum zeigst du ihn jetzt nicht an? Warum erzählst du, du wärest hingefallen, warum schützt du diesen Kerl auch noch?«

Anna schloss einen Moment die Augen. Eine dicke Träne lief ihr die Wange herunter und sickerte ins Kopfkissen.

»Ich werde mich gegen ihn nicht durchsetzen können«, sagte sie leise. »Und ich habe Angst, was dann passiert.«

43

Als Anna eingeschlafen war, machte Giulia sich auf den Weg nach Hause. Am nächsten Morgen wollte sie wiederkommen, um ihre Nachbarin abzuholen.

Giulia sprang in ein Taxi und lehnte sich ins Polster zurück, während die Stadt an ihr vorüberzog. Sie sah die Autos auf der Nebenspur, die Lichter in den Häusern. Sie sah Leute, die die Bürgersteige entlanggingen, andere, die an der Bushaltestelle standen oder die Straße überquerten. Lauter Menschen, die lebten, die auf etwas warteten oder zu einer Verabredung eilten, Menschen, die ankamen oder fortgingen. Dann dachte sie an die Menschen, die in ihrer Wohnung vor dem Fernseher saßen oder stritten, Menschen, die schrien und andere schlugen, Menschen, die weinten oder sich schämten.

Sie alle waren Nummern, Daten, Zielgruppen. Etwas, was man analysierte und mit einem Slogan oder einer Werbekampagne zu erreichen versuchte. Menschen, die man manipulierte, die man dazu bringen konnte, im Aufzug zu singen, vor einem Schaufenster zu träumen, oder dazu, industriell hergestellte Nahrung zu essen, sich mit chemischer Seife zu waschen, sich für Dinge zu begeistern, die en vogue waren, oder sich mit alkoholischen Getränken zu benebeln. Menschen, die glaubten, dies alles sei ihre freie Entscheidung.

Giulia hätte sich gewünscht, etwas für diese Menschen zu empfinden, aber es gelang ihr nicht. Ohne ein Gesicht oder eine Geschichte versanken sie alle nur in theoretischer Bedeutungslosigkeit, wogten im Meer der manipulierbaren Masse.

Giulia hatte sich für humanitäre Ziele begeistert, hatte Werte verteidigt und sich gegen die Ungerechtigkeit der Welt empört, immer aus tiefer Überzeugung und doch sehr theoretisch. Sie hatte stets klare Positionen bezogen, aber all das aus sicherer Distanz.

Bis sie eines Tages ein Mädchen um ein Märchen gebeten hatte.

Als das Taxi sie vor der Haustür absetzte, war die Liste der Fragen, die Giulia sich gerade selbst stellte, noch lange nicht abgeschlossen. Tief in Gedanken erreichte sie den dritten Stock und wäre fast in den Armen ihres Nachbarn gelandet. Er hatte sich einen Stuhl zwischen Annas und Giulias Wohnung gestellt und saß schweigend da.

»Leone! Was machen Sie denn da?«

Er warte darauf, dass das Mädchen wiederkäme, erklärte er verlegen. Wenn sie nach Hause käme und ihre Mutter wäre nicht da, dann würde sie sicher Angst bekommen. Giulia hätte ihn am liebsten umarmt, aber sie begnügte sich damit, ihm die Hand zu geben.

»Wir haben sie gefunden, Leone. Sie war auf meinem Balkon, und jetzt ist sie mit Lorenzo bei mir in der Wohnung. Es tut mir leid, ich dachte nicht, dass Sie …«

Er stand langsam auf und winkte ab. »Ach, was geht mich das schon an.«

Giulia sah mit leicht schlechtem Gewissen zu, wie Leone den Stuhl nahm und zu seiner Tür hinüberschlurfte. Wie hätte sie denn ahnen können, dass der alte Mann plötzlich solchen Anteil an der Sache nahm. Als er die Tür öffnete, wandte er sich noch einmal zu Giulia um.

»Ich hatte die Ohrstöpsel drin, um meine Ruhe zu haben, deswegen hab ich nicht mitbekommen, was nur wenige Meter von mir passiert ist. Wegen der Ohrstöpsel.«

»Ich weiß«, entgegnete Giulia.

Der alte Schauspieler zeigte ein trauriges Lächeln. »Sagen Sie dem Nachtgeschöpf, dass ich auch viele Geschichten kenne. Wenn sie will, kann ich sie ihr erzählen.«

»Wollen Sie mir meine Rolle wegnehmen?«

Leone schüttelte den Kopf, und sie nickten sich freundlich zu, bevor er die Tür hinter sich zuzog. Als Giulia in die Wohnung kam, taute Lorenzo gerade zwei Pakete Gnocchi alla romana auf, während Rebecca auf dem Sofa schlief. Sie hatte ihn vom Krankenhaus aus angerufen, als sie sich auf den Weg machte, und war davon ausgegangen, dass er gleich gehen wollte, wenn sie zurückkam, weil er an diesem Abend noch etwas vorhatte.

Stattdessen trat er ihr als der perfekte Hausmann gegenüber.

»Du kannst noch schnell duschen, dann gibt es Essen.«

Eine halbe Stunde später saßen sie am Tisch. Sie aßen die Gnocchi und redeten leise, um das Mädchen nicht zu wecken.

Sie redeten und redeten. Von Anna, von Leone und dem Nusskuchen, von den Vorfällen hier auf der Etage, von der unterdrückten Wut, dem Unverständnis und Schweigen der Anwesenden, vom Krankenhausgeruch und den alten Leuten, die dort saßen, von Würde, Mut und der Frage, wie das alles passieren konnte.

Die Frage, die sie eigentlich beschäftigte, stellte sie ihm nicht noch einmal, und er gab ihr auch keine Antwort.

44

Als Rebecca aufwachte, war Lorenzo schon fort.

»Hallo«, sagte Giulia, die auf dem Teppich saß, den Rücken ans Sofa gelehnt, ein Buch in der Hand und neben sich einen Becher Tee.

»Hallo«, antwortete Rebecca, rieb sich die Augen, blickte in das warme Licht der Stehlampe und erkannte langsam, wo sie sich befand. Wenige Sekunden später erinnerte sie sich an alles, was passiert war.

»Wo ist Mama?«, fragte sie.

»Heute Nacht bleibt sie noch im Krankenhaus, aber es geht ihr gut, und morgen kann sie wieder nach Hause.«

Das Mädchen schien nachzudenken. Sie war daran gewöhnt, nachts allein zu sein, aber diesmal war es etwas anderes. Dass ihre Mutter nicht da war, hatte einen anderen Grund als sonst. Die Nacht war bedrohlicher, und sie hatte größere Angst. In dieser Nacht wollte sie auf keinen Fall allein bleiben.

Giulia hatte ihr Buch und den Teebecher auf den Sofatisch gestellt, war aufgestanden und machte sich an der Mikrowelle zu schaffen.

»Hast du Hunger? Ich habe dir Gnocchi alla romana aufgehoben. Magst du das?«

Rebecca beschloss, ihr Anliegen auf später zu verschieben. Sie hatte einen Riesenhunger.

Während sie das Essen aufwärmte, erzählte Giulia ihr von Leone, der im Flur auf sie gewartet hatte und sogar angeboten hatte, Rebecca demnächst auch Märchen zu erzählen. Sie erzählte von dem besten Nusskuchen der Stadt, den sie mit ihrer Mutter gegessen hatte. Sie erzählte, wie man sich als Strichmännchen in eine Phantasiewelt begeben und dort Bücher lesen, Filme sehen und ins Theater gehen konnte. Sie schenkte ihr Sahnebonbons und versuchte sie aufzuheitern.

»Willst du morgen überhaupt in die Schule gehen?«, fragte sie, als Rebecca ihre Gnocchi aß.

Rebecca schüttelte den Kopf, sie wollte lieber ihre Mutter sehen.

Giulia nickte. Sie wäre an Rebeccas Stelle auch nicht gern in die Schule gegangen, erklärte sie. Aber das Krankenhaus sei ein trauriger Ort, sie würde sie dahin nicht mitnehmen. Aber sie könne hier in der Wohnung bleiben, bei Talib, mit dem sie viel Spaß haben würde, sagte sie, zeigte dem Mädchen die Haushaltskarten und wählte ein paar aus, die sie am Kühlschrank befestigte.

Rebecca wollte mehr über die Karten wissen, und Giulia erzählte ihr, dass Lorenzo sie gezeichnet habe. Dann überlegten sie gemeinsam, ob er an alle notwendigen Arbeiten gedacht habe. Rebecca meinte, es fehle das Putzen der elektrischen Zahnbürste, das Zusammenlegen der Wäsche, Deckel zum Verschließen der verschiedenen Pasta-Sorten. Sie waren sich einig, dass Lorenzo einiges vergessen hatte, und lachten vergnügt.

Rebecca fand, dass jetzt der richtige Moment gekommen war. Sie nahm ihren Mut zusammen und stellte die Frage, die ihr die ganze Zeit schon auf dem Herzen lag:

»Kann ich denn heute Nacht hier bei dir bleiben?«

Giulia machte gerade die Karten mit den Kühlschrankmagneten fest. »Dachtest du etwa, ich schicke dich heute Nacht zum Schwefelhölzchen-Verkaufen auf die Straße?«, sagte sie.

Rebecca schüttelte den Kopf. Die Angst war vorüber, und plötzlich kamen die Tränen. Sie schlang ihre Arme um Giulias Taille. »Danke«, flüsterte sie, und dann fing sie an zu schluchzen. Sie wollte gar nicht weinen, und bisher hatte sie es geschafft, die Tränen zurückzuhalten. Jetzt aber ließ sie ihnen freien Lauf.

Giulia blieb einen Moment stehen. Dann legte sie die Karten und Magneten vorsichtig auf die Küchenbank und nahm Rebecca fest in die Arme.

Als die letzten Schluchzer den kleinen Körper erschütterten, reichte sie Rebecca ein Taschentuch, hielt sie aber weiter fest.

»Der Verkauf von Schwefelhölzchen auf der Straße hält sich heutzutage sehr in Grenzen, weißt du. Das wäre nicht gerade ein Bombengeschäft für mich, also können wir's auch lassen.«

Rebecca lachte. Giulia schloss die Augen, ohne dass die Kleine es sah, und atmete erleichtert auf.

»Was hältst du davon, wenn wir jetzt rübergehen und deinen Pyjama holen?«, fragte sie.

Kurz darauf schlüpfte Rebecca unter Giulias Bettdecke.

»Erzählst du mir von Zorro?«

Giulia hielt gerade eine Stapel sauberer Handtücher im Arm und sah sie überrascht an.

»Hatte ich dir denn versprochen, von ihm zu erzählen?«

»Ja, hast du«, log Rebecca. »Du hast gesagt, als du klein warst, da warst du in ihn verliebt.«

Giulia legte die Handtücher auf das Regal neben dem Bett und setzte sich zu ihr.

»Also. Da war einmal eine Art Ritter, der sich schwarz anzog, auf seinem Pferd durch die Welt galoppierte, gegen die Bösen kämpfte und überall ein Z hinterließ. Ein ganz wichtiges Zeichen. Ich fand ihn einfach nur großartig. Er sah wahnsinnig gut aus, hatte Sinn für Gerechtigkeit und wusste immer, worauf es ankam.«

»Aber es gab ihn nicht wirklich, oder«, sagte Rebecca kichernd.

»Da bin ich mir nicht so sicher, also pass auf, was du sagst. Zorro könnte viel wirklicher sein als der Weihnachtsmann oder Batman.«

Giulia schmunzelte.

»Jedenfalls war ich fünf oder sechs und liebte ihn wie verrückt. So sehr, dass ich gern er gewesen wäre. Er war mein Vorbild und der beste Held, den ich mir denken konnte. Zorro fackelte nicht lange, er kam immer gleich zur Sache, und das fand ich super. Oft träumte ich davon, mich auch schwarz anzuziehen, mit meinem Degen gegen die Bösen zu kämpfen, mein Zeichen zu hinterlassen und dann im Galopp davonzureiten.«

Rebecca unterdrückte ein Gähnen und sah sie interessiert an. »Hättest du dann ein Z oder ein G hingeschrieben?«

Giulia blieb ernst. »Um dieses Problem wollte ich mich später kümmern, damals kam es mir richtig vor, Zorros Symbol zu verwenden und überall ein Z zu hinterlassen. Heute würde man das Marketing nennen. Ich war wohl schon damals dafür bestimmt, Werbung zu machen. Es gab Zorro übrigens wirklich. Er wusste auch, wer ich war. Er fragte immer nach mir und kam oft vorbei, um mich zu begrüßen.«

Rebecca riss die Augen auf, und Giulia reckte das Kinn und sah sie herausfordernd an.

»Er hatte Kontakt zu meiner Mutter. Sie wusste alles über ihn, über sein Leben, seine Reisen, einfach alles. Sie wusste, dass Zorro in Italien lebte und mich sehr gern hatte, dass er fragte, wie es mir ging, und fragte, ob ich auch lieb gewesen war, ob ich meine Spielsachen aufgeräumt und vor dem Schlafen die Zähne geputzt hatte und ob ich auch mein Gemüse gegessen hatte. Ich war immer ein bisschen überrascht, dass ein so vielbeschäftigter Mann sich dafür interessierte. Daran könne man sehen, wie wichtig ich ihm sei, sagte meine Mutter immer.

Zorro wohnte in einem Schloss in Florenz, zu dem sie mindestens einmal im Jahr mit mir fuhr. Aber er hatte auch ein kleines Schloss hier in der Stadt, um näher bei mir zu sein. Ein alter Brunnen in einem Park war der geheime Eingang zu Zorros Schloss.«

»Hast du ihn denn je gesehen?«

»Genau das ist das Traurige an dieser wunderbaren Geschichte. Immer wenn Zorro vorbeikam, war ich abgelenkt und kam zu spät, um ihn zu treffen. Ich habe meine ganze Kindheit nach ihm gesucht, und das Herz hat mir bis zum Hals geklopft. Ich war im Park, spielte gerade mit den Fröschen im Teich, und meine Mutter rief: ›Giulia, komm schnell, Zorro ist hier!‹ Ich überschlug mich fast, ließ alles stehen und liegen. Aber dann war er nicht mehr da, war gerade wieder los und ließ mich herzlich grüßen.

Auch in seinem Schloss in Florenz ist er mir immer entwischt. Ich kam dorthin und war sehr aufgeregt und fragte den Mann am Eingang nach ihm. Er redete mit mir, nachdem er ein Zeichen mit meiner Mutter ausgetauscht hatte, das Zeichen derer, die das Geheimnis von Zorro kannten. Dann sagte er, Zorro habe leider in dieser Sekunde wegreiten müssen. An einem Tag hieß es, er sei bei Freunden zum Essen, aber er lasse mir die besten Grüße ausrichten. An einem anderen Tag war er da und beinahe wäre ich ihm begegnet. Ich war mit meiner Mutter auf der Mauer und sie sah, wie Zorro aus dem Stall herausgaloppierte und über die Zugbrücke ritt. Sie rief mir zu, ich solle mich beeilen. Ich spielte gerade auf der anderen Seite auf den Zinnen und rannte los, aber er war schon um die nächste Biegung geritten. Dieser Mann war immer auf dem Sprung. Aber er hatte meiner Mutter noch ein Zeichen gegeben, dass sie mich herzlich von ihm grüßen sollte.«

Rebecca war noch unentschieden, ob sie diese Geschichte glauben sollte, schlug sich dann aber auf Giulias Seite. »Konnte deine Mutter ihn denn nicht bitten, stehenzubleiben?«, fragte sie.

»Ja, aber er musste die Welt retten und hatte keine Zeit zu verlieren.«

Das war ein überzeugender Grund.

»Eines Tages, als ich groß genug war, um nicht mehr an den Osterhasen oder die Zahnfee zu glauben«, fuhr Giulia fort, »lernte ich in Florenz einen Jungen kennen. Er gefiel mir, wir waren auf einem Seminar über italienische Literatur, es war etwas Ernstes. Ich war sechzehn, ging aufs Gymnasium, las viele Bücher, interessierte mich für kulturelle Dinge und erwartete schon lange nicht mehr, dass Zorro nach mir fragte oder mir schöne Grüße bestellte. An der Existenz dieser legendären Gestalt hatte ich allerdings nie gezweifelt. Als mir der Junge erzählte, er komme aus Florenz, war ich ganz begeistert und fragte ihn, ob er in Zorros Schloss gewesen sei.

»Und war er da gewesen?«

»Nein, denn Zorros Schloss hat es nie gegeben.«

Rebecca setzte sich auf: »Aber du warst doch da!«

»Ich war in einem Schloss gewesen, das Belvedere hieß, aber das hatte mit Zorro nichts zu tun. Ich bin zu meiner Mutter gerannt, die auch auf diesem Seminar war, und habe wie wild geschrien. Sie dachte schon, etwas Furchtbares sei passiert. Als sie begriff, dass es nur um Zorro ging, brach sie in Lachen aus. ›Hast du etwa immer noch daran geglaubt?‹, fragte sie mich.«

Giulia und Rebecca widmeten dieser Enttäuschung eine Schweigeminute.

»Hat dir deine Mutter also etwas vorgelogen?«, fragte Rebecca zaghaft.

»Sagen wir, sie hat versucht, mich ein Märchen erleben zu lassen, und später vergessen, mir zu sagen, wie es wirklich war.«

Immer diese komische Art der Erwachsenen, mit Kindern umzugehen, dachte Rebecca.

»Und Zorro?«

Giulia zuckte mit den Schultern. »Na ja. Es gibt ihn wohl nicht wirklich«, sagte sie wenig überzeugt.

Rebecca, die erst vor wenigen Minuten gelernt hatte, an den schwarz gekleideten Helden zu glauben, gab nur ungern die Idee einer Welt ohne Zorro auf.

»Ich denke, es ist wie mit den Feen«, sagte sie schließlich. »Wenn man an sie glaubt, gibt es sie.«

45

Ja, sie hätte über Nacht dableiben sollen, bestätigte die Krankenschwester ihm, aber sie sei vor kurzem gegangen. Normalerweise würden die Leute erst später entlassen, doch die Frau von Zimmer 12 habe alle Papiere unterschrieben und sei jetzt nicht mehr da. Sie hätte keine lebensbedrohlichen Verletzungen gehabt, deshalb hätte es auch keinen Grund gegeben, sie noch länger dazubehalten.

Nein, sie sei allein weggegangen, sagte die Stationsschwester. Normalerweise gebe sie solche Informationen nicht weiter, aber sie könne einschätzen, wann sie eine Ausnahme machen dürfe, und tue es gern, wenn sie besorgte Angehörige auf diese Weise beruhigen könne.

»Machen Sie sich keine Sorgen, sie ist sicher schon zu Hause«, sagte sie und beneidete die Patientin von Zimmer 12 um diesen vornehmen und gutaussehenden Ehemann.

Er habe sich frei genommen und sei gleich hergekommen, nachdem er von ihrer Einlieferung ins Krankenhaus erfahren habe, erklärte er. Dann bat er darum, mit dem behandelnden Arzt zu sprechen, er sei ein Kollege.

In Krankenhäusern war das Wort »Kollege« ein Zauberwort, und wenn man selbst Arzt war, öffneten sich einem alle Türen. Man erhielt Informationen, Diagnosen und Befunde und musste sich nicht einmal ausweisen. Es reichte, selbstbewusst das Wort »Kollege« auszusprechen, mit jener Entschiedenheit, die nur Ärzte besitzen, um alles zu erfahren, was man wissen wollte.

Die Ärztin, die seine Frau betreut hatte, war an diesem Morgen nicht im Dienst, die Nachtschwestern waren auch schon weg, aber die Stationsschwester bot ihm an, dass er mit der Chefärztin sprechen könne, die ihn sicher ins Bild setzen würde.

Die Chefärztin wurde informiert und erschien kurze Zeit später. Sie hätten nichts von seinem Kommen gewusst, meinte sie, sonst hätten sie die Patientin überzeugt, noch dazubleiben.

»Kein Problem, erzählen Sie mir bitte nur, was mit meiner Frau passiert ist«, sagte der Mann.

Offenbar sei die Patientin gestürzt, erklärte die Ärztin, doch die Verletzungen seien wenig typisch für einen Sturz gewesen, fügte sie hinzu, nachdem sie in die Akte geschaut hatte.

Der Mann senkte den Blick und schüttelte besorgt den Kopf. »Dass sie schon wieder damit angefangen hat.«

Dann erzählte er, in den letzten Monaten habe er den Eindruck gehabt, dass es seiner psychisch labilen Frau besser gehe, aber diese Sache beweise ihm leider das Gegenteil.

Die Ärztin hörte sich seine Geschichte schweigend an.

Sie hätten sich vor kurzem getrennt, erklärte er, nur vorübergehend, in der Absicht, ihre Ehe aufzufrischen, vorausgesetzt, seine Frau mache eine Therapie. Ihre Probleme hätten überhandgenommen und sie beide völlig fertig gemacht. Alles habe vor sieben Jahren begonnen, da waren sie grade frisch verheiratet, und alles sei so perfekt erschienen, ein glückliches Paar, ein reizendes kleines Mädchen aus der ersten Ehe seiner Frau, das er wie seine eigene Tochter angenommen hätte, eine ungetrübte Zukunft. Ihre Krankheit sei eines Abends ganz plötzlich ausgebrochen, zuerst waren die Symptome eher harmlos, nur etwas unangenehm, dann wurden sie immer stärker, bis es ihr Leben ruiniert hätte. Seine Frau habe in ihrer Paranoia überall Feinde gesehen, vor denen sie habe fliehen müssen, und sie habe sich immer häufiger selbst etwas angetan. Ihre Feinde hinterließen Spuren als Beweis ihrer Existenz. Sie hätten den Körper, das Gesicht und die Stimme ihres Mannes angenommen, und so sei er offenbar zu ihrem schlimmsten Feind geworden, jemand, vor dem man sich schützen, vor dem man fliehen müsse und der der Urheber all jener violetten Blessuren sei, die überall an ihrem Körper zu sehen seien.

Die Ärztin las noch einmal den Bericht und sah ihn dann bestürzt an. »Wollen Sie damit sagen, sie hat sich die ganzen Verletzungen selbst zugefügt?«

»Ja, leider«, sagte er, und seine Stimme klang rau und ängstlich.

»Das tut mir sehr leid«, sagte die Chefärztin. Sie verabschiedete sich von dem unglücklichen und höflichen Mann und sah ihm nach, als er mit hängenden Schultern die Klinik verließ. Sie war nicht wirklich überrascht. Im Krankenhaus begegnete man den unglaublichsten Schicksalen. Wenn man ein paar Jahre in der Notaufnahme gearbeitet hatte, wunderte man sich über gar nichts mehr.

46

Giulia hätte sich niemals vorstellen können, dass sie einmal um sieben Uhr morgens von der Türglocke geweckt werden würde. Anna hatte nicht warten können, bis sie ins Krankenhaus kam, um sie abzuholen. Sie wollte ihre Tochter sehen, sich frisch machen und einfach nur durchatmen, in einer Atmosphäre ohne Sterilität und Desinfektionsmittel.

Plötzlich ging es in Giulias Wohnung zu wie in einem startbereiten Flugzeug: brennendes Licht, das Geplauder von Rebecca, hochgezogene Rollläden, die Badezimmertür, die auf- und zuklappte, das Scheppern von Tassen, Worte, die hin und her flogen, der Geruch von Kaffee. Draußen war es noch dunkel, und hier schien es schon heller Tag zu sein, zu einer Uhrzeit, in der Giulia normalerweise noch gar nicht ansprechbar war.

Sie hatte Frühstück gemacht, auf Talib gewartet, um sie einander vorzustellen, und Anna dann das Versprechen abgenommen, bei ihr in der Wohnung zu bleiben, heute und vielleicht auch in den nächsten Tagen. Anna hatte immer noch Angst, und das hatte die Verhandlungen mit ihr leichter gemacht.

Giulia verließ die Wohnung und lief die Treppen hinunter. Bald würde sie im Büro sein. Heute wollte sie sich weiter mit dem Coso beschäftigen.

Vor der Haustür begegnete sie einem Mann. Er war elegant, frisch rasiert, parfümiert und schenkte ihr einen wohlwollenden Blick. Einer der Männer, die immer Kakaobutter in der Tasche hatten, um raue Lippen zu pflegen. Sie meinte ihn noch nie hier gesehen zu haben, aber etwas an ihm kam ihr vertraut vor.

Sie lächelte ihm zu, er lächelte sie an, sie nickten einander höflich zu, und dann ging jeder in seine Richtung. Giulia ins Büro, der Mann ins Haus.

Giulia eilte zügig die Straße entlang, nicht weil sie es wirklich eilig hatte, sondern weil es ihrem Temperament entsprach. Ihre Gedanken umkreisten noch kurz den gutaussehenden Mann vor dem Haus. Vielleicht waren sie sich doch schon mal im Hausflur begegnet, wahrscheinlich wohnte er nicht hier und wollte jemanden besuchen. Dann wanderten ihre Gedanken weiter. Ob Lorenzo schon im Büro war? Vielleicht hatte er sich schon etwas für die Bilder überlegt. Ja, etwas an diesem Mann war ihr vertraut. Sie könnte noch etwas Nusskuchen kaufen und diesen zusammen mit Lorenzo essen, während sie die Andrucke für die Tiefkühlkostwerbung durchsahen. Den anderen hatten sie ja gestern Abend mit Anna im Krankenhaus aufgegessen. Nachdem sie Anna am Boden liegend gefunden hatte. Irgendetwas an diesem Mann kam ihr bekannt vor. Jetzt wusste sie plötzlich, was es war. Sie sah alles wieder vor sich: Anna ohnmächtig am Boden, das Halbdunkel der Wohnung, die halboffene Tür, die Fotos auf dem Boden. Ihr Herz machte einen Satz.

Die Fotos auf dem Boden.

Giulia blieb abrupt stehen. Sie hatte den Mann auf den Fotos gesehen, neben ihm Anna im Hochzeitskleid. Sie rannte die Straße zurück, betrat atemlos den Hausflur und nahm zwei Stufen auf einmal, um in den dritten Stock zu gelangen. Er ging gerade die Treppe nach oben und lächelte ihr wieder zu. Sie lächelte nicht.

»Suchen Sie jemanden?«, fragte sie.

Der Mann sah sie an, immer noch lächelnd, und setzte seinen Weg nach oben fort.

»Ich will zu meiner Frau. Seit zwei Tagen rufe ich sie an und sie antwortet nicht, da habe ich mir Sorgen gemacht. Sie wohnt in der dritten Etage. Sie heißt Anna. Kennen Sie sie?«

»Ja, ich kenne sie«, sagte Giulia und sah ihm starr in die Augen.

Der Mann beugte sich vertraulich zu ihr herüber und sagte mit leiser Stimme: »Vielleicht können Sie mir sagen, wie es ihr geht. Ich habe gehört, dass sie wieder einen ihrer Anfälle hatte …«

Die Anfälle, die Paranoia, all die Jahre, in denen seine kranke Frau gegen Feinde kämpfte, die es nicht gab, die blauen Flecken und Selbstverletzungen, der Schmerz über die zerstörte Ehe. Dies alles erzählte er Giulia mit besorgter Miene in dem marmornen Treppenhaus und bat sie um Hilfe.

»Wir sind seit ein paar Monaten getrennt. Ich hoffe immer noch, dass Anna sich besinnt und wieder nach Hause kommt. Ich hatte gehofft, durch den räumlichen Abstand würde alles vielleicht leichter für sie werden, aber dann habe ich von diesem neuen Anfall erfahren und bin sofort gekommen.«

Giulia beobachtete den Mann, während er seine verzweifelte Geschichte erzählte. Da gab es keine Unsicherheiten, die Handflächen zeigten nach oben, ein direkter offener Blick, in seiner Stimme lag Besorgnis, aber er wirkte absolut vertrauenswürdig. Der Mann schien ehrlich zu sein. Vielleicht war er es tatsächlich.

Das war eine ganz andere Version, in vielerlei Hinsicht. Aber es lag nicht an Giulia zu entscheiden, wem sie glaube sollte, sie hatte nicht über diese Sache zu urteilen. Sie hatte Rebecca vor der Wirklichkeit geschützt, wie auch immer diese aussah. Und aus dieser Perspektive war es einfacher herauszufinden, auf welche Seite sie sich stellen sollte.

Sie wisse, was geschehen sei, erklärte sie dem Mann. Anna habe sich verletzt und sei zur Beobachtung über Nacht im Krankenhaus geblieben, es sei aber nichts Schlimmes. Sie sei aber nicht zu Hause, sondern mit ihrer Tochter für ein paar Tage zu einer Freundin gefahren.

»Mehr weiß ich leider nicht«, schloss Giulia.

Sie blieben eine Weile schweigend im Treppenhaus stehen. Schließlich verabschiedete er sich.

Gemeinsam gingen sie die Treppe hinunter und nach draußen, Giulia zog die Haustür hinter sich zu und sah, wie der Mann sich allmählich entfernte. Dann warf sie einen Blick auf ihr Telefon, prüfte, ob ihre Schlüssel in der Handtasche waren, und machte sich auf den Weg ins Büro.

47

Als die Türglocke läutete, saß Anna gerade auf dem Sofa neben Rebecca und half ihr bei den Geographieaufgaben. Talib war im Bad und befreite die Wasserhähne vom Kalk. Ihre Blicke begegneten sich und sie verstanden sich ohne ein Wort. Die Gäste verschwanden im Schlafzimmer, der junge Mann zog die Gummihandschuhe aus und öffnete die Tür.

Draußen stand ein gutgekleideter Mann und lächelte.

»Guten Tag, ich wollte zu der Frau, die hier nebenan wohnt, aber ich habe gehört, sie sei zu einer Freundin gefahren. Hat sie zufällig die Adresse hiergelassen?«

Talib, der inzwischen recht gut Italienisch konnte, behielt in manchen Fällen die Rolle des Ausländers gerne bei: Dann musste er nicht so viel reden, und die Leute ließen ihn in Ruhe.

»Ich nicht weiß, ich nicht kenne«, sagte er mit verständnislosem Gesichtsausdruck.

Der elegante Mann lächelte nun nicht mehr, ein Lächeln war an so eine Person nur verschwendet. Er seufzte, als koste Talib ihn eine Engelsgeduld.

»Die Frau«, sagte er noch einmal und zeichnete ihre Gestalt in die Luft. »Sie wohnt hier nebenan«, fuhr er fort und zeigte auf Annas Tür. »Mit einem Mädchen«, fügte er hinzu und zeigte ihre Größe an.

Talib nickte, sagte aber nichts weiter.

Der Mann gab nicht auf. »Hast du sie gesehen?«

Talib, dem Giulia genaue Anweisungen gegeben hatte, schüttelte bedauernd den Kopf.

»Kann ich mit jemandem sprechen, der hier wohnt?«, fragte der Mann.

»Keiner da, ich Putzmann.«

Damit war das Gespräch zu Ende. Der Mann hob eine Hand, murmelte »Trotzdem danke«, und Talib schloss die Tür. Anna stand nur ein paar Meter entfernt im Schlafzimmer und rührte sich nicht. Sie war kreidebleich im Gesicht. Ihr Herz schlug rasend schnell. Sie hatte Angst, dass man ihren Herzschlag auf dem Flur hören konnte.

Auf Zehenspitzen ging sie zur Tür und horchte. Talib tat dasselbe, und sie versuchten die Geräusche, die von draußen zu ihnen drangen, zu deuten. Der Mann hatte jetzt bei Leone geklingelt, sie konnten die Stimme des alten Schauspielers deutlich hören. Das Publikum, das er früher einmal gehabt hatte, war natürlich größer als das auf dem Flur, aber er nutzte auch diese Gelegenheit, Atem und Zwerchfell zu trainieren.

»Im Krankenhaus … Ich weiß es nicht … Haben Sie es mal hier nebenan probiert? … Niemand da, ich habe keine Ahnung … Das Mädchen wird wohl in der Schule sein, vielleicht holt die Mutter sie dort ab … Versuchen Sie es doch am Nachmittag wieder.«

Dann hörten sie, wie die Tür ins Schloss fiel, und Schritte auf der Treppe, die sich rasch entfernten.

»Er weiß nicht, dass ihr hier seid«, sagte Talib in der Hoffnung, Anna zu beruhigen. Die Frau sah völlig verängstigt aus und atmete viel zu schnell.

»Er kommt wieder, ganz bestimmt, er gibt nicht auf und kommt sicher zurück, das weiß ich genau«, sagte Anna immer wieder und lief aufgeregt in der Wohnung umher. »Ich wusste, dass er wiederkommen würde.« Sie hielt einen Moment inne. »Wir müssen weg hier, ganz schnell weg!«

Rebecca ging zu ihrer Mutter und fasste nach ihrer Hand. »Hier sind wir aber in Sicherheit, Mama.«

Anna kniete sich hin und umarmte ihre Tochter. »Nein, er weiß, wo wir sind. Wir sind hier nicht mehr sicher. Es tut mir leid, mein Liebes, aber wir müssen hier fort, und zwar schnell.«

Sie stand auf, nahm die Bücher, Hefte und die wenigen Sachen, die sie hier hatten, nahm den Wohnungsschlüssel, ergriff Rebeccas Hand und ging zur Tür.

»Signora, sind Sie sicher?«, fragte Talib. »Wollen Sie nicht auf Giulia warten?«

»Danke, Talib, aber bisher habe ich es auch ohne Giulia geschafft.«

Anna ging hinaus und schloss ihre Wohnung auf. Rebecca folgte ihr ohne ein Wort. Im Schlafzimmer nahm Anna die Koffer vom Schrank, riss Sachen aus Kommoden und Schubladen und packte alles in Windeseile ein.

»Nimm das hier, pack deine Sachen, schnell!«, sagte sie zu Rebecca und zeigte auf eine leere Tasche.

Aber Rebecca wollte nicht. Sie wollte keine neue Wohnung, keine neue Stadt, kein neues Leben. Sie wollte nicht das Wenige, das sie hatte, zusammenpacken und in eine neue unbekannte Gegend schleppen. Sie wollte nicht das Kostbare, das sie sich erobert hatte, aufgeben. Sie wollte die Gute-Nacht-Frau nicht verlieren, die wahren Märchen, die Drachen von Daniele, die Haushaltskarten, die Lorenzo gezeichnet hatte, die Schulbank in der letzten Reihe. Und auch nicht die Brausebonbons der Direktorin, die seltsamen Reden von Signor Leone, das Seilspringen mit Elisabetta und den Kampf mit den Haarreifen-Mädchen.

»Ich will aber nicht weg«, sagte sie zu ihrer Mutter, die gerade Kosmetiksachen und Bücher in Einkaufstüten stopfte. Anna hielt inne und sah sie an, als hätte sie etwas Lebensgefährliches getan. Sie warf alles, was sie in den Händen hatte, auf das Bett, packte Rebecca an den Schultern und schüttelte sie.

»Was du willst oder nicht willst, interessiert mich nicht, ist das klar? Ich bin deine Mutter, und du tust jetzt gefälligst, was ich dir sage, verstanden?«

Rebecca bekam es mit der Angst zu tun, so hatte sie ihre Mutter noch nie erlebt. Sie hatte sie wütend, erschrocken, traurig gesehen, aber diesmal war es anders. Anna packte sie am Arm, schleifte sie in ihr Zimmer und befahl ihr, alles, was sie mitnehmen wollte, in Koffer und Tüten zu packen. Ohne Theater zu machen und ohne zu trödeln.

Sie zitterten beide, hatten beide Angst, waren beide verwirrt. Rebecca schluchzte, sie konnte vor lauter Tränen kaum etwas sehen und legte all ihre Sachen auf ihr Bett. Dann sah sie den Drachen, ihren Drachen, der nie mehr Winterschlaf hielt.

Sie ging mit dem Bild in die Küche, wo ihre Mutter

ein paar Teller zusammenpackte, nachdem sie den Kühlschrankinhalt in einer Kühltasche verstaut hatte.

»Das ist sehr praktisch«, sagte sie, als sie die Überraschung ihrer Tochter sah. »Wir können im Auto essen, solange wir noch nicht am Ziel sind.«

Wohin sie fuhren, wollte sie unterwegs überlegen. In eine andere Stadt, eine andere Region. Sie wussten jetzt, wie es ging, sie hatten es ja schon einmal geschafft, warum nicht ein zweites Mal? Rebecca blickte sich in der verwüsteten Wohnung um. Sie gingen also tatsächlich weg. Offenbar konnte sie ihrer Mutter nicht begreiflich machen, dass dies ihr Zuhause war.

»Mama, kann ich Giulia auf Wiedersehen sagen?«

Giulia. Diese Frau war überall. *Das ist Ihre Freundin Giulia. Warte, bis Giulia wiederkommt. Kann ich Giulia auf Wiedersehen sagen?* Es war, als könnte niemand mehr ohne Giulia klarkommen.

»Nein, Rebecca, du kannst Giulia nicht auf Wiedersehen sagen. Du musst packen. Dann gehen wir, finden eine neue Wohnung, und dann findest du schon andere Leute, die du magst.«

Sie würde sie bald vergessen, sie würden sich gegenseitig vergessen. Sie seien eine Frau und ein Mädchen, Wohnungsnachbarn, es gäbe keine Verwandtschaft und keine längere Bindung zwischen ihnen.

Anna ahnte, dass die Beziehung zu Giulia für ihre Tochter sehr wichtig und unzerstörbar war, das las sie in Rebeccas Augen, und sie hasste Giulia in diesem Moment dafür, dass sie ein so fester Halt für ihre Tochter war und sich diese so sehr an eine Fremde klammerte. Das alles musste aufhören. Sie beschloss, zu einer Notlüge zu greifen.

»Also schön, Rebecca. Was hältst du von folgendem Vorschlag. Wenn wir es schaffen, innerhalb von zwei Stunden hier wegzukommen, rufen wir heute Abend Giulia an, und sie kann dir eine der Geschichten erzählen, die du so magst, das verspreche ich dir. In Ordnung?«

Rebecca nickte, doch die Aussicht auf ein Telefonat genügte ihr nicht. Sie musste Giulia unbedingt sehen, um sie zu fragen, ob sie sich für immer gern haben könnten. Bis zum Abend waren es doch nur noch ein paar Stunden, das konnte nicht allzu viel ausmachen, und ohne sie würde ihre Mutter sowieso nicht weggehen.

Es war nicht schwer, unbemerkt die Wohnungstür zu öffnen und hinauszuschlüpfen. Rebecca ließ die Tür halb offen, um keinen Lärm zu machen, aber draußen auf dem Flur musste sie sich entscheiden. Oben auf der Treppe oder in Giulias Wohnung würde die Mutter sie sofort finden, und außerhalb des Hauses hatte sie Angst.

Ihr Blick fiel auf Leones Tür. Auch vor ihm hatte sie Angst, aber weniger als vor der Straße, vor unbekannten Menschen und der Kälte. Zögernd klopfte sie an.

Einen Augenblick später öffnete Leone die Tür und sah sie überrascht an.

Rebecca hielt das Bild vom Drachen wie einen Schutzschild vor sich, dann holte sie tief Luft.

»Giulia hat mir gesagt, Sie kennen sehr schöne Geschichten.«

Ein Lächeln huschte über das Gesicht des alten Schauspielers.

48

Sie wussten nicht, warum, sie verstanden auch nicht, was passiert war, aber als die Mädchen von der Haarreifen-Clique an diesem Morgen in die Schule kamen, spürten sie sofort, dass irgendetwas anders war als sonst. Irgendetwas war anders an den Blicken, dem verhaltenen Gemurmel, dem zögerlichen Gang der Schulkameraden.

Fiorenza ärgerte sich, dass sie nicht durchschaute, was vor sich ging, auch ihre Freundinnen fühlten sich nicht wohl in ihrer Haut, aber Fragen zu stellen, hätte bedeutet, zuzugeben, dass sie etwas nicht wussten. Die einzige Art, damit umzugehen, war, so zu tun, als interessiere sie das alles gar nicht. Früher oder später würde jemand zu ihnen kommen und ihnen erklären, was die Grüppchen vor den Klassenzimmern zusammenführte und die Neugier aller Schüler erregte. Sie sahen zerknüllte Blätter, hörten unterdrücktes Lachen, aber sie beherrschten ihre Neugier vollkommen. Keine stellte eine Frage, keine entfernte sich von der Gruppe, keine hörte auf zu lächeln. Wenn sie herausgefunden hätten, worum es ging, würden sie sagen, das sei alles dummes Zeug oder sie wüssten es schon längst – je nachdem wie wichtig es war.

Die Haarreifen-Mädchen gingen geschlossen über die

Flure, schwätzten und lachten mehr als sonst und kümmerten sich nicht um die amüsierten Blicke und die geflüsterten Worte. Sie waren an die bewundernden, scheuen, neidischen und manchmal ängstlichen Blicke der Mitschüler gewöhnt und nahmen sie stets hoheitsvoll zur Kenntnis. Niemals war ihnen Hohn oder Spott entgegengeschlagen. Aber diese Blicke hier waren völlig anders als sonst und an so etwas waren die Mädchen von der Haarreifen-Clique nicht gewöhnt.

In der Klasse setzten sie sich auf ihre Plätze und versuchten, das kleine, aber wachsende Gefühl von Verunsicherung, das in ihnen aufkam, zu beherrschen.

Ein Klassenkamerad ging an Fiorenza vorbei, baute sich vor ihr auf und strahlte wie ein Honigkuchenpferd. »Hast du's schon gesehen? Rebecca hatte doch Recht!« Dann lief er zu seinem Platz, ohne auf eine Antwort zu warten.

Es war auch gar keine Zeit für eine Antwort, denn die Lehrerin kam herein und begann mit dem Unterricht. Zwei endlos lange Stunden.

In der Pause stürzten alle wieder nach draußen und nahmen an etwas teil, was wie die Suche nach einem geheimen Schatz wirkte. Jemand kam aus der Toilette und erklärte, er hätte zwei aufgestöbert, andere fanden sie unter ihrer Bank, in ihren Büchern, am Schwarzen Brett, sogar auf den Kleiderständern. Es waren Hunderte Origami, in Form von Schiffchen, Flugzeugen, Fröschen oder Blumen, in der ganzen Schule verteilt, sie waren aus Papier, aber alles andere als harmlos. Wenn man sie entfaltete, sah man, dass sie aus Seiten von Märchen der

Brüder Grimm, von Perrault und Andersen bestanden. Wahre Märchen mit wahren Zeichnungen, hergestellt von jemandem, der sich dabei sehr amüsiert haben musste.

Die Kinder fanden unfähige Prinzen, schwangere Prinzessinnen, getötete Hexen, tote Meerjungfrauen, Menschenfresserköniginnen, geblendete Stiefschwestern, erstochene Ungeheuer, zerquetschte Frösche und dazu die Worte der Märchen, die genau das erzählten.

Wie bei einer Figurensammlung tauschten die Kinder die Blätter untereinander aus, lasen die Geschichten, setzten die Seiten zusammen, lachten über die Zeichnungen. Und gemeinsam amüsierten sie sich als Freunde der wahren Märchen über die Mädchen mit dem Haarreif, die sich anzogen wie dumme Prinzessinnen.

»Weißt du überhaupt, dass Rapunzel tatsächlich vor ihrer Heirat schwanger war?«, sagte ein Mädchen zu Fiorenzas bester Freundin.

»Und Schneewittchen hat das Stück Apfel ausgekotzt. Sieh mal hier, das kann man ganz deutlich sehen!«, erklärte ein Junge einem anderen Mädchen mit langen Haaren.

»Rebecca hatte Recht«, sagten sie, »die echten Märchen gingen genau so.« Sie hätten es Rebecca gern gesagt, aber die war heute nicht zur Schule gekommen.

Nachdem Fiorenza über den Flur gegangen war und begriffen hatte, was vor sich ging, brach sie in die erste Gruppe ein und riss einem Mädchen aus der dritten Klasse die Blätter aus der Hand. Mit wutverzerrtem Gesicht und einem verbogenen Haarreif stürzte sie sich auf Daniele, der in der Klasse geblieben war und auf seinem Stuhl saß.

»Du warst das! Du hast das gemacht, Schwachkopf!«

Einige Kinder traten hinzu. Daniele sah Fiorenza an und grinste. »Was habe ich gemacht?«

Da schrie Fiorenza los, wie sie noch nie geschrien hatte, sie sah aus wie eine Irre mit ihrem wirren Haar und den bebenden Lippen. »Die hier, du hast sie überall verteilt!«, keifte sie. Dann warf sie die zerknüllten Blätter auf seinen Tisch.

Daniele sah sich die Blätter einen Moment schweigend an. »So gut kann ich nicht zeichnen, Fiorenza«, erklärte er dann ruhig.

Das stimmte. Vielleicht würde er es können, wenn er groß wäre, aber so weit war er noch nicht. Auch die anderen Kinder sahen sich die Märchenzeichnungen an und dann die von Daniele. Nein, das war nicht von ihm. Sie schauten sich einvernehmlich an, und dann sagte einer das, was alle dachten:

»Das war die Gute-Nacht-Frau! Es gibt sie also doch. Sie hat die wahren Märchen in die Schule gebracht.«

Die Kinder nickten überzeugt.

»So ein Blödsinn! Es gibt kein Gute-Nacht-Frau, da steckt sicher Rebecca dahinter«, schrie Fiorenza aufgebracht. Ihre Freundinnen blickten verlegen zu Boden.

»Aber Rebecca ist heute doch gar nicht da. Sie kann es nicht gewesen sein«, entgegnete ein Junge.

Fiorenza schob alle zur Seite, die ihr den Weg versperrten, und ging an ihren Platz. Glücklicherweise war die Pause fast zu Ende. Mit schriller Stimme rief sie: »Ihr seid alle blöd, unglaublich blöd!«

Dann blieb sie schweigend an ihrem Pult stehen. Auf

ihrem Lesebuch wartete ein Papierdrache auf sie. Er war perfekt, bunt, still.

»Seht mal, auf Fiorenzas Lesebuch sitzt ein Drache!«, rief einer aus der Fünften.

Einige Kinder lachten, die meisten warteten gespannt, was nun passieren würde.

Fiorenza nahm das Buch und warf den Drachen voller Abscheu auf den Boden. Sie wollte ihn nicht anfassen. Der Drache schlug ein paar Kapriolen und flatterte auf den Fußboden. Jemand entfaltete ihn, und da sah man eine Zeichnung der Gute-Nacht-Frau.

Einen Moment hielten alle den Atem an, doch dann läutete es und die Schüler liefen in ihre Klassen. Jetzt konnten sie den anderen eine wahre Geschichte erzählen. Fiorenza zerknüllte das entfaltete Blatt und warf es wütend in den Papierkorb. Es war jetzt nur noch ein Stück Papier, alles andere aber konnte sie weder zerreißen noch vergessen machen.

Daniele lächelte zufrieden. Alles war genauso passiert, wie Lorenzo es vorhergesagt hatte.

49

Als Lorenzo kam, hatte Giulia das Konzept für den Coso schon geschrieben. *Lifereader. Wahrer als unsere Träume* nahm jetzt genau die Form an, in der er in die Vorstellung des Publikums eindringen sollte. Über Film und Fernsehnachrichten kam er in die Häuser und Wohnungen, übers Radio in die Autos, die Gebäude und Busse, in die Wartezimmer der Zahnärzte und die Salons der Friseure.

Giulia hob die Augen vom Bildschirm, begrüßte Lorenzo mit einem Lächeln und sagte ihm, Anna und Rebecca seien jetzt bei ihr zu Hause, und es gehe ihnen gut. Dann hämmerte sie auf ihre Tastatur ein wie eine Rock-Musikerin auf ihr Schlagzeug. Wenn Giulia einmal das heilige Feuer der Inspiration überkommen hatte, störte man sie besser nicht.

Lorenzo nahm die letzten Korrekturen an der Werbung für die Tiefkühlkost vor, und als es Zeit für die Mittagspause war, konnte er die korrigierten Fahnen zu den Grafikern bringen, während Giulia noch mitten in ihrem wilden kreativen Prozess steckte. Plötzlich sahen sich die beiden an.

»Gehen wir etwas essen?«, schlug Lorenzo vor.

Kurze Zeit später, als ihnen der alte Ober in der Trattoria Ossobuco und Salat auf den kleinen Marmortisch gestellt hatte, redeten sie nicht mehr von der Arbeit.

Giulia aß schweigend, während sie an das graue Fischgrätmuster des Kaschmirmantels denken musste, den der Mann vor dem Hauseingang getragen hatte. Sie berichtete Lorenzo von der seltsamen Begegnung mit Annas Ehemann und was er über sie gesagt hatte. Dabei bemühte sie sich, möglichst sachlich zu erzählen, und wartete gespannt, wie Lorenzo reagieren würde. Sie brauchte eine Einschätzung, die ihre eigene Meinung bestätigte. Sie spürte instinktiv, dass irgendetwas nicht stimmte mit diesem Mann, wusste aber nicht, was es war.

»Ich glaube, deine Intuition hat Anna und Rebecca gerettet«, sagte Lorenzo, nachdem er aufmerksam zugehört und dabei fast sein Essen vergessen hatte.

Sie habe das nur aus Sicherheitsgründen getan, nicht, um Partei zu ergreifen, erklärte Giulia. Der Mann hatte ehrlich gewirkt, und seine Version der Geschichte klang sehr überzeugend. Wenn sie wirklich stimmte und Anna unter Verfolgungswahn litt, musste Rebeccas Leben ein einziger Alptraum sein.

Lorenzo hörte den Ton, in dem Giulia sprach, er sah auf ihre Hände, auf die Bewegung ihrer Augen, darauf, wie sie die Lider senkte und Atem holte.

»Aber du glaubst ihm nicht.«

Giulia legte ihre Gabel auf den Tellerrand und ließ sich gegen die Lehne der Holzbank zurücksinken. Irgendetwas stimmte nicht an diesem Mann.

»Er ist einfach zu perfekt«, sagte sie.

Sein Lächeln, das gegelte Haar, die parfümierte Haut, die manikürten Hände, die glänzenden Schuhe, die unnatürliche Ruhe, sogar der sorgsam um den Hals gelegte Schal und der graue Fischgrätmantel aus Kaschmir. Alles war so perfekt, dass es schon fast unheimlich wirkte.

Lorenzo nickte. »Die Perfektion eines Zwangsneurotikers.«

Ein angesehener Chirurg, der keine emotionale Nähe zuließ, ein Mann mit geschickten Händen, die mit größter Präzision arbeiteten. Ein Gott in Weiß, der an diesem Morgen hier aufgetaucht war, um Anna nach Hause zu holen. Wenn er es geschafft hatte, sie hier ausfindig zu machen, würde er wiederkommen.

»Wir können nicht wissen, wie die Wahrheit wirklich aussieht, aber wir sind mitverantwortlich für alles, was jetzt passiert.«

Sie sahen sich an und standen auf. Ohne zu Ende zu essen, verließen sie die Trattoria und sprangen in ein Taxi.

50

Anna rief nach Rebecca, während sie weiter Decken und Leintücher faltete. Dann rief sie sie erneut und machte den ersten Koffer zu. Sie rief noch einmal und prüfte, ob alle Schubladen leer waren. Dann suchte sie im Kinderzimmer nach ihr, sah nur einen Stapel Kleider auf dem Bett, einen leeren Koffer und die geöffnete Schultasche. Ihre Tochter war nicht da. Sie rief wieder nach ihr, diesmal sehr viel lauter, und lief ins Wohnzimmer. Dann schrie sie ihren Namen, so laut sie konnte. Rebecca antwortete nicht, Rebecca war fort. Sie stürzte auf den Balkon, um nach Rebecca zu suchen, da hörte sie, wie jemand ihren Namen rief.

»Anna.«

Sie erstarrte, schloss die Augen und wünschte sich nicht zum ersten Mal, damals bei dem Unfall mit dem Vater ihrer Tochter umgekommen zu sein. Diese Stimme, diese Stimme in ihrem Rücken würde nie aus ihrem Leben verschwinden. Sie drehte sich um und sah ihren Mann nur wenige Schritte von ihr entfernt in ihrer Wohnung stehen.

»Wo ist Rebecca?«, rief sie, als sie vom Balkon hereinkam. »Wo ist Rebecca?«, schrie sie noch einmal.

Er zuckte leicht mit den Schultern und schien überrascht. »Das weiß ich nicht.«

Sie glaubte ihm nicht, wollte ihm nicht glauben. Ihre Tochter war fort, und er war da, direkt vor ihr und hatte die Tür hinter sich geschlossen.

Sie zitterte am ganzen Körper. »Wie bist du hier hereingekommen? Wo hast du meine Tochter versteckt?«

»Die Tür stand offen, aber Rebecca habe ich nicht gesehen. Ich wollte mit dir reden, Anna, und dich fragen, wie es dir geht.«

Der aufrichtige Blick, der beschwichtigende Ton, die Hände, die er ihr freundlich entgegenhielt, diese erschreckende Ruhe. Das war alles falsch. Vor Verzweiflung schrie sie so laut, dass man es durch die Wände hören konnte.

»Gib mir meine Tochter wieder, und lass mich in Frieden, du Monster!«

Er trat einen Schritt zurück. Seine Frau hatte ihn noch nie so angeschrien. Auf dem Flur öffnete sich eine Tür, und jemand kam herbeigelaufen.

»Mama!«

Rebecca rannte zu ihr, und Anna umklammerte sie. »Du bist hier, du bist hier, ach, du bist hier.« Sie war da. Die Angst um ihre Tochter löste sich in nichts auf.

Leone war dem Mädchen gefolgt und entschuldigte sich. »Es tut mir leid, wenn Sie sich Sorgen gemacht haben. Die Kleine war zu mir gekommen und wollte, dass ich ihr ein Märchen erzähle. Ich dachte, Sie hätten es ihr erlaubt.«

Der Mann in dem eleganten Mantel trat aus dem Wohnzimmer. »Siehst du, Anna? Ich habe deine Tochter nicht geraubt.«

Anna spürte, wie Rebecca in ihren Armen erstarrte. Da wurde die Wohnungstür aufgestoßen.

»Ist alles in Ordnung?«, fragte Giulia und sah Anna ins Gesicht. Hinter ihr stand Lorenzo, der den Mann im Kaschmirmantel aufmerksam musterte. Dieser war sofort Herr der Lage. Er setzte ein gewinnendes Lächeln auf und stellte sich höflich vor.

»Ich habe erfahren, dass meine Frau im Krankenhaus gewesen ist. Ich wollte nur sicher sein, dass es ihr gut geht.«

Leone stellte sich nun seinerseits vor. Lorenzo nickte nur, Anna warf Giulia einen verzweifelten Blick zu, Giulia beobachtete Rebecca, die den Mann im Kaschmirmantel anstarrte. Voller Hass, voller Angst, mit dem brennenden Wunsch nach Gerechtigkeit. Jetzt reichte es Giulia.

»Gehen Sie«, sagte sie. Ihre Stimme war fest, ruhig, unnachgiebig.

Der Mann zeigte ein spöttisches Lächeln. »Ich glaube kaum, dass Sie mich hier einfach so hinauswerfen können. Mit welchem Recht sind Sie überhaupt hier?«

»Gehen Sie«, wiederholte sie.

Wut flackerte kurz in seinen Augen auf, doch er beherrschte sich und war wieder von ausgesuchter Höflichkeit, wenn er auch leicht enttäuscht schien. Giulia war dies alles nicht entgangen.

»Hören Sie«, sagte er jetzt. »Ich habe nicht die Absicht, meiner Frau etwas anzutun. Ich habe das nie getan, egal, was sie behauptet. Meine Frau braucht Hilfe, nur deswegen bin ich hier.« Er wirkte glaubwürdig, das musste man ihm lassen. Sie sah es an Leones Gesichtsausdruck und auch an Lorenzos Reaktion.

Anna schüttelte den Kopf. »Das ist nicht wahr«, sagte sie leise. »Das ist einfach nicht wahr.«

Da ertönte Rebeccas Stimme. »Du lügst, du hast Mama geschlagen, du hast es immer getan!«

»Diese Göre konnte mich noch nie leiden, obwohl ich gut zu ihr war wie ein Vater«, entgegnete der Mann im Kaschmirmantel bedauernd.

Giulia schaute nach links oben, die Ecke, aus der die Ideen kamen. Sie suchte nach einer Lösung, einer Möglichkeit, einem rettenden Einfall. Dann wandte sie sich dem Mann wieder zu und lächelte.

»Wissen Sie, was diesmal anders ist? Ich habe Sie gestern gesehen.« Alle Blicke richteten sich jetzt auf Giulia.

Der Mann wurde blass.

»Wobei haben Sie mich gesehen?«

Unwillkürlich hatte er die Fäuste geballt, seine Lippen waren zusammengepresst, die Augen zusammengekniffen, und auch sein Atem ging plötzlich stoßweise.

»Ich habe gesehen, wie Sie Anna geschlagen haben. Mehrfach geschlagen haben. Bis sie zu Boden ging.«

Für einen Moment herrschte Schweigen.

»Ich kam gerade nach Hause. Die Tür zu Annas Wohnung stand halb offen, und ich habe alles gesehen.«

Der Mann lachte. »Wenn Sie mich tatsächlich gesehen haben, warum sind Sie dann nicht eingeschritten?«

Giulia zog die Augenbrauen hoch und zuckte mit den Schultern. »Vielleicht, weil ich Angst hatte?«

»Wo wir gerade dabei sind«, sagte Lorenzo, »Sie waren das doch, den ich gestern eilig weggehen sah, als ich die Treppe hinaufging.«

Der Mann wich zurück in Richtung Tür. »Sie lügen. Sie lügen alle! Sie können ja gern die Version meiner Frau glauben. Aber Lügen ist gesetzwidrig.«

»Eine Frau zu schlagen ebenfalls«, sagte Lorenzo angriffslustig.

»Sie hat sich das alles selbst zugefügt«, knurrte der Mann.

»Nein, das hat sie nicht«, entgegnete Giulia. »Und das wissen Sie sehr gut.«

Rebecca verstand nicht genau, was hier vor sich ging, aber eins war sicher. Der Drache hatte jetzt die Oberhand, ihr Drache, der sie beschützte.

Die Augen des Mannes verengten sich, man sah, wie seine Kiefer arbeiteten. »Sie haben das alles erfunden. Keiner von Ihnen hat mich bei irgendetwas gesehen.«

»Ich bin nur bei Nord-Nord-West nicht ganz klar im Kopf, aber wenn der Wind von Süden weht, kann ich einen Reiher von einem Falken unterscheiden. Und gestern habe ich Sie in diese Wohnung gehen sehen, das steht mal fest.«

Alle sahen sich erstaunt um. Leone stand da wie der dänische Prinz.

»Sie sind ja alle total verrückt«, stieß der Mann hervor. Er atmete schwer, und man konnte sehen, wie zutiefst erschrocken er war, dass es offenbar Zeugen für seine Untaten gab.

Mit hochrotem Kopf verließ er die Wohnung, und der Knall der zugeschlagenen Tür war das Letzte, was man von ihm hörte.

51

Sie wählten einen Tisch nah beim Fenster und bestellten zwei Stück Nusskuchen. Giulia und Lorenzo hatten ihre Projekte abgeschlossen, einen Teil der Welt gerettet, Anna geholfen, ihre Koffer und Tüten wieder auszupacken, und es war erst Nachmittag. Für diesen Tag hatten sie eine Belohnung verdient, und so saßen sie bereits um fünf Uhr in ihrer Lieblingskonditorei.

Sie ließen die letzten Tage und Wochen Revue passieren. Vegane Bonbons, wahre Märchen, traditionelle Gerichte als Tiefkühlkost, Ingenieure, Gleitmittel, die Mädchen von der Haarreifen-Clique, einsame Kinder, Kröten zum Werfen, gewalttätige Männer, alternde Hamlets. Dann lachten sie, über sich selbst, über ihre Arbeit, über ihre Erfolge, über die dummen Prinzessinnen und das glückliche Ende, sie lachten über klassisches Ballett und kitschige Herz-Teddybärchen, sie lachten über die Gute-Nacht-Frau und die pathetischen Ausbrüche von ihrem Haus-Shakespeare.

Einige Leute drehten sich zu ihnen um und lächelten, andere ärgerten sich über ihr Gekicher.

Fest stand: Es ging ihnen gut hier zusammen bei einem Nusskuchen.

Dann verebbte ihr Lachen, zuletzt leuchtete noch eine kleine Welle davon in ihren Augen.

Giulia pickte angelegentlich ein paar Krümel mit der Gabel auf und sah mit leicht geneigtem Kopf auf ihren Teller, einer ihrer Mundwinkel zog sich ein wenig nach oben. Da war noch eine Frage offen.

»Wieso bist du gestern eigentlich zu mir gekommen?«

Lorenzo neigte den Kopf auf dieselbe Seite wie Giulia und fing ihren Blick auf.

»Giulia, du hattest mich geküsst.«

Ja, sie habe ihn geküsst. Weil er sie geküsst habe und der Kuss ihr den Abend verdorben und sie dazu gebracht hätte, den Mann sausen zu lassen, mit dem sie gerade eine angenehme Zeit ohne große Gefühlsverwirrung erlebte. Sie habe ihn aber auch deshalb geküsst, weil sie Lust dazu gehabt habe, gab sie zu. Weil sie ihn plötzlich nicht mehr nur als ihren Freund oder Kollegen betrachtet und angefangen habe, ihn als Mann zu sehen.

Lorenzo schüttelte den Kopf. »War ich das vorher denn nicht?«

»Vorher warst du einfach nur der beste Werbezeichner der Agentur.«

Sie lächelten sich zu, doch dann wurden sie ernst.

Lorenzo wiederum gab zu, er habe sie an jenem Abend geküsst, weil er es habe tun wollen, weil er eifersüchtig gewesen sei, weil er es nicht ertrug, dass die anderen Frauen nicht so waren wie sie und ihn ein unbekanntes kleines Mädchen auf dem Flur gefragt habe, ob er in Giulia verliebt sei. Da habe er mit Ja geantwortet. Aber das sei natürlich Wahnsinn gewesen.

Sie hätten ein perfektes Gleichgewicht zwischen ihrer gemeinsamen Arbeit und ihrer Freundschaft geschaffen, seit fünf Jahren seien sie ein kreatives Paar von Werbeleuten, hätten sehr viel erreicht und sich so manche Wünsche erfüllt. Alles hätte bestens funktioniert. Ihr Leben, ihre Projekte, ihre Ideen, alles laufe in perfektem Gleichgewicht. Wenn zu dieser idealen Kombination jetzt Gefühle hinzukämen, könnte dies verwirrend und gefährlich werden.

Giulia legte ihre Kuchengabel auf den Teller und trank ihren Pfefferminztee aus. Sie stellte die Tasse ab, schob eine Haarlocke, die ihr ins Gesicht gefallen war, nach hinten, stützte ihr Kinn auf den Ellbogen und sah auf die Leute, die über den Bürgersteig gingen. Es war noch kalt, und die Passanten trugen die Mäntel hochgeschlossen, die Schals fest um den Hals geschlungen, die Köpfe mit Mützen bedeckt.

»Du hast Recht«, sagte sie. »Ich hatte nie etwas mit einem Kollegen und bin bisher damit immer recht gut gefahren.«

Sehnsucht, Liebe und Leidenschaft weckten Erwartungen, Angst und Unsicherheit. Das gab Ärger, stiftete Unruhe, sie hatte es schon oft bei anderen Kollegen erlebt, und am Ende blieb gar nichts mehr.

»Ich will unsere Freundschaft und das, was wir zusammen erreicht haben, nicht aufs Spiel setzen«, sagte Lorenzo.

Sie sah ihn an und sagte: »Ich auch nicht.«

Sie wussten, worauf sie verzichteten, sie wussten, was auf dem Spiel gestanden hätte, und hatten ihre Wahl getroffen.

Sie lächelten einander zu und dachten wehmütig an die Zukunft, die sie hätten haben können. Dann standen sie auf, zogen sich ihre Mäntel an, gingen hinaus und verabschiedeten sich. Jeder ging zurück in sein eigenes Leben, die Hände in den Taschen, den Schal bis unter die Nase hochgezogen, den Blick am Boden und mit schnellem Schritt.

52

Ein langes Gewand unter einem dunklen Umhang, der Blick stolz und königlich.

»Auch wir sind aus dem Stoff gemacht, aus dem die Träume sind, und in Raum und Zeit eines Traums ist unser kurzes Leben eingeschlossen.«

Leone stand in der Mitte der Bühne und gab einen prächtigen Prospero.

Der tosende Applaus des Publikums und das Lächeln des Schauspielers bei seiner leichten Verbeugung waren auf dem Bildschirm eines kleinen Gerätes zu sehen, das der alte Leone in der Hand hielt, während er auf dem Sofa in seinem Wohnzimmer saß. Leone trug einen eleganten Hausrock, bequeme Pantoffeln und blickte gebannt auf den Bildschirm, auf dem sich langsam der Vorhang schloss. Sein Spiegelbild aus dem Gerät sah noch einmal strahlend ins Publikum und zwinkerte ihm dann zu.

»Lifereader. Wahrer als unsere Träume.«

Musik. Leiser werdende Stimmen. Applaus vom Sofa.

Giulia machte den Fernseher aus und legte Musik auf. Die Blues Brothers sollten mit ihnen feiern. Lorenzo stellte die Gläser bereit, nahm eine Flasche Spumante aus dem Kühlschrank und öffnete sie. Anna, die inzwischen wieder ihre natürliche kastanienbraune Haarfarbe hatte, packte die Torte aus. Dabei dachte sie an das Telefongespräch mit dem Anwalt. Ihr Mann hatte die Papiere endlich unterzeichnet, der Termin für die Scheidung war festgelegt. Rebecca klatschte in die Hände und hüpfte um ihre Mutter herum. Sie hatte ein Bild für die Tortenglasur ausgesucht und schon den ganzen Nachmittag auf diesen Augenblick gewartet.

»Ich sage es euch noch mal. So hört *Der Sturm* eigentlich nicht auf«, brummte Leone.

Giulia und Lorenzo lachten. Sie hatten den ganzen Tag während der Aufnahmen damit verbracht, den Regisseur zu beschwichtigen, dem die Sturheit des alten Barden auf die Nerven ging. Leone beharrte darauf, er könne sich unmöglich nach diesem Satz vor dem Publikum verbeugen und zulassen, dass der Vorhang nach einem falschen Schluss zuging, das sei kulturlos und nicht in Shakespeares Sinn. Ein Sakrileg. Er hatte dies bei den Proben gesagt, zu Beginn der Aufnahmen im Theater wiederholt, in jeder Pause daran erinnert.

Dennoch hatte er viele Stunden hinter den Kulissen verbracht, im Kostüm, geschminkt, und darauf gewartet, dass sie ihn endlich auf die Bühne riefen. Dann gab Leone Prospero zum Besten, mit den wenigen Worten, die man ihm zu sagen erlaubte. Er verneigte sich vor einem leeren Zuschauerraum, hörte Applaus aus dem Lautsprecher und ertrug es, dass sich der Vorhang über dem falschen Ende schloss. Giulia hatte ihm vorher gesagt, die Leute würden schon merken, dass dieser Satz aus einem Theaterstück kam und keine billige Kühlschrankreklame sei.

»Wow! Du warst super, Leone!«, rief Rebecca.

Leone, der seinen Ärger inzwischen vergessen hatte, deutete eine Verneigung an.

»Und jetzt werden es alle erfahren«, fügte Lorenzo hinzu und füllte die Sektgläser.

Der Spot sollte zur besten Sendezeit ausgestrahlt werden. Leone würde auf der Straße erkannt werden und könnte dies nutzen, allen Leuten zu erklären, wie das richtige Ende des *Sturmes* lautete.

Die letzten Wochen waren gewesen wie eine atemberaubende Talfahrt in einem Auto ohne Bremsen – sie rasten durch Haarnadelkurven und an steilen, felsigen Abhängen vorbei. Die Idee zum Spot für den Coso war gleich bei der ersten Präsentation akzeptiert worden, die Aufnahmen sollten zehn Tage später stattfinden, der Schnitt war schnell fertig. Alles lief in einem Tempo, das sie sich niemals zugetraut hätten, und nach einem guten Monat konnte die Werbekampagne starten.

Auch die Werbung für die Tiefkühlkost wurde bereits produziert, und auf Giulias und Lorenzos Schreibtisch lagen inzwischen probiotische Tampons und Deodorants.

»Seht euch mal die Torte an!«, rief Rebecca aufgeregt. Die Zeichnung hatte sie gemeinsam mit Daniele gemacht, und keiner hatte sie vorher sehen dürfen. Es sei ein Geheimnis, sagte sie. Eine Überraschung. Sie ging mit ihrer Mutter in die Konditorei und gab der Frau das Blatt in einem verschlossenen Umschlag.

»Können Sie das alles auf die Torte kriegen?«, fragte sie.

Die Frau öffnete den Umschlag und versprach hoch und heilig, es genau so zu machen. Auf der Torte waren umrahmt von einem Vorhang fünf Personen zu sehen, die auf einer Bühne standen und nach vorne blickten, als wollten sie sich gleich vor einem Publikum verneigen. In der Mitte stand ein Mädchen mit einem Plüschhund, rechts neben ihr eine Krankenschwester und ein alter Mann, der ein Königsgewand trug, links eine Gute-Nacht-Frau und ein Mann, der als Captain Inchiostro verkleidet war. Alle lächelten und hielten sich an den Händen. Und über ihnen flog ein Drache.

Leone räusperte sich, sagte aber nichts. Anna legte ihren Finger an den Mund. Giulia holte tief Luft.

»Wir müssen nochmal über das Strumpfhosenproblem nachdenken«, sagte Lorenzo.

Alle lachten. Dann stießen sie an und aßen die Torte.

Giulia wandte sich mit einem amüsierten Lächeln an Leone: »Es muss dich ja eine übermenschliche Kraft gekostet haben, Rebecca nicht zu sagen, dass Prospero eigentlich gar kein König, sondern nur ein Herzog ist.«

Leone warf ihr einen komisch-verzweifelten Blick zu. »Wahrscheinlich sieht sie mich als Oberon.«

Die Geschichten und Märchen, die sie der kleinen Nachbarin erzählten, hatten bei ihnen zu einem unausgesprochenen Wettbewerb geführt, über den sie sich oft amüsierten.

Der Nachmittag ging zu Ende, die Sonne ging unter, und Anna und Rebecca machten sich auf den Weg ins Kino, wo sie mit Daniele und seinem Vater verabredet waren. Leone rief ein Taxi, um ins Theater zu fahren. Er war zu einer Premiere eingeladen. »Eine Aufführung des *Kirschgartens*«, sagte er voller Argwohn. »Ich hoffe, es ist nicht wieder dieses grässliche Regie-Theater.« Neue Inszenierungen gefielen Leone nur selten.

Giulia schloss die Tür und ließ sich aufs Sofa fallen. »Na, das hat ja mal wieder bestens geklappt«, meinte sie zufrieden.

Lorenzo hielt eine Flasche Wein und zwei Gläser in der Hand und setzte sich neben sie. »Ja, es lief wirklich gut.« Er goss den Wein ein und reichte Giulia ein Glas.

»Jetzt sind Tampons und Deodorants dran.«

»Aber erst morgen.«

Heute Abend konnten sie sich eine Pause gönnen. Vielleicht sogar das ganze Wochenende. Sie lehnten sich zurück, schlossen die Augen und schwiegen.

Alles lief gut. Die Arbeit war erfolgreich, das Gleichgewicht war wiederhergestellt, den Menschen um sie herum ging es gut. Alles war in Ordnung, und die Torte schmeckte wunderbar.

»Denkst du manchmal daran?«, fragte Lorenzo in die Stille.

»Immer wieder«, sagte Giulia.

Sie schwiegen mit geschlossenen Augen.

Lorenzo seufzte. »Aber wir haben die richtige Entscheidung getroffen.«

Giulia öffnete die Augen und sah verträumt auf das oberste Brett des Bücherregals. »Auf jeden Fall, es war die richtige Entscheidung.« Sie seufzte auch.

Lorenzo schwieg einen Moment, dann stellte er sein Glas auf den Couchtisch, stand auf und zog sich seine

Jacke über. »Gut. Wir waren wirklich sehr tüchtig, und jetzt gehen wir zusammen aus.«

Sie sah ihn überrascht an und blieb mit dem Glas in der Hand sitzen.

Lorenzo hielt ihr den Mantel hin. »Na komm! Jetzt führe ich dich zum Essen aus und mache dir den Hof. Und dann treffen wir die falsche Entscheidung und werden es nicht bereuen.«

Giulia lächelte, stellte das Glas ab, stand auf. Dann ließ sie sich in den Mantel helfen und machte die Tür hinter ihnen zu.

Nachwort und Dank
Die Geschichte einer Geschichte

An einem Juliabend dachte ich, während ich bequem in Turin auf einem Sofa saß, an die ersten fünfzehn geschriebenen Kapitel eines Romans, den ich auf Eis gelegt hatte, und klagte über das Schicksal von *Es war einmal eine Kurve*, meinen ersten Text, den ich ganz neu schreiben und stark verbessern würde, den ich aber gern hatte und eines Tages gern als Buch sehen würde. Während ich so jammerte, sagte Christian Delorenzo, der sich normalerweise mit Büchern beschäftigt, aber gerade die Spülmaschine einräumte: »Warum machst du keinen Roman daraus?«

Dann folgte noch ein Warum und dann wieder eins, er stellte unangenehme Fragen, während ich mich eigentlich nach dem Essen nur ein bisschen aussprechen wollte. Er nahm meine Worte ernst und sagte, ich solle schreiben.

An diesem Abend setzten sich Giulia und Rebecca neben mich, und ein paar Tage später schrieb ich das erste Kapitel von *Die wahren Märchen meines Lebens*.

Christian verdanke ich nicht nur, dass er mich vom Sofa vertrieben und vor die Tastatur gesetzt hat. Er hat mich auch bis zum letzten Kapitel begleitet, hat gelesen, zugehört, mich ermutigt und beraten. Ich habe zugeschaut, wie er über ein neunjähriges Mädchen, eine Werbetexterin mit wildem Haarschopf, einen Flur, einen Schauspieler, eine Haarreifen-Clique und Drachen las. Ich sah ihn lachen, weinen, sich ärgern; vor allem habe ich mich über sein Gesicht gefreut, als ich behauptete, der Schluss sei nur das vorletzte Kapitel.

Er war mein inoffizieller Lektor, mit ihm habe ich monatelang über den Aufbau der Geschichte gesprochen, sie nach Adjektiven durchforstet, und ich weiß, dass ich von ihm eine neue Art, zu erzählen und mit Gefühlen umzugehen, gelernt habe.

Ihm gilt mein allererster Dank. Ich danke auch *Es war einmal eine Kurve*, dieser Text wurde zum Organspender.

Ich danke Sara Londo, meiner Lektorin, offiziellen Fotografin und Teilhaberin des Projekts Cocco Bar. Sie werden wissen, worum es geht, wenn Sie eine Karte mit einem weißen Sandstrand erhalten.

Mein Dank gilt auch Dr. Elisabetta Corbucci, mit der ich im Zentrum gegen Gewalt »Mascherona« in Genua gesprochen habe, und die mir einen Nachmittag ihre Offenheit und Erfahrung zur Verfügung stellte, meine Ideen förderte und mir half, die Wirklichkeit zu formen, auch die, welche wir uns ganz anders wünschen.

Ich danke auch den Anwältinnen Paola Alba und Cinzia Lupo, die, ohne mit der Wimper zu zucken, auf meine Fragen geantwortet und mir komplizierte Vorgänge erklärt haben, in denen ich mich sonst verheddert hätte.

Mein Dank gilt auch Dr. Paola Pitto, auf die ich immer zählen kann, wenn ich jemanden auf eine Trage legen und in die Notaufnahme schicken muss.

Ich danke auch meinen ersten Lesern, denen zu meinem großen Glück nichts entgeht: Isabella Bianchi, Riccarda Rodolfi, Raffaele Niri, Alessandro Locatelli, Francesca Lugani.

Ich danke Francesca Pagliarini, einer außergewöhnlichen Frau und hervorragenden Werbetexterin. Sie weiß es nicht, aber Giulia und Lorenzo verdanken ihr einen großen Teil ihrer Kreativität. Mein Dank geht auch an den brillanten Art-Direktor Dario Neglia, der mich zum ersten Mal in eine große Werbeagentur mitgenommen und mir spontan den Kicker im Erholungsraum gezeigt hat.

Silvia Meucci, meiner unersetzlichen Agentin, danke ich für ihr »Großartig, außergewöhnlich«. Es war an einem Dezemberabend, ich hatte ihr mein Manuskript geschickt, und sie hat mich bei unserem Telefonat von zwei Kilo Angst befreit.

Auch Ricciarda Barbieri und allen Mitarbeitern von Feltrinelli danke ich, dass ich mich bei ihnen zu Hause fühlen konnte und dass sie einen Drachen für mich gesucht haben.

Meiner Tante Paola Fiorio danke ich dafür, dass sie es mir ermöglicht hat, so weit zu kommen.

P.S.: Was die Drachen betrifft, ich habe mir immer einen gewünscht. Ein Drache ist eines der wichtigsten Dinge auf der Wunschliste, und ich weiß, dass ich bei ihm in bester Gesellschaft bin.